나에게 없는 것

나에게 없는 것

서미애 장편소설

엘릭시르

차

례

1
장

나는 짐승보다 인간들
사이에 있는 것이
더 위험하다는 것을
깨달았다.
-프리드리히 니체

1.

빗방울이, 하늘을 올려다보는 얼굴에 차가운 빗방울이 툭, 툭 떨어졌다.

뉴욕 7번가 53가 지하철역에서 내려 지상으로 나가는 계단을 오르던 나유진은 잠시 하늘을 쳐다보다가 회색 야상 점퍼에 달린 후드를 뒤집어썼다. 오전부터 계속 무거운 구름이 바다로 흘러가고 있었지만 이러다 말지 싶어 따로 우산은 챙기지 않았다. 바다를 끼고 있는 도시의 변덕스러운 날씨에 어느새 익숙해진 것인지도 모른다.

유진은 카네기홀 방향으로 걸음을 옮겼다. 툭툭 떨어지던 비는 어느새 후드득 소리를 내며 본격적으로 내리기 시작했다. 거리를 지나는 사람들의 발걸음이 조급해졌다. 우산을 펴는 사람도 하나둘 늘어갔다. 유진은 후드를 더 끌어내렸다. 떨어지는 빗소리가 커졌다. 몸이 젖는 것은 상관없지만 비를 흠뻑 맞은 몰골로 낯선 이와 첫 대면을 하는 것은 신경이 쓰였다. 유진은 보폭을 넓히고 서둘러 호텔을 향해 걸었다. 약속 장소가 지하철역과 멀지 않은 곳이라 다행이다. 얼마 가지 않아 목적지가 보였다.

호텔은 카네기홀을 지나 센트럴파크 바로 앞에 있었다. 막상 호텔이 보이자 유진은 속도를 늦추고 잠시 깊은숨을 들이마셨다. 아무 정보도 없이 너무 경솔한 게 아닌가 하는 생각이 잠시 스쳤다. 무엇이 기다리고 있을지 모르는 상황, 유진은 지금이 신중해야 할 때라는 것을 알고 있다.

괜찮을까? 달랑 메모 한 장 받은 것뿐인데 뭘 믿고?

이틀 전 유진은 아르바이트하는 카페에서 탁자를 치우다 메모를 받았다. 메모를 건넨 남자는 깔끔한 잿빛 정장에 푸른 넥타이를 단정하게 맨, 누가 봐도 직장인 같은 차림새였다. 한눈에 봐도 한국인. 귀에 익은 언어가 들렸다.

"나유진씨? 당신에게 괜찮은 제안을 하고 싶은데요."

뉴욕에서 영어가 아닌 한국말로 말을 건다는 건 유진이 한국인이라는 것을 이미 알고 있다는 얘기다. 유진은 컵을 내려놓고 잠시 남자를 쳐다보다 홀린 듯 그가 내민 메모를 받았다. 메모에는 호텔 객실 번호와 날짜, 약속 시간이 적혀 있었다.

호텔이라는 단어만 읽고도 찬물을 확 뒤집어쓴 기분이었다. 잊을 만하면 한 번씩 이런 일들이 벌어진다. 화장기 없는 얼굴에 긴 머리를 뒤로 질끈 묶고 일에 빠져 있어도 유진은 사람들의 눈길을 끄는 모양이다. 생각지도 못한 순간이라 잠시 기분이 언짢았지만 더이상 반응을 하지 않았다. 이런 인간들은 반응할수록 흥분한다. 유진은 남자에게 메모를 돌려주며 무심한 목소리로 말했다.

"사람 잘못 봤어요."

남자는 유진을 쳐다보다 살짝 미소를 지으며 다시 메모를 내밀었다.

"오해하셨군요. 당신을 만나고 싶어하는 건 제가 아닙니다. 나유진씨가 상상하는 그런 일도 아니고요."

유진은 그제야 남자가 자신의 이름을 불렀다는 걸 깨달았다. 동료가 유진을 부를 때 이름을 들었을 수도 있다. 하지만 그들은 유진이라고 부르지, '나유진' 이렇게 성까지 붙여 부르진 않는다. 내 이름을 어떻게 알고 있는 거지? 갑자기 등줄기가 서늘해졌다. 생전 처음 보는 사람에게 이름이 불린다는 건 그다지 좋은 신호는 아니다. 나를 어떻게 아는지 확인할 필요가 있다.

"누구시죠?"

"내가 누군지는 중요하지 않습니다. 궁금한 건 호텔로 오시면 알게 될 겁니다."

유진은 경계의 눈빛으로 남자의 얼굴을 쳐다보았다. 그의 표정은 진지했고 태도도 정중했다. 그의 말대로 여자와 하룻밤 어떻게 해보자고 수작을 거는 것 같지는 않았다. 개인적인 감정이 느껴지지 않는 지극히 사무적이고 담백한 느낌. 남자는 손에 든 메모를 다시 내밀었다.

유진은 남자가 건네는 메모는 받지 않고 그의 얼굴을 빤히 쳐다보았다. 그는 유진의 반응을 이해한다는 듯 가볍게 고개를 끄덕이더니 한걸음 다가와 목소리를 낮추고 말을 이었다.

"뉴욕의 물가가 참 끔찍하게 비싸죠? 시급 구 달러, 하루 여섯 시간 아르바이트 수입보다는 괜찮을 겁니다."

남자는 유진의 손에 메모를 쥐여주고 답도 듣지 않은 채 가게를 나갔다. 유진이 그의 제안을 당연히 받아들일 거라고 믿는 것처럼. 유진은 가게를 빠져나가는 그의 뒷모습을 바라보았다. 예상치 못한 말에 한 대 맞은 듯한 기분이 들었다.

그를 불러세울 틈도 없이 손님들이 밀려들었다. 정신없이 바빠지는 바람에 유진은 서둘러 바지 주머니에 메모를 집어넣고 그를 잊어버렸다.

일이 끝나고 집으로 돌아가는 지하철 안에서 바지 주머니에 쑤셔넣었던 메모를 발견했다. 집에 도착한 유진은 외투를 벗고 저녁을 차렸다. 냉장고 안에는 다행히 어제 먹다 남은 샐러드가 있었다. 룸메이트는 외출했는지 집이 조용했다. 유진은 접시 옆에 메모를 내려놓고 식사하는 동안 남자가 한 말들을 떠올려보았다.

이대로 그의 제안을 물리칠 수는 없다는 생각이 들었다. 이 종이 한 장과 함께 건넨 제안은 간단히 구겨버릴 내용이 아니었다. 이름을 아는 것 정도가 아니다. 그는 유진이 받는 시급과 하루에 여섯 시간 일하는 것도 알고 있다. 거기까지 말했지만 남자는 유진에 대해 더 많은 것을 알고 있을 것이다.

유진은 목걸이에 매달린 체리 모양의 구슬을 만지작거리며 생각에 잠겼다. 메모를 보낸 사람이나 이런 제안을 한 의도보다 메모 너머에 있는 사람이 나유진을 어떻게, 어디까지 알고 있는지가 더 궁금했다.

유진은 저녁을 마친 뒤에도 빈 접시 옆에 놓인 메모를 노려보며 이 도시에서 '나유진'을 찾는 사람이 누구일지 생각했다. 메모에 적힌 약속 장소로 가지 않으면 저녁 내내 유진을 궁금하게 만든 질문의 답은 들을 수 없다. 그런 찜찜함은 못 견디는 성격이다. 유진은 메모를 무시하고 내내 불안해하면서 불편하게 지내는 것보다는 부딪쳐보는 편이 낫다는 쪽으로 결론을 내렸다. 혹시 위험하다고 느껴지면 그건 그때 가서 생각하자, 마음먹었다.

결국 유진은 이 낯선 초대에 응하기로 결심하고 메모를 지갑에 넣었다.

호텔 앞에 선 유진은 잠시 고개를 들어 하늘을 찌를 듯 솟아 있는 건물을 쳐다보다가 걸음을 옮겼다. 호텔 로비는 사람으로 북적였다. 오후라 그런지 체크인을 위해 차례를 기다리며 웅성거리는 사람들과 비를 피해 호텔로 돌아오는 투숙객이 뒤엉켜 번잡했다.

유진은 오가는 사람들 사이를 빠르게 지나가며 엘리베이터를 찾으려고 주위를 살폈다. 이내 엘리베이터를 발견했고 마침 앞에는 아무도 없었다. 재빨리 엘리베이터에 올라탄 유진은 메모에 적힌 대로 47층 버튼을 눌렀다. 문이 닫힌 뒤에야 후드를 벗고 머리에 묻은 빗물을 툭툭 털어냈다. 운동화에 물이 들어갔는지 양말이 축축했다. 발가락을 꼼지락거리며 엘리베이터의 숫자가 올라가는 것을 보던 유진은 잠시 아찔한 기분이 들었다. 빠르게 올라가는 숫자로 엘리베이터의 속도를 가늠할 수 있었다. 얼마 되지 않아 47층에서 내린 유진은 종이에 적힌 번호와 객실 문에 새겨진 숫자를 확인하며 걸음을 옮겼다. 운동화 밑창 아래로 푹신한 카펫의 탄력이 느껴졌다. 걸음을 옮길 때마다 카펫에서 나는 먼지 냄새와

짙은 라벤더 향이 섞인 미묘한 냄새가 공기 중에 떠돌았다.

메모에 적힌 번호와 일치하는 객실을 확인하자, 유진은 잠시 숨을 고르고 마음의 준비를 한 뒤 벨을 눌렀다. 기다렸다는 듯 이틀 전에 봤던 남자가 문을 열어주었다. 그는 가볍게 눈인사를 하고 유진이 들어갈 수 있게 비켜준 다음 방을 나가며 문을 닫았다.

유진은 자신이 상대할 사람은 따로 있다는 그의 말을 떠올렸다.

그렇겠지, 그는 메모를 전달하는 업무를 맡았을 뿐이다.

실내로 들어선 유진은 객실을 둘러보았다. 5성급 호텔에 고층이라 꽤 고급스러운 객실일 거라 짐작은 했다. 실내는 유진이 살고 있는 집보다 두 배는 넓어 보였다. 화려한 바로크풍의 소파와 테이블이 놓인 응접실은 어두웠다. 창가의 커튼이 반쯤 열려 있었지만 흐린 날씨 탓에 아직 이른 오후임에도 저녁처럼 느껴졌다.

응접실에는 아무도 없었다. 뭐지, 싶은 순간 침실 쪽에서 인기척이 들렸다.

"잠깐만 기다려요."

살짝 열린 침실 문 너머로 나이가 느껴지는 여자의 차분한 목소리가 들렸다. 그 목소리에 자기도 모르게 주고 있던 온몸의 긴장이 풀렸다.

문 앞에 서 있던 유진은 조심스럽게 안으로 들어서며 방을 둘러보았다. 가까이서 보니 가구의 장식들이 훨씬 더 다채롭고 현란했다. 창가 근처 타원형 테이블에는 누군가 읽던 서류가 여러 장 펼쳐져 있었고 요란한 꽃장식이 새겨진 의자에는 에르메스 버킨백이 놓여 있었다.

유진은 가구에 새겨진 조각과 장식을 만져보았다. 자세히 보니 색이 조금 바랬고 약간 벗겨진 곳도 있어서 세월의 흔적이 느껴졌다. 이 호텔은 언제 지어진 거지?

언젠가 베키가 했던 말이 떠올랐다.

'바로크와 로코코 양식을 어떻게 구분하는지 알아?'

'어떻게 구분하는데?'

'어유 과해, 지나쳐! 이런 소리가 나오면 로코코야.'

말을 마친 베키는 자신이 입은 원피스가 마치 레이스 가득한 드레스라도 되는 것처럼 손짓으로 부푼 소매를 만들고 허공에 폭넓은 치마를 그려대더니 영화에서 본 프랑스 귀부인처럼 눈을 내리깔며 거만한 표정으로 유진의 코앞에 손을 내밀었다. 유진은 기꺼이 베키의 손등에 입을 맞추었다. 그러곤 서로의 얼굴을 마주보고 깔깔거리며 웃었다.

베키와는 무슨 얘기를 해도 낄낄 웃으며 대화가 끝났다. 자라온 환경도, 생각하는 것도 달랐지만 그런 건 아무래도 상관없었다. 베키는 투명한 비닐백 같은 성격이었다. 너무 솔직한 게 탈이었지만 그래서 마음이 놓였다. 무슨 생각을 하는지 알 수 없는 아이들은 피곤했다. 그렇게 죽이 잘 맞는 친구도 없었는데.

베키를 떠올리자, 갑자기 여러 기억이 한꺼번에 밀려들었다. 그곳을 떠나온 지 일 년이 지났지만 십 년은 된 것처럼 아득하게 느껴졌다. 이제 그때의 나는 없어. 여긴 뉴욕이야.

유진은 얼른 베키 생각을 떨쳐내고 시선을 돌려 창 너머 풍경을 바라보았다. 유리창 전면 아래쪽으로 비가 내리는 센트럴파크가 보였다. 구름이 옆에 있었다. 47층이라는 까마득한 높이가 그제야 실감이 났다. 지나가는 비구름에 공원의 모습이 보이다 사라지길 반복했다. 이렇게 높은 곳에서 센트럴파크를 본 적은 처음이다. 엄청난 규모라는 것은 알고 있었지만, 직접 보니 감탄이 나올 정도였다.

센트럴파크를 만든 설계자가 공원 건립을 추진하며 했다는 이야기가 생각났다. 지금 이곳에 공원을 만들지 않으면 백 년 후에는 이 넓이만큼의 정신병원이 필요할 것이라고. 공원 주변에는 정신병원 대신 미친듯이 하늘을 향해 올라가는 빌딩들이 가득하다. 이 호텔 옆에도 증축인지, 새로 짓는지 모르지만 더 높게 올라가는 구조물이 보였다. 도대체 인간은 얼마나 더 높이 올라가야 직성이 풀릴까?

침실 문이 열리고 누군가 걸어나오는 기척이 느껴졌다.

유진은 침실에서 나오는 여자를 향해 몸을 돌렸다.

보라색 사선이 포인트로 들어간 검은 원피스를 입은 여자는 방을 나오자마자 벽 쪽 스탠드 조명을 향해 걸어갔다.

"방이 어둡네? 거기 커튼도 좀더 걷어볼래요?"

"네."

유진은 창가에 길게 늘어선 암막 커튼과 흰 레이스 커튼을 한쪽으로 밀었다. 반쯤 열려 있던 커튼을 확 밀어내자 실내가 좀더 밝아졌다. 여자는 다른 곳에 있는 간접조명도 밝히고 창가 쪽으로 걸어오며 말했다.

"저쪽 소파에 앉겠어요?"

여자는 유진이 앉아야 할 의자를 알려준 뒤 창가 테이블로 다가가 펼쳐져 있던 서류를 정리했다.

응접실 가운데 있는 소파에 앉은 유진은 창가에 선 여자의 움직임을 찬찬히 살폈다. 나이는 대략 사십대 후반이나 오십대 초반으로 보였다. 걸음걸이와 팔을 움직이는 동작들이 유연하면서 우아했다. 어쩌면 무용을 전공하지 않았을까 싶은 움직임이었다.

여자는 가방에서 작은 서류 봉투를 꺼내고 유진의 맞은편에 앉았다. 테이블 위에 봉투를 내려놓은 여자는 유진의 얼굴을 찬찬히 살폈다. 유진도 지지 않고 여자의 시선을 마주했다. 볼륨감 있는 보브 헤어가 전체적으로 세련된 느낌을 주었다. 눈꼬리는 고양이처럼 살짝 올라가 있었지만 매서워 보이는 인상은 아니었다. 눈화장을 그렇게 한 것 같았다. 눈화장 밑으로 희미하게 잔주름이 보였다. 처음의 인상보다 조금 더 나이가 있을 거란 생각이 들었다.

유진이 가만히 기다리자 여자가 봉투를 가리키며 말했다.

"열어봐요."

유진은 탁자에 놓인 봉투를 들어 안을 확인했다. 사진 두 장. 유진은 무슨 의미인지 몰라 여자의 얼굴을 올려다보았다.

"내 제안은 간단해요. 거기 있는 그 아이……"

"먼저, 누구시죠?"

"아, 그렇군. 내가 누군지 궁금하겠네."

여자는 가방에서 명함 케이스를 꺼내 열었다. 그러곤 유진의 눈을 지그시 바라보며 명함을 건네주었다. 유진은 명함에 적힌 이름을 확인했다.

—아트센터 MARA 관장, 한지윤

세련된 디자인의 명함에 푸른빛이 도는 이름이 새겨 있었다. 어디선가 들어본 것 같기도 했다.

"……마라?"

이 이름을 어디서 봤더라? 그건 나중에 확인해도 되겠지. 유진은 명함을 내려놓고 봉투에서 꺼낸 사진을 살펴보았다.

사진 속의 인물은 아직 볼에 젖살이 남아 있는 소녀였다.

어깨에 닿을 듯한 약간 긴 단발머리에 교복처럼 보이는 흰 셔츠와 체크무늬 주름치마를 입고 경계심이 가득한 눈빛으로 카메라를 주시하고 있었다. 또 한 장의 사진은 그보다 나중에 찍은 듯했다. 머리가 좀더 길었고 데님바지에 회색 카디건을 입은 평범한 모습이었다. 배경에 메트로폴리탄 미술관 입구의 이집트 석상이 보였다. 카메라를 의식하지 않은 걸 보면 당사자는 자기가 찍히는지도 몰랐던 것 같았다.

유진은 탁자에 사진을 내려놓고 한 관장의 얼굴을 쳐다보았다.

"그 아이 본 적 있을 거예요. 뉴욕에 온 지는 한 달 정도 됐고, 지금 어학원 다니고 있어요. 간단히 얘기하면, 그 아이를 지켜봐줘요. 자연스럽게 가까워져도 괜찮고, 그냥 멀리서 지켜봐도 상관없어요. 그저 어떻게 지내는지, 정기적으로 내게 알려주면 돼요."

유진은 사진 속의 얼굴을 다시 찬찬히 쳐다보았다. 교복 차림은 잘 모르겠지만 카디건을 입은 모습은 어렴풋이 생각이 날 것 같기도 했다. 하지만 얼굴이 선명하게 떠오르지는 않았다. 유진은 한 관장의 얼굴을 쳐다보며 다음 말을 기다렸다.

"아, 하루종일 지켜보라는 건 아니에요. 그저 이따금……"

유진은 이틀 동안 머릿속을 떠나지 않던 궁금증부터 먼저 해결하고 싶었다. 유진은 여자가 이야기를 더 이어가기 전에 얼른 먼저 말을 꺼냈다.

"저를 어떻게 아시죠? 왜 저에게 이런 제안을 하시는 건가요?"

한 관장은 말을 멈추고 유진의 눈을 지그시 바라보았다. 입꼬리를 살짝 올려 미소를 지으며 말을 이었다.

"선택은 내가 아니라, 우리 딸이 했다고 봐야죠. 그 사진 속 아이, 내 딸이에요. 세나는 혼자 독립해 살겠다고 뉴욕까지 날아왔어요. 세나의 선택을 존중하지만, 노파심에 안전장치를 마련하는 상황이라고 이해하면 되겠네요."

"따님이 저를 선택했다는 게 무슨 얘기인가요?"

"관찰력이 없는 건가? 아니면 타인에게 무심한 건가?"

"네?"

"강 실장 얘기에 따르면 우리 세나가 그 카페를 몇 번 갔다고 하던데, 커피를 시켜놓고 당신을 쳐다보며 시간을 보냈다고."

유진은 알지 못했다. 카페에 앉아 노트북을 꺼내놓고 일을 하거나 스마트폰을 보는 사람들이 한둘인가. 썰물과 밀물처럼 우르르 몰려 들어왔다 나가기를 반복하는 손님들을 응대하느라 누가 자신을 응시하는지 살필 여유 같은 건 없다. 근처에 어학원이 있다는 얘기는 들었다. 덕분에 전세계 모든 인종을 만나는 듯한 기분이 들기도 했다. 한국인도 자주 눈에 띄니 딱히 반갑지도 않았다. 가만, 몇 번이나 나를 보고 있었다고?

'넌 너무 무심해. 아니, 냉정해.'

베키가 울면서 소리치던 모습이 떠올랐다. 그녀 말대로라면 유진은 아직 LA에 살고 있어야 했다. 그러나 남의 인생에 끼어들어서 좋게 끝난 적이 없다.

"그럼 저에 대한 건?"

"어떻게 아느냐고, 아니면 어디까지 아는지 묻는 건가?"

"……둘 다 듣고 싶은데요?"

"한가지 지켜야 할 게 있어요. 내가 당신에게 이런 제안을 했다는 걸 세나는 몰라야 해요."

"네?"

"혼자 잘하고 있다고 믿는 편이 낫지 않겠어요?"

유진은 한 관장이 무슨 이야기를 하는지 바로 이해했다. 어떤 사연인지는 모르겠지만 딸은 가족을 벗어나고 싶고, 엄마는 사람을 붙여서라도 어떻게든 딸을 지켜볼 심산인 것이다. 어려운 일도 아니다.

유진은 시급 구 달러, 하루 여섯 시간 일하는 것보다 나을 거라던 남자의 말이 생각났다.

"……조건은 어떻게 되죠?"

한 관장의 입꼬리가 조금 더 올라갔다.

"맨해튼에 적당한 아파트를 구해주죠. 잘 알지도 못하는 사람들과 셰어하는 스튜디오보다는 훨씬 쾌적할 거예요. 그걸로 월세는 해결될 거고, 보름마다 이천 달러씩 지급될 겁니다. 세나 곁에 붙어 있을 필요는 없어요. 지금처럼 살면 돼요. 다만, 세나가 원할 때 친구가 되어주세요."

유진은 머릿속으로 한 관장이 말한 숫자를 빠르게 더했다. 월세로 나가는 천삼백 달러를 절약할 수 있고 거기에 한 달에 사천 달러의 보수, 더구나 지금 하는 일을 계속하면서? 이건 괜찮은 조건이 아니라 묻지도, 따지지도 말고 덥석 물어야 할 최고의 제안이다.

그런데 지금 '모르는 사람과 셰어하는'이라고 했나. 도대체 어디까지 알고 있는 거지? 유진은 한 관장이 아직 자신의 질문에 어떠한 대답도 하지 않았다는 것을 깨달았다.

나에 대해 어떻게 아는지, 어디까지 아는지.

생각해보니 어떻게 아는지는 중요하지 않다. 카페로 찾아와 심부름을 하고 오늘 호텔 방에서 자신을 맞이했던 남자처럼 누군가를 통하면 얼마든지 알아볼 수 있는 일이다. 문제는 나유진에 대해 어디까지 아는가 하는 것이다.

"제 질문에 아직 답을 안 하셨네요."

유진의 말에 한 관장은 흥미롭다는 표정으로 유진을 찬찬히 쳐다보았다. 유진은 한 관장의 시선을 고스란히 받으면서 답을 기다렸다. 한 관장의 입가에 다시 미소가 떠올랐다.

"……이런 제안을 할 정도로 안다면 답이 될까?"

한 관장은 유진의 질문에 어떤 답도 주지 않을 생각인 것 같았다. 호락호락하지 않은 인상이더니 역시 쉽지 않다. 여기서 질문을 더 던지는 건 의미가 없다는 생각이 들었다. 어디까지 뒷조사를 했는지 밝히고 싶지 않은 거겠지. 딸의 친구가 되어달라는 걸 보면 유진의 정체에 대해 걱정하는 것 같지도 않다.

한 관장의 말에 의하면 세나라는 아이는 이미 유진을 알고 있다. 아는 정도가 아니라, 카페에 찾아와 쳐다볼 정도라고 한다. 그렇다면 자연스럽게 친구가 되는 건 쉬울지도 모르겠군. 엄마에게서는 풀지 못한 오늘의 궁금증을 딸에게서는 풀수 있지 않을까 하는 생각이 들었다. 그렇다면 무리할 필요는 없다.

유진은 봉투에 사진을 집어넣고 한 관장을 바라보았다.

"제가 더 알아야 할 정보가 있을까요?"

"다시 한번 말하지만 내가 당신을 고용했다는 걸 세나는 몰라야 해요."

"……알겠습니다."

한 관장은 만족한 표정으로 유진을 향해 고개를 끄덕이더니 바로 자리에서 일어났다.

"자세한 건 강 실장이 연락할 거예요."

유진과 대화를 마친 한 관장은 자리에서 일어나며 누군가에게 전화를 걸었다. 곧 낮은 목소리로 대화를 시작한 한 관장은 창가로 걸음을 옮겼다. 서류 봉투를 야상 점퍼의 주머니에 집어넣고 자리에서 일어난 유진은 등 돌리고 선 한 관장을 쳐다보다 방을 나왔다. 한 관장은 대화를 끝내자마자 유진의 존재를 잊은 듯했다. 방을 나오며 유진은 왠지 기분이 씁쓸해졌다.

복도에는 아무도 없었다.

강 실장이 있으리라 기대했던 유진은 잠시 복도에 서 있다가 엘리베이터 쪽으로 걸음을 옮겼다. 엘리베이터를 기다리는 동안 어디선가 스멀스멀 검은 연기가 새어나왔다. 유진의 머릿속으로 몰려든 검은 연기는 온몸에 퍼졌다. 위장에 불쾌한 통증이 밀려들었다.

자신의 딸을 지켜봐주고 친구가 되어달라는 여자의 제안은 나쁘지 않다. 외국에서 혼자 살게 된 딸을 걱정하는 돈 많은 엄마의 오지랖이라고 생각하면 이상한 제안도 아니다. 그런데 여자를 만나고 나온 뒤 묘하게 불쾌한 기분이 스며들었다. 여자와 나눈 이야기를 다시 되짚어봐도 정중하기만 한 말투와 태도였다. 그런데 왜 점점 언짢아질까?

기시감이 들었다. 자기를 중심으로 우주가 돌아간다고 생각하는 부류의 사람들. 자신이 원하는 대로 세상이 움직일 거라는, 아니 세상을 움직이는 건 자신이라는 오만함이 자연스럽게 몸에 밴 사람들. 그런 사람들은 자기가 하고 싶은 말만 한다. 넌 내가 시키는 대로 해.

왜 기분이 싸해졌는지 깨달았다.

관찰력이 없다고 했던가? 타인에게 무심하다고?

불과 오 분도 안 되는 사이, 상대를 다 안다는 듯 쉽게 판단하고 라벨을 붙인다. 아니, 판단할 필요도 없다고 생각했을지도 모른다. 여자는 아마도 자신이 무엇을 했는지조차 모를 것이다. 그 말을 되새김질하는 건 무례의 칼날에 베인 유진뿐이다.

누군가가 떠올라 입맛이 썼다. 가슴과 팔에 희고 누런 털이 수북하고, 거칠게 숨을 내쉴 때마다 알코올의 단내를 풍기던, 몸무게가 백오십 킬로그램은 족히 나갈 것 같던 남자. 불어터질 듯 살찐 손가락으로 삿대질하며 말했었지.

'감히 내 말을 거역하고 이 바닥에서 살아남을 것 같아?'

인간은 왜 한 줌의 권력이라도 가지게 되면 그렇게 오만한 태도가 되는 것일까? 남들보다 돈이 더 많다는 이유로, 더 힘 있는 자리에 앉아 있다고, 자신이 가진 권력이 크면 클수록 잔인하고 난폭한 인간이 된다. 인간에 대한 존중은 자신처럼 돈이 있거나 권력이 있거나 영향력이 있는 자들 앞에서만 보인다.

주변 사람들은 언제든 쓰고 버리는 존재일 뿐, 필요하면 적당한 보수만 주면 된다는 식의 태도. 우아한 몸짓과 억양으로 어떻게 구색을 갖추었는지 몰라도 내면의 본성은 쉽게 바꿀 수 없다. 그건 넘쳐나는 돈으로도 살 수 없다.

타인을 존중하는 게 그렇게 힘든 일인가? 하긴, 그러니 딸의 친구를 돈으로 사려는 것이겠지. 하지만 때때로 그런 무례함이 죽음까지 불러온다는 걸 왜 모르지?

백오십 킬로그램의 덩치가 쓰러지자 바닥이 울렸다. 그 순간, 대단하게 느껴진 건 그 무게뿐이었다. 대리석 바닥에 머리를 부딪치자 그는 숨을 헐떡이며 "911, 911"을 웅얼거렸을 뿐이다. 수십억 달러의 돈도, 샌타모니카가 내려다보이는 벨에어의 저택도 그의 죽음을 막지는 못했다.

'당신이 조금만 친절했다면 전화를 걸어줄 수도 있었어.'

머릿속에 그 장면이 다시 떠오르자 유진은 세차게 고개를 흔들어 기억을 털어냈다. 속이 울렁거려 숨을 크게 들이마셨다. 발아래에 또 시체를 만들 수는 없다. 손끝이 저릿해져 온다. 유진은 주먹을 쥐었다 펴기를 반복하며 신경을 건드리는 저릿함이 사라지길 바랐다.

이래서 누군가와 연을 만들기가 싫어.

뉴욕 같은 대도시에서는 익명으로 살기 쉽다. 최소한의 형식적인 관계만 맺고 살아도 불편한 게 없다. 다들 먹고살기 바빠서 타인의 삶에 관심을 두지 않는다. 같은 공간을 나눠 쓰는 룸메이트라고 해도 서로의 사생활은 모른다. 알려고 하지도 않고, 알 필요도 없다. 그저 제날짜에 자기 몫의 월세를 내고 공동생활에 필요한 최소한의 규칙을 지키면 그것으로 끝이다. 관심도, 간섭도 없다. 그렇게 조용히 살고 싶었다.

그런데 왜 이 호텔까지 와서 여자의 제안을 받아들인 걸까?

돈이 필요했다. 솔직히 말하자면 한 관장의 입에서 '맨해튼의 아파트'라는 단어가 나오는 순간, 이미 모든 건 희미하게 멀어졌다. 지금 유진은 어느 때보다 평온하고 쾌적하게 살 혼자만의 공간이 필요했다.

아무리 닦아도 냄새가 빠지지 않는 변기와 주방의 공간이 커튼 한 장으로 나뉘는 곳에서의 생활은 사는 게 아니라 버티는 것일 뿐이다. 바퀴벌레가 베개를 스치는 소리를 듣고 그것들이 귓속에 알을 낳는 악몽을 꾼 적도 있다. 누구의 방해도 받지 않고, 바퀴벌레도 없고, 욕조에 몸을 담그고 원하는 만큼 조용히 시간을 보낼 수 있다면 지금보다 낮은 조건이라도 승낙을 했을 것이다. 결국 그들이 휘두르는 돈뭉치의 위력을 인정하지 않을 수 없다.

그러고 보니 머릿속으로 했던 셈은 처음부터 틀렸다. 월세

천삼백 달러를 아끼는 게 아니라 안락한 혼자민의 공간을 얻게 되는 것이다. 어느 정도 크기일지는 모르지만 어쨌든 맨해튼의 아파트라면 처음 계산했던 것보다 훨씬 많은 액수일 게 분명하다. 돈 한 푼 안 내고 그런 공간에서 지낼 수 있다면, 잠시의 불쾌함은 감수할 만한 거래다.

불쾌함은 한 번으로 족하다. 연락은 강 실장이 한다고 했으니 앞으로 한 관장을 만날 일도 없다. 유진은 여자와 다시 마주치는 일이 없기를 바랐다.

유진은 엘리베이터를 기다리며 한지윤 관장이 준 명함을 꺼내 쳐다보다가 스마트폰으로 검색을 하기 시작했다. 여자는 생각보다 큰돈과 권력을 가지고 있었다.

대한민국 재계 서열 20위 안에 드는 선형 그룹의 안주인. 뉴스나 공식적인 정보에는 개인적인 이야기들이 거의 나오지 않았지만, 온라인 위키에는 흥미로운 이야기가 올라와 있었다.

선형 그룹 정대형 회장의 비서 출신인 한 관장이 그룹의 안주인 자리를 차지한 것에 대해 루머가 있었다. 재계와 정계의 정략결혼으로 유명했던 선형 그룹 회장의 결혼생활은 두 아들이 태어난 뒤 이미 끝났고, 비서로 들인 한 관장이 사실상 부인 노릇을 했다는 얘기였다. 온라인 위키에는 신빙성 없는 정보가 떠돌기도 했지만 알짜배기 얘기들도 슬쩍 올라오곤 했다.

회장 부인이 죽고 한 관장이 그 자리에 들어앉은 걸 보면 아주 틀린 이야기 같지는 않았다. 정 회장의 비서가 된 지 이십 년이 넘었고 그의 부인이 된 지도 십몇 년이 흘렀지만 개운치 않은 결혼은 호사가들의 입에 오르내리기 딱 좋았다.

유진은 엘리베이터에 올라탄 뒤 한 관장이 운영하고 있다는 아트센터 마라의 정보를 찾아보기 시작했다. 그녀의 명함에 적혀 있던 아트센터 마라는 한국에서 알아주는 규모의 박물관과 갤러리로, 그곳에 전시된 정 회장의 선친이 모으기 시작한 유물과 작품의 가치는 웬만한 박물관 이상이라고 했다. 인터넷에 올라온 한 관장의 사진은 주로 마라에서의 행사와 관련된 기사에서 볼 수 있었다. 잘 세팅된 머리와 구김 하나 없는 깔끔하고 세련된 옷차림. 그리고 조금 전 보았던, 어느 사진에나 있는 만들어진 미소.

기사를 읽어보던 유진은 몇 년 전부터 한 관장의 뉴스가 확 늘어난 것을 깨달았다. 본격적으로 문화계 뉴스에 나온 건 삼년 전부터인 듯했다. 그쪽 분야를 잘 모르는 유진도 아트센터 마라의 이름이 기억에 있는 걸 보면 한국 문화계에 끼치는 영향력이 상당하다는 것을 알 수 있었다.

'……그렇다고 널 이렇게 대접하면 안 되지, 안 그래?'

소름이 돋았다. 이제는 사라졌다고 생각한 목소리, 오랜만에 그 목소리가 들려왔다. 다시는 귀 기울이지 않겠다고 마음먹었는데, 의식할수록 목소리는 더 크고 분명하게 들려왔다. 유진이 자신에게 집중하고 있다는 걸 안다는 듯, 목소리는 더욱 자신감이 붙어 속삭였다.

'자기 꽃밭을 잘 지켜봐달라면서 왜 정원사의 기분을 상하게 하지?'

목소리는 이제 유진의 심장을 파고들었다.

'세나라고 했나? 어떤 아이일지 궁금하지 않아? 갑자기 너무 보고 싶은데?'

유진은 그제야 목소리가 너무 가까이 다가왔다는 것을 깨닫고 고개를 흔들었다. 하지만 목소리는 유진의 귀에서 쉽게 떠나지 않았다.

'꽃밭을 가꾸려면 조심해야지. 비료도 있지만 농약도 있거든. 정원사 기분을 상하게 하면 안 되지. 잘못하면 꽃들이 죽기도 하잖아?'

유진은 목소리에 귀 기울이지 않기로 했다. 외면하고 무시하면 희미해지다 사라질 거야. 하지만 이 한마디는 유진의 관심을 끌었다. 문득 유진은 자신도 모르게 목소리가 남긴 말을 중얼거렸다.

"그래, 잘못하면 꽃들이 죽기도 하지."

2.

"사랑이는?"

현관문이 열리고 들어선 선경의 입에서 딸 이름부터 먼저 나왔다. 문을 열어준 희주는 어이없다는 얼굴로 선경을 쳐다 보며 잔소리를 했다.

"어휴, 딸바보. 머릿속에 딸밖에 없지."

"미안."

희주는 바쁜 듯 대꾸도 하지 않고 총총걸음으로 주방으로 돌아갔다. 희주를 따라 집안으로 들어선 선경은 거실 소파에 희주 남편과 나란히 앉은 사랑을 발견했다.

고개를 들다 선경과 눈이 마주친 사랑은 팩 시선을 돌리고 다시 카드 맞추기 게임을 계속했다. 샐쭉해진 표정과 꼭 다문 입술로 '아직 엄마에게 화났어'라는 걸 온몸으로 보여줬다. 다 섯 살이 된 사랑은 고집쟁이를 넘어 독불장군이 되어가고 있 었다. 한번 고집을 부리면 당해낼 재간이 없다. 선경은 사랑 너머로 고개를 든 희주의 남편과 눈인사를 나눈 뒤 주방으로 향했다.

희주는 저녁 준비로 분주했다. 식탁에 아직 저녁이 차려지 지 않은 걸 본 선경은 안도의 숨을 내쉬었다. 선경은 서둘러 식탁 위에 케이크를 올려놓고 팔을 걷었다. 뭐라도 도와야지 싫어 희주 곁으로 나가가 수돗물을 틀어 손부터 씻었다.

"미안해, 많이 늦은 건 아니지?"

"응, 이제 접시에 담기만 하면 돼."

프라이팬과 냄비에는 이미 완성된 음식들이 있었다. 선경은 진심으로 친구에게 미안했다. 조금은 여유가 있을 줄 알았는데 슈퍼비전이 늦게 끝났다. 그 바람에 퇴근 시간과 겹쳐 길이 막혔고, 평소보다 더 늦어지고 말았다.

"사랑이한테 좀 도우라고 하지. 곁에서 심부름 같은 건 잘하는데."

"저이가 놔주질 않아. 둘이 얼마나 짝짜꿍이 잘 맞는지, 나는 뒷전이야. 고맙지. 주방에 누가 있어 봐야 성가시거든."

희주가 눈을 찡긋하며 웃었다. 선경은 다시 고개를 돌려 소파에 나란히 앉아 있는 사랑과 희주의 남편을 쳐다보았다. 서로의 몸에 기대어 카드를 찾는 두 사람은 흡사 아빠와 딸처럼 보였다.

희주가 슬그머니 선경에게 몸을 기울이며 목소리를 낮추었다.

"밀키트 사서 요리하는 척만 한 거야. 냉장고에 있던 거 꺼내서 끓이고 접시에 담는 것뿐이니까 너무 맘 쓰지 않아도 돼."

말은 그렇게 하지만 얼핏 봐도 몇 가지는 희주의 솜씨로 만들어낸 것이다. 특히 사랑이 좋아하는 꽃무늬 계란말이. 얇게 썬 당근과 햄을 꽃 모양으로 다듬어 넣어서 계란말이라고 부르기 아까울 정도로 이쁜 일품요리다. 선경은 감탄의 눈으로 접시에 놓인 계란말이를 쳐다보았다. 당근과 햄으로 만든 꽃잎 위에 머스터드소스를 살짝 올리면 꽃이 완성된다. 그건 사랑의 몫이다.

선경은 친구가 담아주는 요리들을 식탁 위에 내려놓기 시작했다. 순식간에 저녁이 차려졌다.

"사랑아, 이모 도와줄래?"

"네."

대답과 동시에 나비처럼 날아온 사랑은 식탁 위에 놓인 접시를 보더니 익숙하게 머스터드소스 병을 집어들었다. 뒤따라 주방으로 들어온 희주의 남편 영호는 물잔을 찾아 식탁에 내려놓고 물을 따랐다.

"오, 이쁜데? 잘했어."

아동 상담을 하는 희주는 능숙하게 아이를 다룬다. 희주의 칭찬을 받은 사랑은 마치 계란말이가 자신의 솜씨인 양 어깨를 으쓱하며 접시를 식탁 중앙으로 밀어놓았다.

"와, 사랑이 덕분에 계란말이 먹어보네. 이모가 사랑이 없을 땐 해주지도 않거든."

자리에 앉던 영호도 옆에서 거들었다. 사랑은 두 사람을 번

같이 쳐다보며 웃었다.

"그럼, 덕분에 엄마도 한번 먹어볼까?"

사랑과 대화를 트려고 선경도 슬쩍 말을 걸며 젓가락에 손을 댔다. 그러자 사랑이 얼른 접시를 자기 앞으로 당겼다.

"안 돼. 엄만 먹지 마!"

선경이 민망할 만큼 사랑의 목소리는 크고 단호했다.

그 소리에 놀란 희주가 눈을 크게 뜨고 선경과 사랑을 번갈아 쳐다보았다. 선경과 눈이 마주친 희주가 입 모양으로 '왜?'라고 물었다. 선경은 "나중에"라고 작게 대답하고 자리에 앉았다. 옆에 앉은 엄마는 쳐다보지도 않고, 사랑은 계란말이 접시를 사수하고 있었다.

누군가 이 모습을 본다면 희주 부부와 사랑을 가족으로, 선경을 초대받은 손님이라고 생각할 것이다. 아이에게는 초대받지 못한 손님.

희주는 모녀 사이에 무슨 일이 있었는지 살피듯 선경과 사랑의 얼굴을 찬찬히 둘러보다가 화제를 바꿨다.

"근데 이 케이크는 뭐야?"

"오늘 생일 아니야?"

"나? 내 생일 내일이야. 웬 케이크인가 했네."

희주의 말에 선경은 대답도 못하고 얼굴만 붉혔다. '분명히 오늘이라고 알고 있었는데?'라고 생각하던 선경은 왜 이런 오류가 일어났는지 깨달았다. 슈퍼비전을 받고 난 뒤 희주의 생일을 축하해주면 되겠다고 생각했던 것이다. 그렇게 슈퍼비전을 받는 날과 희주의 생일이 연결되었고 결국 머릿속에 같은 날로 입력된 것이다.

"미안. 요즘 내가 정신이 좀 없다."

"괜찮아, 원래 생일은 미리 축하해주는 거야. 하루 먼저 축하해도 되지. 케이크도 있겠다 하루 당겨서 하지 뭐. 사랑아, 이모 생일 축하 노래 불러줄래?"

희주가 상자에서 케이크를 꺼내자 희주의 남편 영호가 얼른 일어나 케이크에 초를 꽂고 불을 붙였다. 사랑은 기다렸다는 듯 손뼉을 치며 노래를 부르기 시작했다. 얼떨결이지만 희주는 흐뭇하게 축하 인사를 받고 촛불을 불었다. 사랑이 왼손 검지로 살짝 케이크를 긁어 맛을 보았다. 선경은 피식 웃음이 나왔다. 삐져 있어도 애는 애다. 케이크를 좋아하는 사랑은 엄마와 냉전중이라는 것도 잊고 케이크에 손을 댔다. 선경은 얼른 케이크를 잡아당겼다.

"이건 이모 케이크야."

사랑이 입을 삐쭉거리며 선경을 노려보았다. 엄마에게 또 뭐라고 소리를 지를 기세다. 희주가 얼른 두 사람 사이에 끼어들었다.

"그만해. 내 생일 파티에서 두 사람 싸울 거야? 그럴 거야,

사랑이?"

사랑이 고개를 저었다.

"그럼 맛있게 먹자. 이모가 지금 너무 배고프거든."

희주의 말에 다들 기다렸다는 듯 식사를 시작했다.

희주 부부는 식사중에도 사랑이 밥 먹는 모습을 흐뭇하게 지켜보았다. 네모난 식탁에 꽉 차게 자리 잡고 있으니 선경은 왠지 마음이 놓였다. 자신보다는 딸 사랑을 위해서.

사랑이 태어나던 그날부터 희주는 선경의 구세주였다. 덕분에 숨통이 트이고 모든 게 견딜 만했다. 희주가 없었다면 지금 같은 안온한 날은 누리지 못했을 것이다. 이제 가족이라곤 사랑이 유일한 선경에게 희주 부부가 가족의 빈자리를 메워주었다. 아니, 누구보다 좋은 가족이 되어주었다.

사랑이 이렇게 별 탈 없이 성장할 수 있었던 것도 두 사람의 역할이 컸다. 특히 희주의 남편 영호는 아빠의 빈자리를 너무나 잘 채워주었다. 친아빠는…… 사랑이 걸음마를 막 시작할 때쯤 보고 그뒤로 소식을 끊었다.

이혼서류에 도장을 찍기 위해 만난 날, 윤재성은 이제 막 걸음을 떼는 사랑처럼 걷는 게 불편해 보였다. 그때의 사고로 다리에 장애가 생긴 것 같았지만 물어보지 않았다. 굳이 그날의 일을 입에 올리고 싶지 않았다. 어서 그와의 관계를 끊고 싶었다.

그때도 희주는 선경의 곁에서 의지가 되어주었다. 도저히 혼자 남편을 만날 자신이 없던 선경은 희주에게 도움을 청했었다. 선경이 내민 이혼서류에 재성은 폭발 직전이었으나, 차분하고 단호한 희주 덕분에 모든 게 신속하게 정리되었다.

"한 번만 더 선경이 괴롭히면 당신이 어떤 인간인지 찾아다니면서 까발릴 거야. 앞으로도 의사로 살고 싶으면 조용히 떠나."

양육비니, 재산이니 하는 것도 맘대로 하라고 전부 던져버리고 싶었지만 지친 선경을 대신해 희주가 살뜰하게 다 챙겼다. 선경이 다시 기운을 차리고, 사랑을 돌보고, 자신을 지키기 위해서는 그 모든 게 필요했다. 희주의 예상대로 그 인간은 양육비도 제대로 지급하지 않았다. 이삼 년 착실하게 보내오더니 그뒤로 깜깜무소식이었다. 선경은 양육비 때문에 그와 다시 엮이는 게 끔찍해서 굳이 연락하지 않았다.

점심을 부실하게 먹었던 선경은 희주의 요리에 감탄하며 식사를 했다.

"천천히 먹어, 누가 쫓아오니?"

병원 연수중 생긴 안 좋은 버릇이다. 시간에 쫓기다보니 최대한 간단하고 빠르게 끼니를 해결했다. 희주가 선경 앞쪽으로 미나리무침을 슬쩍 밀어주며 물었다.

"슈퍼비전은 어땠어?"

"……여전히 부족한 것투성이지 뭐."

하고 싶은 말이 많았지만 식탁에서 쏟아놓을 이야기는 아니었다. 선경이 대충 얼버무리며 대답했다. 친구의 표정을 살피던 희주는 선경의 팔을 다독이며 말했다.

"그러니까 수련하고 슈퍼비전을 받는 거지. 그런 걸로 의기소침해하지 마."

"슈퍼비전이 뭐예요?"

사랑이 불쑥 어른들의 대화에 끼어들었다.

사랑은 말을 배우기 시작하면서부터 세상 모든 게 궁금한지 끊임없이 묻고 또 물었다. 대화 대부분이 늘 질문이었다. 사랑인 특히 엄마의 모든 것을 알고 싶어했다. 엄마 어디 가? 엄마 언제 와? 지금 뭐하고 있어? 힘들어? 엄마, 나 사랑해?

오늘도 엄마가 뭘 했는지 궁금하지만 직접 말은 걸고 싶지 않은지 질문을 희주에게 했다.

"음, 이건 숙제 검사 같은 거야. 엄마가 검사하고 상담한 걸 노트에 잘 정리해서 보여주면 슈퍼바이저 교수님이 어떤 점을 잘했고 어떤 건 이렇게 해야 하고, 또 앞으로 어떻게 해나가야 할지 그런 걸 같이 상의하는 거야."

"음, 그렇구나."

요즘 사랑의 버릇이다. 답을 들으면 늘 고개를 끄덕이며 이해한다는 듯 "그렇구나"라고 중얼거렸다.

"얼마나 남았어요? 임상 수련한 지 꽤 된 것 같은데?"

영호가 물었다. 그 역시 병원에 드나드는 일을 하다보니 임상 수련 과정이 얼마나 만만치 않은 일인지 어렴풋이 알고 있다.

"일 년 남았어요. 지난 이 년이 어떻게 갔는지 모르겠어요. 다 두 사람 덕분이야. 고마워요."

"이 사람이랑 같이하면 훨씬 편했을 텐데, 수련도 거기서 하고."

영호의 말에 희주는 고개를 절레절레 흔들었다.

"나도 얼마나 설득했는데. 고집이 아주 그냥. 자기 발로 고생길로 들어가는 걸 누가 말려?"

희주는 아직도 그 일이 섭섭했던 모양이다. 하지만 지금 당장 편하려고, 친구 덕을 보면서 자신이 원하지 않는 길을 선택할 수는 없었다.

"나는 아직도 궁금해. 네가 왜 임상을 선택한 건지."

"나도 궁금하네, 내가 왜 이 고생을 사서 하는지."

선경은 농담으로 답을 피했다. 사실 명확하게 대답할 만큼 머릿속이 정리되지 않은 게 가장 큰 이유였다.

전공이었던 범죄심리를 다시 시작할 마음은 없었다. 하지만 희주처럼 아동 상담심리로 방향을 잡는 것도 마음이 가지 않았다. 아이를 키우며 완전히 다른 일을 시작할까 하는 생각도 이따금 해보있지만, 한번 시작한 공부에서 전혀 새로운 세계로 넘어가기에는 어려움이 있었다. 더구나 선경은 여전히 인간의 심리에 관심이 있었다. 대학원에서 했던 공부에 몇 가지만 더 한다면 다시 시작하는 것도 어렵지 않을 듯싶었다. 무엇보다 앞으로도 혼자 아이를 키우려면 일을 포기하면 안 된다는 생각이 들었다.

"넌 왜 아동 상담을 전공했어?"

"나? 난 애들이랑 노는 걸 좋아했어. 어릴 때부터 우리 집은 동네 아이들 아지트였거든."

희주의 얘기를 듣자 기억이 났다.

외동딸을 위해 동네 아이들이 언제든 와서 놀 수 있도록 대문을 활짝 열어두고 식탁에는 도넛, 김밥이나 떡볶이 같은 먹거리를 잔뜩 만들어두었다는 희주의 어머니. 덕분에 희주의 집에는 아이들이 수시로 들락거렸고 희주는 나이를 가리지 않고 동네 아이들과 어울렸다고 한다. 희주 어머니는 아이들의 얼굴만 봐도 무슨 일이 있었는지, 뭘 원하는지 알았다고 했다. 그래서 친구들은 때로 희주보다 어머니를 보러 집에 들르곤 했다. 덕분에 희주는 아이들과 자연스럽게 어울리는 엄마의 대화 능력을 몸에 익혔다.

선경도 희주처럼 외동이었지만, 아이들과 어울리기보다 대부분의 시간을 엄마와 함께 보냈다. 자리보전하는 날이 더 많았던 병약한 엄마의 곁에서 책을 읽거나 그림을 그리거나 색종이를 접었다. 조용한 환경에 익숙하다보니 아이들 소리가 와글와글 들리는 곳에만 가면 신경이 예민해지고 피곤했다. 그러니 희주의 제안을 거절하는 건 당연한 일이었다.

"어릴 때 어떤 환경이었느냐가 인생의 절반, 아니 그 이상을 결정하는 것 같아. 어떤 부모에게서 태어나는지, 경제력은 어느 정도인지, 아이의 교육에 관심이 있는지, 또 아이와 대화를 많이 하는지 같은 것들. 요즘 상담하다보면 아이를 제대로 키우는 것에 대해 무지한 부모가 많다는 생각이 들어."

희주는 자신이 상담하는 아이들의 이야기를 하며 고개를 저었다. 아이와 상담하다보면 결국 부모의 문제를 함께 봐야 하는 경우가 대부분이라는 이야기를 했었다.

양육 이야기가 나오면 선경은 늘 마음 한편이 무거웠다. 희주의 이야기를 듣던 선경은 음식을 씹는 소리도 내기 힘들었다. 자신에게 한 말이 아니라는 걸 알지만 희주의 이야기는 자신에게도 해당하는 얘기였다.

사랑을 키우면서 늘 고민하는 점이었다. 나는 사랑을 잘 키우고 있는 건가? 사랑인 행복한 걸까? 아빠의 빈자리를 아이는 어떻게 받아들이고 있을까?

엄마밖에 없는 환경이라 어쩔 수 없었지만, 선경이 공부를 시작하면서 늘 시간에 쫓기다보니 사랑을 제대로 못 챙길 때가 많았다. 두 실도 되기 전에 어린이집에 가야 했고 그때부터 깨어 있는 시간에는 엄마인 자신과 지내는 시간보다 어린이집에서 머무는 시간이 훨씬 많았다. 하원도 제시간에 하지 못해 도우미를 써야 했다. 싱글맘이라고 임상 수련중인 병원의 배려를 바랄 수는 없었다. 더구나 스터디, 세미나 준비, 보고서를 쓰고 슈퍼비전을 받는 건 누가 대신해줄 수 있는 일이 아니었다.

퇴근한 뒤 사랑과 함께 있는 시간은 짧기만 한데 그마저도 온전히 아이를 위해 쓸 수가 없었다. 서둘러 아이를 재우기 바쁘고 그 틈에 책을 꺼내 펼쳐야 했다. 사랑이 잠투정을 하거나 안 자고 방을 돌아다니며 소란을 피우면, 일을 멈추고 몇 번이나 깊은 한숨을 내쉬며 밀려오는 짜증을 참아야 했다. 뒤늦게 제풀에 지쳐 잠이 든 사랑을 침대에 눕힐 때면 죄책감이 밀려들었다.

희주의 집 근처로 이사를 온 뒤로 사랑인 어린이집에서 이곳으로 오는 경우가 많아졌다. 사랑은 더이상 보채지 않았다. 엄마가 책을 펼쳐놓고 보고서를 쓰고 있으면 옆에서 그림책을 보거나 자기 방에서 조용히 잠들었다. 그럴 때마다 선경은 자신의 삶을 위해 사랑에게 몹쓸 짓을 하는 것 같아 자책했다. 지난 이 년의 변화는 사랑이 성장했다기보다 엄마는 원래 그런 사람이라며 포기한 게 아닌가 싶었다.

선경은 수련 기간만 끝나면 사랑과 함께 보낼 여유가 생길 거라 믿으며 어서 이 시간이 지나기만을 기다렸다. 책상 모니터 옆에 놓인 달력에 출소를 기다리는 죄수의 심정으로 엑스자 표시를 해가며 하루하루를 지우고 있었다.

대화가 끊어진 걸 눈치챈 희주가 선경의 손을 잡았다.

"걱정 마, 넌 잘하고 있어."

선경은 이해심 넓은 친구의 얼굴을 바라보다가 슬쩍 사랑의 눈치를 살피며 말했다.

"사랑이는 저렇게 나랑 말도 안 하는데?"

"그래, 두 사람 오늘 저녁 먹고 나랑 얘기 좀 하자."

사랑은 또 입을 삐죽거리며 엄마를 쳐다보고는 물을 마시고 자리에서 일어났다.

"뭐야, 벌써 다 먹었어?"

선경의 말에 사랑은 항변이라도 하듯 자신의 그릇을 내보였다. 정말로 그릇은 깨끗하게 비어 있었다. 어른들이 이야기하는 동안 식사를 끝낸 모양이다.

"좀 천천히, 꼭꼭 씹어서 먹지."

선경의 잔소리를 뒤로하고 사랑은 소파로 가서 자신이 가지고 놀던 카드를 정리했다. 그 모습을 보던 희주가 고개를 절레절레 흔들며 선경에게 말했다.

"애들은 왜 이렇게 눈치가 빠르니, 가끔 놀란다니까."

"나 오기 전에 무슨 일 있었어?"

"배에서 꼬르륵 소리가 나는데도 엄마 오면 먹겠다고, 아무것도 안 먹고 버티더라. 근데 무슨 일로 둘 사이가 이렇게 찬바람이야?"

"사랑이가 얘기 안 해?"

"내 말이 그거야. 엄마 싫은 소리는 절대 안 해. 너한테 화난 것도 좀전에 알았잖아."

선경은 망설이다가 사랑이와 실랑이중인 일을 털어놓았다. 사실 희주만한 전문가가 어디 있을까?

"갑자기 킥보드를 사달라고 하잖아."

"킥보드?"

선경은 생각만 해도 끔찍하다는 듯 인상을 쓰며 고개를 저었다.

"얼마 전에도 아파트에서 사고 났었잖아. 얼마나 위험한데…… 그런 걸 어떻게 사줘?"

"……그래서 저렇게 골을 내는 거야?"

"어린이집 친구들도 다 킥보드 있다면서, 왜 자기는 안 사주냐고. 뭐라고 해야 할지 모르겠어. 안 사주는 게 맞지?"

선경은 자신의 결정에 확신 없는 표정으로 희주를 쳐다보며 동의를 구했다.

"위험해서 안 사준다며. 엄마가 그렇게 결정했으면 사랑이가 알아듣게 전하면 되는 거지."

"하지만……"

선경은 아무래도 마음이 편하지 않았다. 안 된다고 해놓고
도 이게 잘한 결정인지 계속 고민했다. 돈 때문이라고 생각할
까? 혹시라도 킥보드를 타는 아이들이 훨씬 많아서 우리 사
랑이가 어울려 놀지 못하고 따돌림당하는 건 아닐까? 별생각
이 다 들었다.

"하지만 뭐? 결정을 번복하고 싶은 거야?"

"아니, 그건 아니야. 하지만……"

"선경아. 아이 키울 때 제일 중요한 게 뭐라고 생각해?"

갑자기 들어온 희주의 질문에 선경은 선뜻 대답하지 못했
다. 매일 아이와 엉켜 사느라 바빠서 머릿속에 계획이나 거창
한 목표 같은 건 없다. 그저 하루하루 잘 지내는 게 목표라면
목표라고 할까? 그런데 가장 중요한 것이라니.

선경이 머뭇거리자 희주가 입을 열었다.

"기준이야. 엄마가 명확한 기준이 있어야 해. 안 되면 왜
안 되는지, 아이에게 해야 할 일과 하지 말아야 할 일, 엄마가
허용하는 선과 범위를 분명히 알려줘야 해."

"아이가 실망해도?"

"실망하겠지. 하지만 그 좌절이 곧 훈육이야. 아무리 원해
도 안 되는 게 있다는 걸, 세상에는 지켜야 할 룰이 있다는 걸

배워야지. 그리고 일관성. 아이와 힘겨루기를 하다 마음이 약해진 엄마가 말을 바꾸면 아이는 혼란을 겪게 돼. 뭘 하면 되고 뭘 하면 안 되는지, 엄마가 헷갈리게 하면 안 돼."

"……"

선경은 고개를 끄덕이면서도 여전히 마음이 복잡했다. 희주는 선경의 얼굴을 살피다 말을 이었다.

"아이에게 미안하다는 생각은 그만해. 넌 지금 상황에서 최선을 다하고 있잖아. 네가 미안하다고 물러나는 순간 아이는 네 죄책감을 건드려서 더 많은 걸 요구할 거야. 애들이 얼마나 눈치가 빠른 줄 알아? 다른 애들과 비교하지 마. 결핍도 배워야 해. 친구와 내 삶이 다르다는 것도 배워야지."

선경은 누구보다 전문가인 희주의 말을 믿고 싶었다. 나는 최선을 다하고 있어. 잠도 못 자며 일하고 사랑을 챙기고 있어. 하지만 과연 그게 최선인가 자문하면 자신이 없었다.

"아이들은 스펀지처럼 자기를 둘러싼 환경을 보고 배우고 받아들여. 적절한 시기에 필요한 훈육을 받지 못하면 결국 나중에 더 큰 문제가 생기지. 모든 걸 원하는 대로 해주는 게 사랑은 아니야. 지금은 해야 할 일, 하면 안 되는 일을 가르쳐야 해. 그건 단호한 게 아니라 명확한 거야."

선경은 희주의 말을 들으며 사랑을 쳐다보았다. 어느새 가지고 놀던 카드를 다 치운 사랑은 가방을 싸고 있었다. 혼자서도 자기 할일은 알아서 하는 아이다. 사실 어느 순간부터 한결 손이 덜 가기 시작했다. 선경은 희주에게도 속마음을 이야기하지 못했다.

사랑을 향한 양가감정. 아니, 양가감정이 아니라 매 순간 여러 갈래의 복잡미묘한 감정이 오가곤 한다. 일일이 설명하기도 어렵고, 설명한다고 해서 선경이 느끼는 감정이 온전히 전달될 것 같지도 않다.

가끔 사랑이 없는 자신을 꿈꾸곤 한다. 품속 아이가 너무나 애틋해서 으스러질 만큼 꼭 안아주면서도 가끔은 아이 없이 혼자 깊은 잠을 자고 싶듯이. 아이가 없었다면 지금 하는 일이 한결 수월했을 거라는 생각도 했다. 그런 이야기를 어떻게 할까, 어떻게 엄마라는 사람이 혼자 있고 싶다는 말을 입 밖으로 꺼낼 수 있어?

'나가, 엄마 쉬고 싶어.'

침대에 누운 엄마는 단호하게 말했었다. 그럴 때면 선경은 아무 말 없이 동화책을 들고 방을 나와야 했다. 선경은 안방 문 앞에 앉아 엄마가 다시 자신의 이름을 불러주길 기다렸다. 그러나 동화책을 보기 어려울 정도로 어두워질 때까지 방문은 열리지 않았다. 그때 선경은 얼마나 심심하고 외로웠던가.

전공책을 보던 선경은 문득 사랑의 방에 들어가 혼자 잠든 아이 얼굴을 보며 어린 시절을 떠올렸다.

아이가 얼마나 쓸쓸할지 뻔히 알면서…… 어쩌면 난 좋은 엄마가 아닐지도 몰라.

사랑은 선경에게 둘도 없는 존재다. 그러나 때로는 자신만 바라보는 존재이기에 무거운 부담감이 느껴졌고 도망치고 싶기도 했다. 발목에 평생 풀지 못하는 단단한 족쇄를 감고 있는 기분. 아니, 그보다는 복잡한 감정 때문에 혼란스러웠다.

얼굴 어딘가에 남아 있는 남편의 표정, 무심코 움직이는 아이의 동작에서 제 아빠나 하영의 모습이 보일 때 선경은 가슴속에 내려앉는 서늘한 한기를 느꼈다. 저 아이의 어딘가에 그들의 유전자가 있다는 생각을 하면 아득한 마음이 들기도 했다. 자기 딸을 보며 그런 생각을 한다는 건…… 누구에게도 말할 수 없다.

문득 언젠가 꾼 악몽이 떠올랐다.

햇살이 가득한 숲속을 거닐다 발견한 옹달샘. 물이 흐르는 곳에 손을 내밀어 물을 받아 마시다 바닥에 있는 검은 구멍을 발견하고 자신도 모르게 손을 집어넣었다. 검은 구멍은 점점 커졌고 손은 바닥에 닿지 않았다. 선경은 상체를 기울여 더 깊이 샘물 속으로 팔을 뻗었다. 그때 깊은 물속에서 누군가 선경의 팔을 꽉 잡아당겼다. 너무 놀란 나머지 발버둥을 치던 선경은 그대로 캄캄한 물속으로 빨려 들어갔다. 팔을 붙잡은 존재는 어느새 선경의 몸에 들러붙어 온몸을 감쌌다. 선경은 숨이 막혀 허우적거리다 꿈에서 깨어났다.

흠뻑 젖은 몸으로 일어나보니 사랑이 선경의 몸에 매달려 자고 있었다. 뜨끈한 사랑의 몸이 닿은 곳은 땀으로 끈적거렸다. 잠에서 깬 뒤, 선경은 날이 밝을 때까지 사랑의 얼굴을 쳐다보며 자신의 감정을 헤아려보았다. 자신의 몸을 감싸는 팔을 떼어내고 싶었지만, 사랑은 이미 자신과 한몸이었다. 앞으로 평생, 죽을 때까지 이 아이는 자신과 절대 떨어질 수도 없고 떨어지지도 않을 존재라는 걸 새삼 실감했다. 식은땀 때문인지, 사랑에게 느끼는 감정 때문인지 온몸에 서늘한 한기가 머물렀다.

그 새벽에 느꼈던 감정은 누구에게도 내보이면 안 되는 선경의 비밀이자 두려움이었다.

3.

세나의 아파트는 어퍼웨스트사이드에 있었다. 미드타운에서 얼마 올라가지 않은 곳인데 맨해튼이라고 믿기 어려울 만큼 고즈넉한 분위기의 동네가 숨어 있었다. 웨스트 88가는 도로 양옆으로 벽마다 근사한 조각을 새긴 오층짜리 건물들이 나란히 줄지어 있다. 집 앞에 심어진 오래된 가로수가 이곳의 역사를 느끼게 해주었다.

유진은 세나가 준 주소를 찾아가며 모처럼 도시의 소음에서 벗어난 느낌을 받았다. 집 근처에서 이제 곧 도착한다는 문자를 보냈다. 걸음을 옮기던 유진은 삼층 높이에 있는 각진 돌출 창문을 열고 손을 흔드는 세나를 발견했다. 푸른 가로수 잎사귀 사이로 활짝 웃고 있는 세나의 얼굴이 보였다.

"언니, 여기예요."

유진도 손을 흔들어주며 걸음을 옮겼다.

'세나가 원할 때 친구가 되어주세요.'

한 관장의 말대로 유진은 세나에게 친구가 되어주었다. 한 관장과 만나고 이 개월 뒤였다. 아, 그때까지도 아직 친밀한 관계가 된 것은 아니었다. 그저 우연한 만남을 가장해서 인사를 나누고 서로의 이름을 말한 뒤 안면을 익힌 정도였다.

한 관장과 만나고 난 뒤, 유진은 세나가 카페에 와도 아는 척을 하지 않았다. 사진으로 익힌 덕분에 세나를 금방 알아보긴 했지만 대화 한마디 나눈 적도 없는 사이에 갑자기 아는 척을 할 수는 없었다. 자연스럽게 말할 기회가 생길 때까지 기다릴 생각이었다.

가끔은 세나가 와서 차를 마시고 나갈 때까지 모를 때도 있었다. 그것대로 나쁘지 않다고 생각했다. 어차피 의도적 접근을 원하지도 않았고 정기적인 보고라고 해봐야 간간이 세나의 근황을 물어오는 강 실장의 문자에 답하는 게 전부였다. 가끔은 그런 제안을 받았었나 잊어버리기도 했다. 물론 방 두 개에 널찍한 거실이 있는 집에 있을 때는 그 사실을 잊은 적이 없다.

강 실장은 일방적으로 아파트를 정하지 않았다. 우선 문자로 원하는 지역을 물었다.

설마 원하는 지역 어디든 아파트를 구해준다고?

말이나 던져보자는 심정으로 몇 군데 지역을 알려주었다. 지금 다니는 카페에서 멀지 않은 곳, 미술관이 있고 조금 늦더라도 안전한 주택가, 이왕이면 지하철역과 마트와 식당, 공원이 가까운 곳. 평소 원하고 있던 조건을 모두 이야기했다.

며칠 후 강 실장은 유진이 보낸 주소 중 한 지역인 미드타운의 아파트 세 곳을 골라 사진을 보내주었다. 사진 속 아파트는 어디라도 좋았다. 유진이 상상하던 곳보다 더 좋았다. 직접 가서 확인하고 싶었다. 약속 시간을 잡아서 아파트를 방문했다. 아파트 앞에는 중개인인지 강 실장의 동료인지, 삼십대 중반의 동양인 여자가 나와서 기다리고 있었다. 인사 몇 마디를 나누고 명함을 받았다. 이름을 보니 중국계가 아닌가 싶었다. 무슨 이야기를 들었는지 모르지만, 여자는 아파트 세 곳을 돌아다니는 동안 사적인 질문 없이 말을 아껴가며 집안

을 구경시켜주었다. 한시라도 빨리 이사를 하고 싶었던 유진
은 그날 바로 원하는 아파트를 결정했다.

새 아파트로 이사한 지 얼마 되지 않아 유진은 센트럴파크
에서 세나와 마주쳤다.

일을 마친 유진은 바로 집으로 가지 않고 잠시 공원에 앉아
오가는 사람을 바라보며 쉬고 있었다. 집이 가까워지니 시간
을 버는 것은 물론이고 피곤도 사라졌다. 노을을 보며 시간을
보내거나, 시장을 봐서 저녁을 직접 해 먹었다. 이제야 조금
사람답게 살기 시작했다고 할까.

그날도 공원 벤치에 앉아 느긋하게 여유를 즐기던 유진은
장을 보러 가기 위해 일어났다. 몇 걸음 걸었을까? 누군가 어
깨를 두드리며 말을 걸었다. 뒤돌아보니 세나가 서 있었다.
세나의 손에는 유진의 스케치 노트가 들려 있었다. 손바닥보
다 조금 더 큰 크기의 노트로, 틈만 나면 꺼내서 눈에 들어오
는 것들을 그리는 스케치북이었다.

"이거, 저기 앉아 있던 의자에 놓고 가셨어요."

"고마워요. 잃어버린 줄도 몰랐네."

"그림 그리시나봐요. 화가?"

"아니, 그냥 그리는 걸 좋아할 뿐이에요."

세나는 유진의 말에 고개를 끄덕였지만, 다음 말을 잇지 못
하고 머뭇거렸다. 잠시 세나를 쳐다보며 기다리던 유진은 결

국 가볍게 고개를 끄덕이고 돌아섰다. 얼핏 아쉬워하는 세나의 얼굴이 보였다. 하지만 유진이 먼저 아는 척을 할 수는 없었다.

"……저기."

뒤에서 유진을 부르는 세나의 목소리가 들렸다. 유진은 고개를 돌려 세나를 쳐다보았다.

"저…… 언니 알아요. 그 카페에서 봤어요."

그래, 그렇게 나와야지. 유진은 뜻밖이라는 표정으로 세나에게 다가갔다. 세나는 다시 다가오는 유진을 보자 얼굴이 붉어졌다. 유진은 세나에게 손을 내밀어 악수를 청했다. 세나는 얼른 유진의 손을 잡았다. 세나의 손목에 채워진 팔찌가 달랑거렸다.

"그렇구나, 시간 괜찮으면 다시 찾아와요. 노트 찾아준 답례로 커피 한잔 살게요. 아, 내 이름은 유진이에요. 나유진."

"네, 저는 세나라고 해요. 정세나."

세나의 얼굴이 다시 밝아지는 것을 느낄 수 있었다. 오늘은 여기까지. 유진은 손을 흔들며 세나와 헤어졌다.

이제야 겨우 인사를 나누었다. 어렵군, 유진은 쓴웃음이 나왔다.

사실 그날의 만남은 우연이 아니었다. 유진은 좀처럼 다가오지 않는 세나와 말문을 트기 위해 일부러 기회를 만들었다.

가페에서 나올 때부터 세나가 뒤따라오는 것을 알고 있었다. 공원에 들러 벤치에 앉아 잠시 그림을 그리며 세나가 주위에 있는 것을 확인했고 눈에 띄게 스케치북을 놓고 일어났다. 세나가 모른 척한다면 나중에 다시 돌아오면 된다고 생각했다. 이제는 카페에 오는 세나에게 아는 척을 해도 무리는 없을 거라는 생각이 들었다.

유진의 예상대로 세나는 바로 다음날 카페로 찾아와 아는 척을 했다. 유진은 세나에게 특별한 커피를 만들어주겠다며 메뉴에는 없는 유진표 커피를 준비했다. 그래 봐야 가게에서 파는 원두를 다른 비율로 배합해서 커피를 내린 뒤 소금을 조금 넣는 것이었지만, 세나는 커피맛을 보며 놀라워했다. 설탕이나 시럽이 아닌, 소금을 넣었다는 말에 깜짝 놀랐다.

"커피에서 어떻게 이런 맛이 나죠? 너무 맛있어요."

"소금이 커피의 쓴맛과 산미를 중화시켜주고 고유의 단맛을 올려주거든. 수박에 소금을 조금 뿌리면 더 맛있는 것처럼."

유진의 말에 세나의 눈이 커졌다.

"수박에 소금이요? 첨 들어봐요."

세나는 아이 같았다. 스무 살이라고 하지만 말과 행동을 보면 훨씬 어리게 느껴졌다. '엄마인 한 관장의 과보호 때문이 아닐까?'라는 생각을 잠시 했다. 새장에 가둔 새처럼 늘 엄마의 감시하에 있었다면 또래보다 경험이 적을 수밖에. 그런데 용케 집을 떠나 혼자 독립해서 살 생각을 했구나 싶었다.

세나를 보고 있자니 유진은 처음 LA에 도착했을 때가 떠올랐다. 세나와 같은 나이였다. 모든 게 낯설기만 한 곳에서 혼자 힘으로 산다는 건 매 순간 온몸에 힘을 주고 있는 것처럼 피곤하고 지치는 일이었다. 조금 익숙해질 만하면 예상치 못한 문제들이 발생했다.

'안심하지 마. 인생에는 언제나 배신이 기다리고 있다고 했어.'

베키는 자신의 할머니가 해준 격언이라며 버릇처럼 늘 입에 달고 살았다. 정말로 그 말처럼 안심하지 말아야 했을까? 겨우 자리를 잡았다 싶었는데 결국 모든 걸 버리고 다시 시작해야 했다. 뉴욕에 온 지도 일 년이 넘었다. 여전히 내일이 불안하기는 하지만 이제는 혼자라는 것에 익숙해졌다.

조심스럽고 낯가림이 심할 것 같던 세나는 말을 트고 난 뒤부터는 카페에 올 때마다 언제 그랬냐는 듯 유진에게 말을 걸고 친근하게 굴었다.

"언니, 언니라고 불러도 되죠?"

'언니'라는 말에 잠시 멈칫했지만 유진은 곧 고개를 끄덕였다. 언제부턴가 세나는 유진의 퇴근 시간에 맞춰 카페로 왔다. 둘은 함께 뉴욕의 거리를 걷고, 햄버거를 사 먹고, 공원을 산책했다. 유진이 쉬는 날에는 함께 미술관이나 박물관을 돌아다녔고, 바닷가에 앉아 노을을 보며 시간을 보냈다.

세나의 집에 초대받고 나서야 유진은 왜 강 실장이 미드타운에 있는 아파트를 골랐는지 깨달았다. 세나의 집과 가장 가까운 곳이 미드타운이었던 것이다.

건물 현관의 벨을 누르기도 전에 세나가 문을 열고 나왔다.

"어서 와요, 언니."

세나는 반가워서 어쩔 줄 모르는 얼굴로 발을 동동거리다 유진을 끌어안았다. 얼떨결에 세나와 포옹한 유진은 순간 움찔했다. 베키 이후로 이렇게 서슴없이 몸을 끌어안는 사람은 없었다. 당혹스럽기는 했지만, 밀어내지는 않았다.

"잘 찾아왔어요? 오는 길에 힘들지는 않았어요?"

앞서 계단을 오르며 세나는 끊임없이 종알종알 말을 이었다. 유진은 건물 안을 유심히 살피면서 세나의 뒤를 따라갔다. 건물 중앙에 원을 그리며 올라가는 계단에는 대리석이 깔려 있어 미끄러웠다. 층마다 계단 양옆으로 육중한 문이 있는 걸 보니, 한 층에 양쪽으로 두 집이 있는 것 같았다. 계단의 곡선이나 벽과 문의 디자인에서 고풍스러운 분위기를 풍기는 건물이었다.

삼층으로 올라간 세나는 왼편의 문을 열고 집안으로 들어갔다.

"이 동네는 1930년대에 히틀러를 피해 이민을 온 독일계 유대인들이 많이 정착한 곳이래요. 그래선지 분위기가 조용하고 점잖은 편이에요."

세나의 이야기를 들으며 집안으로 들어선 유진의 눈에 가장 먼저 들어온 건 거실 전면에 있는 창이었다. 조금 전 유진을 향해 손을 흔들었던 돌출 창이 벽 한쪽에 넓게 자리잡고 있어서 거리의 가로수와 햇살이 집안 가득 들어왔다. 건물에 들어서고 계단을 오르며 느꼈던 고풍스러운 분위기와는 딴판이었다. 아마도 세나가 입주하면서 분위기를 완전히 바꾼 모양이었다.

옅은 아이보리색 벽 때문인지 실내가 더욱 넓어 보였다. 별다른 장식 없이 심플하고 넓은 테이블, 편안해 보이는 베이지색 소파, 책 몇 권과 몇 가지 소품이 놓인 책장 정도가 물건의 전부여서 실내가 밝고 시원하게 느껴졌다.

거실 한쪽을 차지하는 테이블 중앙에는 꽃이 가득 꽂힌 커다란 화병이 있었다. 자주색과 분홍색의 풍성한 꽃송이가 유진의 시선을 끌었다.

"작약이구나, 이쁘다."

"정말요? 다행이다. 아침에 마켓 다녀오는 길에 샀어요. 꽃말이 부끄러움이래요. 이렇게나 화려한데."

언젠가 함께 공원을 걸으며 세나가 물었었다.

'어떤 꽃 좋아해요?'

그때 유진은 작약을 이야기했다. 도서관에서 하는 무료 강좌를 마치고 집으로 돌아가던 길이었다. 바람이 좋아 무작정 길을 걷다 들어간 공원에서 풍겨오던 꽃향기, 그곳에 작약이 피어 있었다. 공원 한구석을 가득 메운 작약은 화려하고 눈부셨다. 그날의 향기는 오래 유진의 기억에 남았다. 그 이야기를 마음에 담아둔 게 틀림없다. 세나가 오늘을 위해 많이 신경썼다는 게 느껴졌다.

"저 요리는 잘 못해요. 그래도 언니에게 직접 한 요리를 꼭 맛보여주고 싶어서 몇 번이나 연습했어요."

세나는 냉장고에서 샐러드 그릇을 꺼내 테이블에 내려놓았다. 가스레인지 위 프라이팬에도 음식이 담겨 있었다. 이미 준비가 다 된 듯 보였다.

"앉으세요. 다 됐어요. 마실 거 드릴까요? 음료수, 콜라, 탄산수? 아니면 맥주? 다 있어요."

"그냥 물이면 돼."

유진이 자리에 앉으며 말했다. 접시에 스파게티를 담던 세나는 얼른 다시 냉장고를 열어 물병을 꺼냈다. 세나는 유진의 앞에 병을 내려놓고 조리대로 돌아가 하던 일을 계속했다. 유진은 물끄러미 세나의 뒷모습을 쳐다보았다. 집안 살림이 손에 익지 않은 모양이었지만 열심히 애쓰는 게 느껴졌다.

유진은 시선을 돌려 집안을 둘러보았다. 처음엔 시원해 보이던 실내가 조금 허전하게 느껴졌다. 아직 짐을 풀지 않은 것인지, 아니면 원래 물건을 늘어놓지 않는 성격인지 몰라도 그 흔한 가족사진 한 장 걸려 있지 않았다. 유일하게 벽에 걸린 건 드레스를 입은 어린 세나가 바이올린을 켜고 있는 사진이었다. 무대 위에서 조명을 받은 세나의 얼굴은 연주에 집중하는 듯 미간을 찡그리고 있었다. 완전히 몰입한 표정이라, 천재 바이올리니스트의 독주 무대라고 해도 믿을 것 같은 사진이었다.

"이건 언제야?"

"아, 열세 살 땐가? 중학교 입학하고 첫 콩쿠르에 참가하기 전에 찍은 사진이에요. 여기 참가하고 난 뒤에 바이올린을 그만뒀어요."

세나가 스파게티를 담은 접시를 가져와 유진의 테이블 매트 위에 내려놓으며 말했다.

"왜?"

맞은편에 앉은 세나는 잠시 생각에 잠겨 있다가 멋쩍게 웃으며 말했다.

"……갑자기 재미없어져서요."

자세한 이야기를 피하려던 세나는, 유진이 자신을 바라보며 기다리자 결국 어쩔 수 없이 말을 이었다.

"……뭐랄까, 다들 심각하더라고요. 목숨이 걸린 것처럼. 나는 그냥 재미있을 것 같아서 한 건데…… 그래서 그만뒀어요."

"그럼 대회만 안 나가면 되잖아, 바이올린을 그만둘 것까지는."

"어서 먹어봐요, 언니."

세나는 얼른 포크를 들고 유진에게 권했다. 바이올린에 대한 이야기를 피하고 싶어하는 느낌이었다. 유진은 세나의 시선을 느끼며 포크로 샐러드를 찍어 맛을 보았다. 소스가 많았는지 유진의 입맛에는 달게 느껴졌지만 내색하지 않았다.

"어때요? 괜찮아요? 이것도 먹어봐요."

세나는 두 눈을 반짝이며 다시 스파게티를 권했다. 세나의 시선이 유진의 포크를 따라다녔다.

"맛있다. 잘 만들었네."

음식을 삼킨 유진이 고개를 끄덕인 뒤에야 세나는 안도하는 표정이 되었다.

"그래요? 아, 다행이다."

세나를 만나면서 유진은 저 표정과 자주 마주했다. 어떤 이야기를 하거나, 자신이 추천한 식당에 가서 음식을 먹더라도 세나는 유진의 평가를 기다렸다. 유진이 좋다고 하면 그제야 안도의 숨을 쉬고 다음 이야기를 계속하거나 식사를 시작했다. 왜 이렇게 다른 사람의 평가에 대해 신경쓰는 걸까. 문득 한 관장을 검색하며 알게 된 신형 그룹 정씨 집안의 이야기가 생각났다.

죽은 본처가 낳은 아들이 둘 있다고 했다. 첫째 아들은 아버지와 함께 회사를 경영하며 후계자 수업을 받고 있고, 둘째 아들은 경영에는 관심이 없는지 자주 해외여행을 다니다 지금은 행방불명이 되었다고 했다. 세나가 집안 이야기를 전혀 꺼내지 않아 묻지는 않았지만, 가족사진 하나 없는 걸 보면 그들과 그다지 친한 관계는 아닌 모양이다.

한 관장이 정 회장의 부인이 되었을 때의 나이를 계산해보니 세나가 다섯, 혹은 여섯 살 때의 일이다. 그 나이에 갑자기 낯선 사람들과 가족이 되어 한집에 살아야 하는 게 얼마나 긴장되는 일인지 유진은 누구보다 잘 안다. 한 관장을 떠올리면 대충 집안 분위기가 어떨지 짐작이 간다. 숨도 크게 쉬지 못했을 가능성이 높다.

유진이 먹는 모습을 지켜보던 세나의 시선이 한곳에 머물렀다. 세나는 궁금했는지 손가락으로 가리키며 물었다.

"언니, 그 목걸이 구슬……"

"응? 이거 왜?"

"손목에 하던 거 아니에요?"

"아, 가죽끈이 낡아져서."

"구슬이 아이들 장난감 같아요."

"맞아, 머리끈에 달려 있던 거야."

세나는 뜻밖이라는 듯 유진을 쳐다보다 조심스럽게 물었다.

"귀중한 건가봐요? 다시 줄을 끼워서 목걸이로 하고 다니는 걸 보면."

유진은 목걸이에 매달린 구슬을 만지작거렸다. 미국으로 올 때는 이걸로 질끈 머리를 묶었었다. 머리끈이 끊어진 뒤로는 옷핀에 끼워서 가방에 매달거나 때로는 끈에 꿰어 달기도 했고, 몇 달 전까지는 가죽끈에 매달아 손목에 감고 다녔다. 지금까지 유진의 몸에서 한시도 떨어진 적이 없다. 생각에 잠길 때는 구슬을 만지작거리는 게 어느새 습관이 되었다.

유진은 잠시 구슬을 만지다 문득 고개를 들고 세나를 쳐다보았다.

"이 구슬이 팔찌에 달려 있던 건 어떻게 알았어?"

"아, 그게……"

세나는 당황했는지 대답할 말을 못 찾고 머뭇거렸다. 나를 몇 번이나 지켜봤다고 했던가? 한 관장이 했던 말이 떠올랐다. 이런 사소한 변화까지 알아챌 정도면 도대체 얼마나 관찰한 것일까? 이유가 궁금했다. 하지만 세나는 쉽게 입을 열지 않았다.

세나는 얼른 자리에서 일어나며 말을 돌렸다.

"언니, 와인 마실래요? 내가 맛있는 와인도 사놨어요."

"그럼 한 잔만. 뭐라도 사 올걸, 내가 깜빡했네."

"아니에요. 언니가 와준 것만으로도 너무 좋은걸요. 이 집에 손님이 온 건 첨이에요."

세나는 행복한 표정으로 와인병과 술잔을 가지고 왔다.

"왜, 어학원에서 사귄 친구도 있을 텐데?"

"같이 어울리는 친구들은 있지만…… 집에 데리고 올 정도는 아니에요."

"그래?"

"그러니까, 집까지 초대할 정도면 특별해야 하잖아요, 나를 다 보여주는 건데."

세나는 이제 뉴욕에 온 지 열 달이 다 되어간다. 그런데도 그동안 집에 데리고 온 친구가 없다니, 지금 한창 친구들과 어울려 다닐 나이 아닌가? 같이 모여 파티도 하고, 술도 마시고, 밤도 새우고. 그러고 보니 카페에서도 늘 혼자였다. 정말 친구가 있기는 한 거니?

"나는 특별하다는 얘기네?"

유진이 묻자, 세나는 눈을 반짝이며 고개를 끄덕였다. 아이 같은 표정이었다. 문득 어떤 얼굴이 떠올랐다. 한국을 떠나오면서 다시는 만나지 않기로 다짐했지만 너무나 보고 싶은 얼굴. 유진은 잠시 눈을 감고 그 얼굴을 지워냈다.

"아니, 정말이에요. 정말 언니는 다른 사람과 달라요. 난 언니한테 뭐든 다 얘기할 수 있을 것 같아요."

눈을 감은 유진을 보던 세나는 당황한 듯 말을 이었다. 아무래도 유진이 자기 말을 믿지 않는다고 생각한 듯했다.

"나는 아직도 언니랑 이렇게 친구가 된 게 꿈같아요. 너무 좋아요."

유진은 세나의 손등을 토닥이며 다정하게 말했다.

"나도 같이 미술관 가고 산책 다니는 친구가 생겨서 좋아."

그건 진심이었다. 세나를 알게 된 뒤 유진은 혼자 가던 미술관을 세나와 함께 다니기 시작했다. 혹시 시간 있느냐고, 미술관에 갈 예정이라고 메시지를 보내면 세나는 언제나 시간이 괜찮다고 답을 보내왔다. 미술관에 들어가면 별 대화도 없이 전시장을 돌아다녔다. 마음에 드는 그림을 발견하고 오래 머물다 걸음을 옮기면 근처에 있던 세나도 그제야 같이 움직였다. 미술관을 나오면 근처 식당에서 간단한 음식을 사서 공원으로 향했다. 공원 벤치에 앉아 빵을 먹으면서 조금 전봤던 작품 중 가장 마음에 드는 그림에 대해 이야기하거나, 잔디밭에 앉아 가방에 있던 책을 꺼내 읽으며 시간을 보냈다.

처음 세나는 손으로 다가오는 새처럼 경계하며 긴장을 늦추지 않았다. 하지만 그런 긴장은 오래가지 않았다. 유진은 주로 세나의 이야기를 들어주는 쪽이었고 그 이상 캐묻지 않았다. 왜 혼자 이 먼 뉴욕까지 올 생각을 했는지 궁금했지만, 세나가 먼저 자신의 이야기를 시작할 때까지 기다렸다. 자신이 그렇듯 세나도 사연이 있을 거라 생각했다. 그런 유진이 편했는지 세나도 조금씩 자신을 내보이고 자기 이야기를 꺼내놓기 시작했다. 하지만 구체적인 이야기는 하지 않았다. 특히 가족에 관해서는 입을 닫았다.

가볍게 와인을 마신 유진은 가방에서 스케치북을 꺼냈다. 설거지를 끝낸 세나도 얼른 유진 곁으로 다가와 기대에 찬 얼굴로 스케치북을 바라보았다.

"너무 기대하지는 마. 좋은 솜씨는 아니야."

"아니에요. 언니 그림 정말 좋아요. 언니 덕분에 미술관 다니는 것도 얼마나 재미있는데요."

유진이 이사한 아파트의 거실은 자연스럽게 작업실이 되었다. 취미로 틈틈이 그렸는데 어느새 하루 중 가장 오랜 시간을 쏟는 일이 되어버렸다. 그림을 그리는 동안에는 아무런 생각도 들지 않았다. 오로지 붓이 캔버스에 스치는 소리와 물감이 천 위로 펼쳐지며 만들어내는 결에만 집중했다. 유진은 자신이 이렇게 그림에 몰두하는 게 신기했다.

뉴욕에 왔을 때 첫 거처는 어플을 통해 구했다. 월세를 부담하기 힘겨운 유학생이나 직장인이 룸메이트를 구하는 어플이었다.

　뉴욕대에 다닌다는 룸메이트는 집안을 안내하며 유진이 머물 방의 붙박이장 안을 보여주었다. 커다란 종이상자 몇 개가 들어 있었다. 전에 살던 거주자가 두고 갔는데 필요한 것이 있으면 갖고 나머지는 버리라고 했다. 유진은 상자들을 붙박이장 밖으로 꺼냈다. 상자 안에는 그림 도구가 들어 있었다. 몇 번 쓰지도 않은 물감과 붓, 크기가 다양한 캔버스까지 있었다. 그림 도구를 본 유진은 잠시 머리가 멍해졌다.

　미국으로 오면서 까맣게 잊었던 기억들이 다시 떠올랐다. 그것들은 마치 유진이 오는 걸 알고 기다리기라도 한 듯 어둠 속에서 빛나고 있었다.

　'도망가도 소용없어.'

　물감이, 붓이 그렇게 말하는 것 같아 소름이 돋았다. 유진은 상자를 닫고 복도에 내놓았다. 이미 떨쳐버린 과거, 지나온 길이라고 생각했다. 대충 가방을 정리하고 침대에 누워 홑이불을 덮고 눈을 감았다. 잠이 오지 않아 몸을 뒤척이는데, 밖에서 누군가가 상자를 뒤지는 소리가 들렸다. 알아듣기 어려운 웅얼거림에 유진은 자리에서 벌떡 일어나 문을 열었다.

　"이건 내 거야. 건들지 마."

　이웃집에서 나온 듯한 남녀의 손길을 피해 얼른 상자를 다시 가지고 들어왔다. 이미 붙박이장에는 유진의 짐들이 들어 있다. 상자를 다시 거기에 집어넣고 싶지는 않았다. 유진은 상자를 침대 머리맡에 두었다. 결국 유진은 다시 그림을 그리게 되었다.

뉴욕에서 그림을 다시 시작할 줄은 몰랐다. 막상 시작하자 시간이 생길 때마다 그림에 매달렸다. 문득 내일이 막막할 때, 가슴 한편에 바람이 지나갈 때 유진은 그림으로 도망쳤다. 뉴욕이라는 낯선 도시에서 버틸 수 있었던 건 그림 때문이었는지도 모른다.

그림을 그리는 동안에는 어떤 불안한 미래도 떠오르지 않았다. 버석거리며 유진의 머릿속에 굴러다니던 잡생각들도 사라졌다. 내가 누구인지, 왜 여기에 있는지도 잊어버리고 오로지 그림을 그리는 데만 몰두했다. 시간이 가는 것도 잊어버릴 정도였다. 하루에 여섯 시간만 알바를 했던 것도, 혼자만의 공간을 간절히 원했던 것도 그런 이유였다.

유진의 아파트에 놀러온 세나는 집안 여기저기에 놓인 유화를 보고 말을 잇지 못했다.

"이럴 줄 알았어. 언니 화가 맞잖아요?"

"아니야. 그냥 취미로 그리는 거라니까."

"취미든 뭐든, 그림 그리면 화가죠."

세나는 넋을 놓고 그림들을 쳐다보았다. 벽에 걸린 것 말고도 한쪽에 쌓아둔 그림까지 하나씩 꺼내 살펴보았다.

"······뭔지 잘 모르지만 자꾸 보게 돼요. 홀린 것처럼 눈길이 가요."

세나의 말에 유진은 자기가 그린 그림을 다시 살펴보았다. 홀린 것처럼 보게 된다고? 이 그림이 어떻게 보일지 생각한 적은 한 번도 없었다. 애초에 누군가에게 보일 마음도 없었다. 그저 손이 가는 대로 눈에 띄는 풍경이나 물건들, 인물들을 보고 느끼는 것을 화폭에 그렸을 뿐이다.

그림을 둘러보던 세나는 초상화를 그려본 적이 있는지 조심스럽게 물었다. 인물 스케치를 해본 적은 있지만 본격적으로 초상화를 그려본 적은 없었다. 딱히 그리고 싶은 인물도 없었다. 인물을 그리더라도 건물이나 풍경의 일부로 그렸을 뿐이다.

"······저 그려주면 안 돼요?"

세나의 질문에 잠시 고심하던 유진은 결국 그려주겠다고 약속했다. 그리고 한가지 조건을 내걸었다.

"그림은 너희 집에서 그리고 싶어."

세나가 사는 집을 보게 되면 굳이 말하지 않아도 많은 정보를 얻게 될 거라는 생각이 들었다. 그림을 그리는 시간 동안 세나와 온전히 서로에게 집중할 수 있다. 그럴 땐 자기도 모르게 좀더 내밀한 이야기를 털어놓기도 하겠지. 유진의 말에 세나는 바로 고개를 끄덕였다. 그렇게 세나의 초상화를 그리기로 한 날이 바로 오늘이다.

"어디에, 어떻게 있으면 좋을까요?"

"그냥 자연스럽게, ……가만."

유진은 방안을 둘러보다 돌출 창 쪽을 가리켰다.

"저기 창가에 앉으면 어때? 햇살이 잘 들어서 좋은데?"

유진의 말에 세나는 창가 아래 놓인 쿠션을 치우고 왼쪽 벽에 기댔다.

"편하게 있어. 오늘은 스케치만 하는 거니까. 포즈도 편하게 해."

세나는 창가에 앉아 유진을 쳐다보다가 부끄러운지 시선을 돌렸다.

"그래, 차라리 창밖을 보고 있는 게 좋겠다."

한동안 방안에는 유진의 스케치북에 연필 스치는 소리만이 들렸다. 침묵 속에 두 사람의 숨소리가 낮게 깔렸다. 이따금 거리의 가로수가 창문을 두드리며 침묵 사이에 끼어들었다. 단단하고 어색하던 침묵은 시간이 지날수록 차츰 안개처럼 흩어졌다. 몸이 굳어 있던 세나도 조금 편안해졌는지 유진이 스케치하는 모습을 슬쩍 훔쳐보았다.

"괜찮아? 힘들면 잠깐 쉬어도 돼. 몸도 풀고."

"전 괜찮아요."

해가 자리를 옮겼는지 세나가 왼손을 들어 햇볕을 가렸다.

햇살에 반사된 금속 팔찌가 반짝였다. 유진이 팔찌를 유심히 보자 세나는 얼른 몸 뒤로 왼팔을 숨겼다. 보여서는 안 될 것을 들킨 듯한 동작이었다. 뭔가가 유진의 신경을 건드렸다.

유진은 연필을 내려놓고 세나에게 다가갔다. 유진은 겁먹은 얼굴을 한 세나 앞에 마주 서서 짙은 갈색의 눈동자를 들여다보았다. 세나의 시선이 흔들렸다.

"어깨를 조금 돌려볼까?"

유진은 세나의 어깨를 잡고 살짝 방향을 틀었다. 그리고 세나가 뒤로 감춘 왼팔을 자연스럽게 앞으로 가져왔다. 세나는 불안한 시선으로 유진을 쳐다보다 어쩔 수 없다는 듯 왼팔을 맡겼다. 그러고 보니 세나는 늘 이 팔찌를 차고 다녔다. 좋아하는 장신구인가보다, 하고 말았다. 팔찌는 폭이 이 센티 정도 되는 금속조각이 이어져 팔목을 감싸는 모양이었다. 흔하게 볼 수 있는 금속 팔찌였다. 이상할 게 없는데, 왜 이리 과민반응을 보이나 싶었다. 유진이 팔찌를 쳐다보자 세나가 다시 힘을 주며 유진의 손에 잡힌 팔을 빼려고 했다. 유진은 세나의 손을 잡고 놓지 않았다. 손목을 돌려 팔찌의 잠금장치를 찾아 풀었다. 세나가 왜 팔찌에 민감한 반응을 보였는지, 그제야 깨달았다.

팔찌에 감춰져 있던 손목의 상처가 드러났다. 칼로 여러 번 그은 자국 같았다.

유진은 한눈에 알아보았다. 리스트 컷. 오래된 상처 위 또 다른 상처들.

유진은 왜 한 관장이 자신을 고용했는지 알 것 같았다. 세나는 독립이 아니라 탈출을 한 모양이다. 조심스럽게 세나가 손목에 난 상처들을 만져보았다. 긴장한 세나가 움찔거리는 게 느껴졌다.

"……다행이다."

"……?"

유진의 말에 세나는 의아한 표정으로 쳐다보았다.

"새로운 상처는 없는 것 같아서. ……이젠 괜찮은 거지?"

유진의 말을 들은 세나의 눈가에 금세 눈물이 고였다. 물기 가득한 눈빛에는 많은 감정이 담겨 있었다. 잠시 그 눈빛을 바라보던 유진은 세나를 안고 머리를 쓰다듬어주었다.

유진의 품에 안긴 세나는 애써 감정을 누르는 듯하더니 이내 흑흑 울음을 토해냈다. 한번 터지기 시작한 울음은 온몸이 흔들릴 정도로 커졌다. 유진은 그 울음의 파장으로 세나가 마음속에 얼마나 오래, 아픈 기억을 묻어두었는지 느낄 수 있었다.

너도 그래서 여기로 도망친 거니? 지구 반대편, 네가 생각할 수 있는 가장 먼 곳으로. 이제 얘기해. 무슨 일이 있었는지. 뭐든 다 들어줄게.

4.

건물 안으로 들어선 선경은 잠시 숨을 고르고 시계를 확인했다. 아홉시 십 분 전. 간신히 출근 시간에 맞췄다. 평소라면 늦은 시간이긴 하지만 어쨌든 아홉시 정각을 넘기지 않았다는 사실에 안도했다. 늦잠을 자는 바람에 사랑을 깨워 등교 준비를 시키고 센터에 도착하기까지, 출근 시간에 늦지 않기 위해 내내 숨가쁘게 움직였다.

늦잠이라니, 어느새 느슨해진 건가?

서부스마일센터에 출근한 지 두 달이 넘어간다. 스마일센터는 법무부에서 위탁하여 운영하는 기관으로 강력범죄 피해자와 그 가족이 범죄 피해 후유증을 치료할 수 있도록 돕는 곳이다.

정신없이 바쁘고 고단했던 임상 수련을 마치고 잠시 여유가 생겼을 때 스마일센터의 공고문을 보았다. 원래 계획이라면 사랑과 몇 달이든 시간을 함께 보내며 한숨 돌린 뒤 일자리를 찾아보려고 했다. 하지만 스마일센터의 공고문을 본 선경은 마침내 자신이 해야 할 일을 발견한 듯했다. 그동안 공부해왔던 모든 것이 이렇게 이어지기 위한 게 아닌가 싶을 정도였다. 서류를 접수하고 면접을 보면서 선경은 자신이 이 일을 하게 되리라는 것을 확신했고 그 예측은 틀리지 않았다.

불과 두 달 남짓이지만 이제는 센터가 어떻게 돌아가는지 파악도 했고 상담도 자리를 잡아가고 있다. 임상 수련을 받던 때나 병원에서 근무하던 것에 비하면 많이 여유로워졌다. 아홉시에 출근하고 여섯시면 퇴근했다. 센터의 건물을 나서는 순간 이곳에서의 일은 머리에서 지웠다. 이십사 시간 돌아가던 기계에게 비로소 휴식이 주어진 느낌이었다.

"너무 열심히, 최선을 다해서 일하지 마세요."

센터에 출근한 첫날, 심리지원팀 이진숙 팀장은 이렇게 조언했다. 그 말에 선경은 조금 당혹스러웠다. 반어법인가, 아니면 다른 저의가 있나 하는 생각이 들었다. 이 팀장은 곧 선경의 의구심을 풀어주었다.

"상담하는 선생님의 마음이 건강하고 여유로워야 해요. 그래야 내담자의 이야기에 온전히 귀를 기울일 수 있으니까요."

내담자의 아픔에 공감은 하되 깊게 빠지지 말라는 충고도 했다. 강력범죄 피해자들의 심리상담 지원이 주업무이다보니 내담자에게 지나치게 과몰입하는 경우가 있다고 했다. 심적으로 지친 전임자가 사직서를 냈다는 말을 나중에 들었다. 선경도 이미 몇 건의 상담을 하면서 이 팀장이 왜 그런 말을 했는지, 전임자가 왜 그만두었는지 충분히 이해할 수 있었다.

선경의 일은 범죄 사건 중에서도 강력범죄 피해자에 대한 상담 치료가 주업무였다. 그러다보니 그들이 들려주는 사연은 충격적일 수밖에 없었다. 살인사건으로 가족을 잃은 유족들, 애인이 휘두른 칼에 외상을 입고 정신적 충격으로 외출조차 못하게 된 케이스처럼 그들이 겪은 일은 상상 이상이었다. 이야기를 나누다보면 내담자가 가신 트라우마의 파장이 선경에게도 파도처럼 밀려들었다. 그 파도에 휩쓸리지 않아야 내담자가 온전히 헤엄쳐나올 수 있도록 도울 수 있다.

선경은 첫날부터 마음을 단단하게 먹으려 했지만, 상담이 끝나고 나면 긴 숨을 내쉬며 감정을 추슬러야 했다. 이 팀장의 말대로 업무시간에는 일에 집중하고 퇴근후에는 자신의 일상에 충실했다.

센터에 다니면서 선경은 비로소 사랑과 제대로 시간을 보낼 수 있었다. 그동안 잘 챙겨주지 못한 미안함을 보상이라도 하려는 듯 퇴근 이후 모든 시간을 사랑과 함께했다.

퇴근길에 학원으로 찾아가 수업이 끝날 때까지 기다렸다가 사랑이 나오면 외식을 하거나 장을 봐서 집으로 돌아왔다. 저녁을 먹는 동안 학교에서 무슨 일이 있었는지 친구들과는 어떻게 지내는지 이야기를 나누었다. 주로 선경이 질문을 하고 사랑이 대답하는 쪽이었다.

사랑은 초등학교에 들어간 뒤로 더이상 엄마에게 질문하지 않았다. 원하는 게 있으면 알아서 찾았다. 엄마의 잔소리도, 관심도 필요 없었다. 아니, 엄마의 관심을 거부할 만큼 자기 울타리가 분명했다. 저녁 시간에 나누는 대화도 점점 귀찮아하는 것 같았다. 가끔은 선경의 질문을 들어도 어떤 대답도 하지 않았다.

"사랑아, 엄마 얘기 못 들었어?"

"응?"

"지민이와 말도 안 한다며, 이제 화해했냐고."

사랑은 물끄러미 엄마를 바라보았다. 그러다 뭔가 결심한 듯 선경에게 질문했다.

"엄마, 꼭 지민이랑 화해해야 해?"

"무슨 소리야? 반 친구니까 사이좋게 지내는 게 당연하잖아?"

"엄마는 왜 앞집 아줌마랑 말도 안 하는데?"

선경은 말문이 막혔다. 갑자기 803호 이야기는 왜 꺼내는지 의아했다. 아니, 그보다 자기가 앞집 사람과 이야기를 안하는 건 어떻게 알았나 싶었다.

"갑자기 무슨 얘기야? 누가 그래?"

"누가 그런 게 아니고 내가 봤어. 저번에 엘리베이터 앞에서 만났을 때 나한테는 말 걸면서 그 아줌마는 모른 척했잖아."

"그건…… 어른들의 사정이라는 게 있어. 넌 몰라도 돼."

"그래, 나도 사정이 있어. 지금은 엄마에게 얘기하고 싶지 않아."

도대체 어디서 배운 말솜씨일까? 선경은 어쩔 수 없이 입을 다물어야 했다. 요즘 아이들은 사춘기가 빨리 온다더니 초등학교 1학년인 사랑에게도 벌써 온 건가 싶었다. 저녁을 먹은 사랑은 숙제를 한다며 방으로 들어갔다.

선경은 설거지를 마치고 바로 희주에게 전화를 걸어 사랑과 있었던 일을 이야기했다.

"어떡하지? 벌써 사춘기인 거야? 이렇게 반항이 시작되는 건가?"

"설레발 좀 치지 마. 왜 이렇게 지레 겁을 집어먹고 그래?"

"아니, 난 그냥 학교생활 잘하고 있나 궁금해서 물어본 건데."

"관심은 가져도 간섭은 하지 말라고. 사랑이 그렇게 얘기했으면 둘이 말을 안 하는 이유가 있겠지."

"아니, 애들이 무슨."

"어허, 큰일날 소리. 애들은 뭐, 자기 생각도 없어? 감정도 없고 그냥 어른들이 시키는 대로 사이좋게 지내야 해?"

"그건 아니지만. 학교 들어가면서부터 자기 방에 있는 시간이 늘었단 말이야. 전에는 안 그랬어."

"자의식이 생기기 시작하는 나이니까. 내 공간, 내 물건, 내 시간 그런 것들이 필요한 거지. 선경아, 사랑이 일 센티 클

때마다 일 미터씩 멀어진다고 생각해. 학교라는 더 큰 세상에서 헤엄을 치기 시작한 거라고. 어떻게 헤엄쳐야 할지 자기만의 방법을 찾고 있으니까 옆에서 지켜봐줘. 자꾸 참견하지 말고."

"그럼, 아무 말도 안 하고 있어?"

"엄마가 필요하면 먼저 말할 거야. 그때까지 좀 기다려. 서둘러서 좋을 게 없어."

더 얘기해봐야 잔소리만 들을 것 같아 선경은 몇 마디 안부 인사를 건네고 전화를 끊었다. 선경은 멍하니 소파에 앉아 있다 정신을 차리고 일어났다. 모처럼 시간이 생겼을 때 그동안 미뤄왔던 일들을 하나씩 해야겠다는 생각이 들었다.

거실을 정리하고 욕실 청소를 했다. 미뤄둔 옷장 정리도 했지만 시간이 남았다. 선경은 서재로 들어가 책들을 꺼내 정리하기 시작했다. 더이상 읽지 않는 책들은 분리수거를 위해 잘 묶어두었다. 책상 서랍을 하나씩 열어서 버려야 할 것을 꺼내기 시작했다. 그러다 맨 아래 서랍 가장 깊은 곳에 오래전 넣어두고 다시 열어보지 않았던 파일이 눈에 띄었다.

연쇄살인범 이병도와의 면담 기록들.

파일의 표지를 본 선경은 목덜미에 돋는 소름을 느꼈다. 잊고 있었다. 이병도의 파일이 아직도 자신의 짐 속에 있으리라는 건 생각도 하지 못했다.

십 년이 넘는 시간이 지났지만 그를 만났던 순간들은 또렷이 기억난다.

선경은 파일을 열어 몇 장 읽어보다가 바로 서류를 덮었다. 의식 깊은 곳에 묻어둔, 다시는 끄집어내고 싶지 않은 기억들. 이게 아직도 있다니, 선경은 버리려고 묶어둔 책들 위에 파일을 내려놓았다. 이미 오래전에 버렸어야 했던 기록이다.

책상 서랍에서 꺼낸 자잘한 쓰레기는 쓰레기봉투에 넣고 나머지는 정리해서 다시 서랍에 넣었다. 선경은 책더미 위에 던져둔 이병도의 파일을 열고 종이를 몇 장 집었다. 이대로 버릴 수 없었다. 종이를 찢으려고 두 손에 힘을 주었지만 차마 그러지 못했다. 다시 파일을 덮고 서랍을 열어 깊숙한 곳에 넣었다.

이제야 생각났다. 늘 이런 식이었다. 번번이 집 정리를 하거나 이사를 하면서 쓰레기와 함께 버리려고 내놓았다가도 다시 파일을 집어넣고 간직해왔다. 선경은 서랍을 닫으며 깊은 한숨을 내쉬었다.

책과 쓰레기봉투를 내다버린 후 집안으로 들어온 선경은 조심스럽게 사랑의 방문을 열어보았다. 숙제를 마친 사랑은 어느새 침대 속에 들어가 있었다. 침대 곁에 다가간 선경은 이불을 끌어당겨 잘 여며주고 사랑의 머리를 쓰다듬었다. 사랑은 잠결에 돌아누우며 "엄마 불" 하고 중얼거렸다. 선경은 불을 끄고 잠에 빠져드는 사랑을 잠시 바라보다 방을 나왔다. 겨우 아홉시가 넘었을 뿐인데 피곤이 몰려들었다.

잠자리에 든 선경은 쉽게 잠들지 못했다. 한가지 질문이 계속 머릿속에서 맴돌았다. 왜 그 파일을 아직도 버리지 못하고 있을까.

십여 년 전, 이제 막 범죄심리학자로 첫발을 내디딘 선경에게 이병도는 너무 큰 숙제였다. 자신의 미숙함도 모른 채 욕심이 앞섰다. 그의 계략에 휘말려 우왕좌왕하는 사이 목숨을 잃을 뻔하기도 했다. 하지만 아쉬운 건 따로 있었다. 그가 어떤 사람인지 제대로 알 시간도, 능력도 부족했다.

이병도에 대한 생각은 자연스럽게 하영에게로 이어졌다. 하영이 떠난 지 벌써 오 년이 다 되어간다. 지금은 어떻게 지내고 있는지. 하영은 자신이 한 약속대로 딱 삼 년만 선경의 곁에 있다가 스무 살이 되자 기다렸다는 듯 미국으로 떠났다. 떠날 때만 해도 사랑을 생각해서 가끔은 연락할 거라 믿었다. 하지만 오 년 동안 하영은 단 한 번도 연락이 없었다.

언니가 보고 싶다는 사랑의 칭얼거림이 사라지자 선경도 하영의 일을 차츰 잊고 지냈다. 새로운 공부와 임상 수련 때문에 바빴다고는 하지만 한편으론 그렇게 하영이 떠난 것에 안도하기도 했다. 때로는 마음속에 묻어두는 게 더 나은 일도 있는 법이다.

선경은 이런저런 생각으로 한참을 뒤척인 후에야 잠이 들었다. 잠들기 전에 했던 생각들은 꿈속까지 파고들었다. 선경은 밤새 누군가에게 쫓기는 꿈을 꾸다가 늦잠을 자고 말았다.

사무실로 들어서자 다들 이미 바쁘게 아침 업무를 시작하고 있었다. 선경이 자리에 앉자 기다렸다는 듯이 사회복지사 배수정 선생이 서류를 들고 일어났다. 배 선생은 선경을 쳐다보며 손가락으로 회의실을 가리켰다. 선경은 얼른 가방을 내려놓고 회의실 쪽으로 걸음을 옮겼다.

배 선생은 입사 첫날부터 선경과 팀을 이루어 업무를 보고 있다. 스마일센터에서 일한 지 오 년 차인 배 선생 덕분에 선경은 빠르게 업무 파악을 할 수 있었다. 키가 백육십 센티미터쯤 되는 아담한 체구의 배 선생은 유난히 까만 단발머리에 동그란 안경을 쓰고 늘 원피스 차림이어서 얼핏 만화 캐릭터 같은 느낌을 주었다. 그래선지 사무실에서 단발 공주라고 불렸다. 언젠가 점심을 먹으며 물어보니 답이 간단했다.

"사무실에 출근할 때는 이게 젤 편해요."

배 선생이 원피스가 아닌, 바지 차림으로 출근하는 경우는 딱 하나뿐이다. 사례 접수를 위해 관련기관이나 내담자의 가정을 방문하거나, 내담자의 요청으로 함께 법원에 참석할 때. 바지를 입는 날은 바로 그런 스케줄이 있다는 걸 의미한다.

오늘처럼.

회의실에 들어서자 배 선생이 새로 접수된 사례를 조사한 서류를 내밀었다.

"범죄피해자지원센터에서 접수되어 우리 쪽으로 의뢰한 사례예요. 담당 형사와도 통화했고, 1차 조사는 끝났어요. 여기 사건 개요 확인해보세요."

법원이나 경찰서, 오늘처럼 범죄피해자지원센터에서 접수된 범죄 피해자를 조사하는 게 배 선생의 업무다. 상담이 필요한 내담자를 만나 1차 조사까지 마치면 선경에게 자료를 넘긴다.

선경은 배 선생이 준 자료를 찬찬히 살펴보기 시작했다.

"첫 상담일은 잡았나요?"

"다음주부터 오겠다고 했어요."

선경은 고개를 끄덕이며 서류에서 시선을 떼고 배 선생을 쳐다보았다.

"오늘 외근 있어요?"

"정나영 내담자 오늘 첫 공판이에요."

"아……"

정나영은 스물다섯 살의 직장인으로 데이트 폭력의 피해자다. 일 년 정도 사귄 남자가 가해자였다.

헤어지자는 말에 가해자는 나영의 엄마가 운영하는 식당

앞에서 나영을 기다렸다. 저녁이면 나영이 가게로 가서 엄마와 함께 식당 문을 닫는다는 걸 알고 있던 가해자는, 식당에 모녀만 있는 것을 확인하자 가게 안으로 들어가 말싸움을 벌였고 준비해간 흉기를 휘둘렀다. 같이 있던 나영의 엄마는 나영을 지키려 몸싸움을 하다가 칼에 찔려 깊은 상해를 입었다. 비명을 들은 이웃 가게의 신고로 범인은 현장에서 체포되었다. 나영의 엄마는 바로 병원으로 옮겨져 수술을 받았으나 의식이 돌아오지 않고 있다. 자상뿐 아니라 몸싸움을 벌이다 머리까지 다친 게 원인이었다. 사건을 담당한 형사가 극심한 불안에 떠는 나영을 보고 스마일센터에 연락해 심리지원을 요청했다.

선경은 한 달 전부터 나영을 만나 상담중이었다. 일주일에 한 번씩 만나면서 조금씩 라포를 형성하고 있었다. 선경은 사흘 전에 만난 나영의 모습이 떠올랐다. 상담을 진행하면서 조금씩 안정을 찾아가고 있었는데 지난 상담에서의 모습은 좀 달랐다. 선경과의 대화에 집중하지 못하고 말을 하다가도 생각에 빠져 혼잣말을 중얼거렸다.

아마도 첫 공판을 앞두고 압박을 느끼고 있었던 모양이다. 선경은 미처 재판 일정을 챙기지 못한 자신의 불찰을 깨달았다.

"어제 연락이 왔어요. 재판에 참석하겠다고."

내담자가 원할 경우 재판에 함께 참석하는 것도 배 선생의 업무 중 하나다. 선경은 나영이 두려움을 느끼는 와중에도 재판에 참석하기로 했다는 점이 놀라웠다.

"첫 공판이라면 공소사실 확인만 하고 끝날 텐데……"

첫 공판에는 굳이 참석할 이유가 없다. 더구나 지금의 심리 상태라면 만나지 않는 편이 나을 것이다. 하지만 재판에 참석하겠다고 한 건 나영 자신이다. 선경은 나영이 어떤 마음으로 재판에 가려는지 궁금했다. 뭔가 신경이 쓰였다.

배 선생과 간단한 회의를 마친 선경은 자리로 돌아와 시간을 확인했다. 다음 상담 시간까지는 사십 분 정도 여유가 있다. 나영의 파일을 챙겨들고 상담실로 향했다. 신경쓰이는 게 뭔지 찾고 싶었다.

상담실에 들어간 선경은 자리를 잡고 앉아 지난번 상담 기록을 읽다가 고개를 들었다. 맞은편에 빈 의자가 보였다. 며칠 전 그 자리에 앉아 있던 나영의 모습이 떠올랐다. 나영은 분노와 자책을 오가며 병원에 다녀온 이야기를 했다.

"칼에 찔린 상처는 이제 아물어서 새살이 나고 있어요. 엄마 손을 잡고 그만 깨어나라고 하는데도 엄마는 아직도 눈을 뜨지 않아요. 어쩌면…… 깨어나고 싶지 않은 건지도 몰라요. 이러다 영영 깨어나지 않을까봐…… 너무 무서워요."

나영은 손톱을 깨물며 초조함을 감추지 못했다. 병원에 있는 엄마 이야기를 할 때면 늘 신경이 곤두섰다. 다른 가족은 없다고 했다. 나영은 자기로 인해 벌어진 일로 자책하면서 엄마를 잃게 될까봐 두려움에 떨었다. 선경은 나영의 손을 잡아주고 싶은 충동을 간신히 억눌렀다.

"의사는 뭐라고 해요?"

선경의 질문을 받은 나영은 입가의 손을 내리고 자세를 고쳐 앉았다.

"왜 아직 깨어나지 않는 건지 모른대요. 충격으로 부었던 뇌도 가라앉았고 피가 고인 흔적도 없다고 했어요. 이유를 알면 방법을 찾을 텐데, 의사들도 모르겠대요."

"엄마가 깨어나고 싶지 않을지도 모른다고…… 왜 그렇게 생각해요?"

나영은 시선을 떨구고 잠시 생각에 잠겨 있더니 곧 말을 이었다.

"엄만 처음부터 그 사람을 반대했어요. 그냥 싫다고. 그것 때문에 나랑 많이 싸웠어요. 결국 엄마 말이 맞았어요. 내가 엄마 말을 들었어야 했는데. 그 사람이랑 만나지 않았다면 이런 일도 안 일어났을 거예요."

"……"

선경은 잠자코 나영을 지켜보았다. 마음속에 있는 말들을 꺼내놓고, 누군가에게 자신의 불안과 두려움에 대해 이야기하는 건 중요하다.

"모두 나 때문이에요. 내가 엄마를…… 이렇게 만들었어요."

자책하던 나영은 눈물이 그렁그렁한 눈으로 선경을 바라보며 말했다. 다음 말을 망설이며 입술을 깨물던 나영은 고개를 돌리고 나지막이 중얼거렸다.

"만약 엄마가 돌아가시면…… 난 어떻게 해서든 그놈을 찾아가서 죽일 거예요."

진심으로 실행에 옮기려는 의지의 표현인지, 아니면 엄마에 대한 걱정 때문에 하는 말인지는 모른다. 하지만 나영이 그놈을 죽일 거라고 중얼거렸을 때의 눈빛은 결의에 가득차 있었다.

선경은 나영과의 상담 시간을 떠올리며 나영이 재판에 참석하려는 마음을 다시 헤아려보았다. 어찌 되었든 지금으로선 나영의 엄마가 깨어나는 게 나영을 위해 가장 필요한 일이라는 생각이 들었다.

5.

'산 너머 무지개를 쳐다보느라, 한발 앞의 덫을 못 보는구나.'

베키는 할머니에 대해 많은 이야기를 했다. 베키 엄마는 베키가 다섯 살 때 남자를 따라 집을 나간 뒤 소식이 끊겼다. 엄마 대신 할머니 손에서 자란 베키는 늘 할머니가 하던 이야기를 입에 달고 살았다. '우리 할머니가 말이야'로 대화를 시작할 때마다 고리타분하다고 느꼈지만 가끔은 그 이야기가 머릿속에 오래 머물기도 했다.

세나와 어울리고 몇 달이 지난 후부터 한 관장의 요구가 많아지자, 유진은 베키에게 들었던 이 말이 생각났다. 맨해튼에 온전히 자신만의 공간이 있다는 게 좋기는 했다. 그러나 세나의 일상에 대해 더 많은 정보를 요구하는 한 관장에게 슬슬 거부감이 들기 시작했다.

처음엔 지켜보는 정도로도 괜찮다고 했던 한 관장은 유진이 세나와 친해진 뒤부터는 보다 구체적이고 세밀한 정보를 원했다. 세나가 어떤 친구들과 만나는지, 어떻게 시간을 보내는지를 묻더니, 그뒤로는 '친구들과 영화를 보고 시내에서 쇼핑을 했다'는 정도가 아니라 '무슨 영화를 봤고, 몇시에 어디서 어떤 물건을 샀고, 언제 집에 귀가했는지' 알고 싶어했다.

유진은 그제야 한 관장이 자신에게 선심을 쓴 게 아니라는 걸 깨달았다. 유진에게 적지 않은 돈을 주며 딸을 지켜보라는 임무를 줄 때부터 알아봤어야 했다. 돈을 줄 때는 그에 상응하는 값어치를 요구하게 되어 있다. 한 관장이 그렇게까지 딸의 사생활을 지켜보는 이유가 있었지만, 이때는 알지 못했다.

세나의 친구들에 대한 정보를 얻는 것은 간단했다. 유진이 일하는 카페로 오게 하면 되는 일이었다. 유진 역시 세나가 어떤 친구들과 어울리는지 알고 싶기도 해서, 지나가는 말로 친구들과 카페에 한번 오라고 얘기했다. 바로 다음날, 세나는 친구들과 함께 카페를 찾았다.

세나와 어울리는 친구들은 한눈에 봐도 재력 좋은 집안의 아이들처럼 보였다. 만만치 않은 뉴욕 물가에 어학원과 아파트 월세, 생활비까지 감당해야 할 텐데 돈 때문에 어려움을 겪는 것 같지는 않았다.

수천만 원 하는 샤넬이나 디올의 가방을 메고 수백만 원짜리 선글라스에, 자잘한 소품마저도 알 만한 회사의 로고가 찍힌 것들이었다. 행동과 말투에서 무엇 하나 부족함 없이 자란 티가 보였다. 이제 스물을 갓 넘긴, 어학원에 다니는 아이들이 미국 땅에서 제 손으로 돈을 벌어 그런 명품들을 샀을 리 없다.

세나의 친구들은 자연스럽게 자신들이 마실 커피를 주문하고 자리를 찾아 앉았다. 뒤에 남은 세나가 카드를 꺼내 계산했다. 자리에 앉은 친구들은 쉴새없이 재잘거렸다. 주문한 커피가 나왔다는 소리에 친구들과 함께 앉아 있던 세나가 커피를 가져갔고 그들 앞에 놓아주었다. 그 와중에도 세나의 친구들은 이야기를 멈추지 않았다. 커피 심부름을 하는 세나를 당연하게 여기는 것 같았다.

자리에 앉은 세나는 추임새를 넣기만 할 뿐 친구들의 대화에 잘 끼어들지 않았다. 그들도 세나가 거의 말하지 않는다는 사실을 전혀 의식하지 못하는 듯했다. 세 명 모두 각자 할 이야기가 너무 많았다. 상대방의 말이 끝나기도 전에 말꼬리를 가로채고 자기 이야기를 쏟아냈다. 셋의 수다 속에서 세나는 부지런히 그들의 얼굴을 번갈아 쳐다보며 귀를 기울였다.

유진은 매장 청소를 하며 중간중간 그들을 지켜보았다. 그것만으로도 친구들 간의 역학 관계가 한눈에 보였다. 친구가 맞기는 한 걸까? 언뜻 봐도 세나가 이 무리의 주변을 맴돌고 있는 느낌이었다.

"뭐 필요한 거 없어? 디저트라도 가져다줄까?"

유진은 세나 곁으로 다가가 친근하게 굴었다. 세나의 얼굴이 밝아졌다. 세나의 친구들은 대화를 멈추고 유진의 얼굴을 쳐다보았다.

"너희 뭐 먹고 싶어?"

세나가 친구들에게 물었다.

"됐어, 우리 점심 금방 먹……"

"아니, 얘들 말고 세나 너 말이야. 뭐 가져다줄까? 아이스크림? 케이크?"

가볍게 세나와 유진을 무시하려던 친구는 말이 잘려서 기분이 상했는지 샐쭉해진 얼굴로 유진을 쳐다보았다. 그래, 무시당하니까 너도 기분 나쁘지? 그게 지금 너희가 하는 행동이야.

"괜찮아요, 언니. 곧 가봐야 해요."

세나가 친구들의 눈치를 보며 말했다. 유진은 친구들에게는 시선을 주지도 않고 오로지 세나와 눈을 맞추고 어깨를 꼭 잡아주고는 자리를 떠났다. 등뒤로 "뭐야?" "누구야?" 하는 소리가 들렸다.

세나는 친구들의 질문에 답하는 대신 이렇게 말했다.

"멋지지? 너희 영화 〈우리에게 내일은 없다〉 알아? 거기 나오는 여자 닮았지?"

"뭐래?"

"그만 가자. 나 네일 받아야 해."

친구들은 세나의 이야기도, 유진의 존재도 흥미가 없다는 듯 자리에서 일어났다. 탁자에는 세나의 친구들이 마셨던 잔이 그대로 있었다. 유진은 세나와 친구들이 나가는 모습을 보며 탁자를 치우기 시작했다.

그때 누군가 유진 쪽으로 걸어왔다. 가슴골이 살짝 드러나는 브이넥 스웨터에 짧은 청바지를 입은 여자는 조금 전 유진에게 말을 먹힌 세나의 친구였다. 마스카라로 한껏 감아올린

속눈썹을 치켜뜨며 유진을 보던 여자는 샤넬 가방에서 지갑을 꺼내더니 유진의 눈앞에 십 달러 지폐를 떨어뜨렸다.

"팁 없이 먹고살기 힘들죠? 수고하세요."

유진의 자존심을 긁어보려는 행동이라는 게 한눈에 느껴지는 표정과 손짓이었다. 부모에게 뭘 배우고 자랐는지 뻔히 보였다. 유진은 웃으며 바닥에 떨어진 지폐를 주웠다.

"고마워. 잘 가라."

유진은 태연히 빈 잔을 올려놓은 쟁반과 지폐를 챙겨 걸음을 옮겼다. 가게 밖에서 이 모습을 지켜보는 세나와 친구들의 모습이 눈에 띄었다. 유진은 얼굴이 굳은 세나에게 가볍게 손을 흔들며 개수대로 향했다. 본인의 도발이 실패했다는 게 분했는지 세나의 친구는 짜증난 표정으로 밖으로 나갔다.

고작 그런 일로 자존심을 건드려보겠다는 시도는 아직 어리다는 증거라고, 그렇게 생각했지만 타격감이 전혀 없지는 않았다. 타인에 대한 무례함. 유진은 다시 한번 그 무례함에 마음이 차가워졌다.

"어떻게 친구가 됐어?"

그날 유진은 퇴근 시간에 맞춰 카페를 찾아온 세나와 함께 공원으로 향했다. 이제 막 석양이 지기 시작하는 공원을 산책하며 세나에게 물었다. 삼십 분 정도 지켜봤지만 도무지 공통점이라고는 없는 아이들이 어떻게 같이 어울리게 되었는지 궁금했다.

"첫날 옆자리에 혜리가 앉았고, 앞자리에는 다빈이 있었어요. 재경인 혜리 친구예요. 둘이 같이 살아서 시간 되면 같이 만나요."

스무 살이 넘었는데도 친구 사귀는 건 학교 때와 별다르지 않았다. 같은 반이라서, 옆자리 짝꿍이라서. 우연히 같은 공간에 있어서 친구가 되고 어울린다. 잠깐 지켜보았는데도 그들이 나누는 대화에 세나의 존재는 없었다. 셋이 함께 쇼핑을 하고, 어딘가에서 파티를 한 이야기, 거기서 만난 남자 이야기를 했다. 세나를 의식하지도, 신경쓰지도 않는 느낌이었다. 그들도 세나를 친구라고 생각할까? 성향이 다르면 물과 기름처럼 쉽게 섞이지 않는데, 굳이 같이 다니는 건 무슨 이유일까? 그 아이들보다 세나의 생각이 궁금했다.

"듣기만 하고 별 얘기를 안 하던데?"

"난 그냥…… 다른 사람 얘기를 듣는 게 좋아요. 재미있잖아요."

세나는 아무렇지 않은 듯 얘기했지만 유진은 세나의 속내를 더 알고 싶었다.

"그런데 집에는 초대하지 않는 친구들이구나."

유진의 말에 담긴 까칠함을 느꼈는지 세나는 잠시 당황스러운 표정으로 유진을 쳐다보다 불쑥 말을 꺼냈다.

"언니는 왜 친구 없어요?"

유진은 세나가 이런 반격을 할 줄 몰랐다. 조심스럽다고 할까, 좀처럼 자신을 드러내지 않던 아기 고양이가 연약한 발톱을 드러낸 것 같았다. 왠지 세나를 더 건드려보고 싶다는 생각이 들었다.

"내가 친구가 없다고? 그걸 어떻게 알아?"

"나 어학원 접수하고 이 카페 온 날부터 쭉 언니를 지켜봤어요. 언니랑 알기 전부터요. 그때부터 언니는 늘 혼자였어요. 누굴 만나지도 않고, 전화를 하는 것 같지도 않고, 나랑같이 있어도 친구 얘기한 적은 없잖아요."

유진은 걸음을 멈추고 세나를 향해 몸을 돌렸다. 이제는 거침없이 자신을 지켜봤다고 말한다. 세나의 입을 통해 들으니 기분이 묘했다. 세나의 눈에 비친 나는 어떤 모습일까?

"세나야, 너 나에 대해 얼마나 아니?"

유진이 정색하며 쳐다보자 세나는 선뜻 답을 하지 못했다. 잠시 망설이던 세나는 시선을 떨어뜨리며 말했다.

"미안해요. 내가 괜한 말을 했어요."

유진은 정색했던 얼굴을 풀고 부드럽게 말했다.

"나 봐."

세나가 고개를 들었다. 유진은 장난기 섞인 표정으로 세나의 팔을 툭 쳤다.

"너 잘 모르나본데, 나 친구 있어. 맨날 나 보러 여기 오는데, 못 봤어?"

"누구요?"

세나가 의아한 눈빛으로 물었다.

"너."

유진의 말에 세나의 표정이 미세하게 바뀌었다. 뜻밖이라는 듯 눈이 커진 세나는 유진의 눈길을 피하며 당혹스러운 표정을 감추지 못했다. 이내 세나의 눈시울이 붉어지는가 싶더니 두 손으로 얼굴을 감싸고는 그 자리에 주저앉았다. 유진은 길을 막지 않게 세나를 근처 벤치로 데려가서 앉혔다. 유진은 장난스럽게 얼굴을 들이밀며 물었다.

"설마, 또 우는 건 아니지?"

"아니에요."

세나는 어린아이처럼 손등으로 눈물을 닦으면서도 아니라며 유진을 밀어냈다. 겨우 마음을 추스른 세나는 쑥스러운 표정으로 유진을 보더니 말을 이었다.

"미안해요. 아까 다빈이 때문에 기분 나빴죠?"

"아, 걔가 다빈이야?"

유진은 세나의 질문에 답하지 않았다. 이미 지난 일이다. 잠시 언짢기는 했지만, 생각 없는 애의 도발을 마음에 담아둘

만큼 한가하지 않다. 하지만 세나는 그렇지 않은 모양이다.

"내일 데리고 올게요. 언니에게 사과하라고 할게요."

"그럴 필요 없어."

"아니에요. 언니에게 그런 짓을 하다니, 그냥 넘어갈 수 없어요."

세나는 입술을 꼭 다물며 결의에 찬 표정을 지었다.

"어떻게 하려고? 끌고 와서 무릎이라도 꿇리려고?"

"언니가 원하면 지금 당장 데리고 올게요."

"됐어, 이미 지난 일이야. 그럴 거 없어."

"아뇨, 이대로 묻어둘 수는 없어요."

세나의 눈빛은 먼 곳에 머물러 있었다. 표정을 보니 이미 유진의 말은 들리지 않는 것 같았다. 그런 세나의 눈빛에 유진은 머리 한편으로 스치는 서늘한 한기를 느꼈다. 지금까지 본 적 없던 눈빛이었다. 세나는 어떤 생각을 하는 걸까.

유진은 생각을 털어내고 자리에서 일어나며 말했다.

"낮의 일은 잊어버려. 그만 가자. 피곤하다."

유진은 함께 저녁을 먹자는 세나를 물리치고 혼자 집으로 걸어갔다.

집으로 돌아온 유진은 옷을 벗고 샤워를 했다. 몸을 말리고 거실 한편에 세워둔 이젤 앞에 섰다.

유진은 이젤에 놓인 캔버스를 쳐다보았다. 세나의 집에서 그리기 시작한 초상화를 캔버스에 옮겨 그리는 중이다. 전체적인 윤곽을 잡고 세밀한 부분을 손보고 있었다. 그림 속 세나의 눈을 쳐다보던 유진은 몇 시간 전에 본 세나의 눈빛을 떠올렸다.

나는 대체 뭘 그리고 있었던 거지?

미술관의 시민 강좌에서 들었던 강사의 말이 떠올랐다.

'초상화는 최고의 관찰력을 필요로 합니다. 그리는 인물의 외형뿐 아니라 성격, 생각까지도 그려내야 합니다. 그러기 위해서는 그 사람을 제대로 봐야 하죠. 제대로 보지 못하면 그릴 수가 없어요. 눈앞의 형상을 넘어 그 영혼까지 들여다봐야 해요.'

그림을 다 그려놓고도 완성까지는 미진했던 게 무엇 때문인지 알 것 같았다. 세나에 대해 아는 것이 거의 없다. 처음 한 관장이 세나에 대해 얘기할 때도 깊이 생각하지 않았다. 복잡한 집안이 싫어 뉴욕으로 도망친 부잣집 철부지 아가씨라고 생각했는지 모른다. 손목의 상처와 세나의 눈물을 보는데도, 무엇 때문인지 이유를 알지 못했다. 눈물을 그친 세나는 자신의 울음에 대해 입을 닫았다. 본인이 말하고 싶어하지 않는 일을 억지로 캐낼 이유도, 관심도 없다. 그러니 어설픈 관찰로 그린 거죽이 남았을 뿐이다.

이건 세나의 얼굴이 아니다. 누군지 모를 얼굴. 영혼도, 생기도 느껴지지 않는 죽은 얼굴. 눈빛을 통해 무슨 생각을 하는지, 얼굴의 윤곽과 입술을 통해 어떤 감정인지 그려내야 한다. 지금은 세나의 어떤 표정과도 닮지 않았다. 겉모습이 닮기는 했지만, 세나의 무엇도 느껴지지 않았다.

유진은 붓을 내려놓고 다시 외투를 걸쳤다. 공원에서 본 세나의 표정, 그 눈동자 너머 깊은 곳에서 빛나던 것이 무엇이었는지, 무엇이 유진의 등줄기를 서늘하게 만들었는지 확인하고 싶었다.

세나의 집에 다다를 즈음 현관문을 열고 나오는 세나가 보였다. 유진은 자기도 모르게 가로수 뒤로 숨었다. 평소라면 세나의 이름을 부르며 다가갔을 텐데, 주위를 두리번거리는 세나의 모습이 본능적으로 몸을 숨기게 만들었다.

세나의 옷차림은 평소와 달랐다. 옷차림만이 아니다. 마치 배역을 맡은 배우가 걸음걸이부터 표정, 동작까지 완전히 바꾸듯 유진이 봐오던 세나와 전혀 다른 모습이었다. 유진이 알던 세나는 꽃무늬 시폰 블라우스와 연둣빛 카디건이 어울리는 스무 살 여자아이였다. 소심하고 타인의 시선을 의식하며 차분하게 행동하던 세나는 없었다. 눈앞의 세나는 몸에 달라붙는 검은 트레이닝복에 운동화를 신고 거침없이 어둠 속을 걸어가고 있었다.

유진은 허드슨강 쪽으로 걸어가는 세나를 뒤따르면서 세나에 대해 제대로 아는 것이 없다는 것을 인정해야 했다. 지금 세나가 가는 곳이 어디인지, 무엇을 할 생각인지 전혀 감을 잡을 수가 없었다. 삼십 분 정도 걷던 세나는 어느 건물 앞에서 멈추었다. 시간을 확인하며 건물을 올려다보는 걸 보면 누군가를 기다리는 것 같았다. 유진은 조금 떨어진 곳에서 세나의 모습을 지켜보았다.

거리는 퇴근하는 사람들로 북적였다. 덕분에 정체가 들킬 염려는 없었지만, 자칫 세나를 놓치기 쉬운 상황이었다. 지나는 사람들 사이로 보이는 세나를 놓치지 않으려 애썼다. 잠시 후 누군가를 본 세나가 상의 지퍼를 목까지 끌어올리고 고개를 숙인 채 걸음을 옮기기 시작했다.

전방을 응시하며 잰걸음으로 걷다가 슬쩍 몸을 숨기기도 하고 머뭇거리기도 하는 폼이 누군가를 미행하는 듯했다. 덕분에 유진이 거리를 좁혀도 전혀 모를 것 같았다. 유진은 세나에게 조금 더 가까이 다가갔다. 누구를 미행하는지 궁금해서 그 앞을 살펴보았지만, 정확하게 알 수가 없었다. 지하철역에 이르러서야 세나가 쫓는 사람이 누군지 눈에 들어왔다. 이십대로 보이는 단정한 옷차림의 남자였다. 얼핏 봐도 한국인이라는 걸 알 수 있었다.

세나는 남자의 뒤를 따라 지하철역으로 들어갔다. 도대체 어디까지 따라가려는 건가 싶어 잠시 주저했지만 여기서 돌아갈 수는 없었다. 유진도 세나의 뒤를 따라 개찰구로 들어갔다.

승강장에는 지하철을 기다리는 직장인들과 관광객들이 뒤섞여 북적거렸다. 하필이면 퇴근 시간이라 계속 역으로 밀려 들어오는 사람들로 구내가 아주 복잡했다. 계단을 내려오던 사람들은 가득찬 승강장을 보고 걸음을 멈추었다.

유진은 눈으로 세나를 찾았다. 사람들의 어깨와 머리 사이로 잠깐씩 보이다 사라지는 세나의 뒷모습을 따라 인파를 헤치며 앞으로 나아갔다. 세나가 미행하는 남자도 인파 때문에 제대로 나아가기가 힘든지 승강장 쪽으로 어렵게 걸음을 옮겼다. 겨우 자리를 잡은 남자는 터널로 시선을 주었다. 그 남자는 바로 뒤에 다가선 세나를 전혀 알아채지 못한 눈치였다.

터널에서 굉음과 함께 불빛이 가까워지고 있었다. 지하철이 들어오기도 전에 사람들이 움직이기 시작했다. 계단에 서 있던 사람들도 지하철을 타기 위해 그곳에서 내려왔다. 승강장에는 자리를 차지하려 미는 사람들과 밀려 떨어지지 않으려고 버티는 사람들의 실랑이가 벌어졌다. 누군가 욕을 내뱉는 소리도 들렸다.

지하철이 승강장으로 들어오는 순간 남자의 몸이 휘청하더니 선로로 떨어졌다. 지하철은 멈출 새도 없이 순식간에 지나갔다. 파열음을 내며 어떻게든 멈추려 했으나 이미 남자의 몸을 밟고 지난 뒤였다. 비명과 함께 사람들이 웅성거렸다. 누군가는 구경을 하기 위해 고개를 빼들었고, 누군가는 겁에 질려 몸을 웅크리고 뒤로 물러났다.

유진은 세나를 보고 있었다. 남자가 선로 위로 떨어지는 순간 세나는 몸을 돌렸다. 지하철에 타려는 사람들이 몰려들기 전에 이곳을 빠져나가려는 듯했다. 갑작스러운 추락 사고에 놀란 사람들의 소란에도 아무런 반응이 없었다. 아니, 입꼬리가 살짝 올라가는 것 같았다.

인파 속으로 사라지는 세나의 모습을 보던 유진은 머리가 쭈뼛 섰다. 집에서 나올 때만 해도 이런 광경을 보게 될 거라고는 상상도 하지 못했다. 유진은 서둘러 승강장에서 빠져나가 계단을 올랐다. 멀리 개찰구로 나가는 세나의 모습이 보였다. 유진은 걸음을 빨리했다.

역 출구로 나온 유진은 빠르게 주변을 살폈다. 그러나 세나의 모습은 보이지 않았다. 계단을 오르면서 잠깐 세나를 놓쳤는데 결국 이렇게 되어버렸다.

유진은 멍한 표정으로 그 자리에서 두리번거렸다. 자신에게 부딪치면서 지나가는 사람들의 투덜거림도 들리지 않았다.

정말로 내가 본 게 맞을까? 아니다. 정확히 뭘 봤다고 할 수는 없다. 하지만 이 초도 안 되는 그 순간, 철도 위로 떨어진 남자의 움직임과 세나의 동작은 무관하지 않았다.

유진은 사람들을 피해 거리 한쪽으로 걸음을 옮겼다. 거리는 온통 자동차 경적과 멀리 지나는 앰뷸런스 소리로 시끄러운데, 유진의 귀에는 아무것도 들리지 않았다. 몇분 전 자신이 본 것이 무엇을 의미하는지 이해하기 위해 신경을 곤두세웠다.

세나는 남자를 선로 위로 밀었고 그는 지하철에 깔렸다. 아마도 죽었을 것이다. 세나는 그를 죽이려고 했다. 자신의 목적을 이룬 세나는 미소를 지으며 현장을 떠났다.

멈춰 있던 유진의 머리가 다시 돌아가기 시작했다. 차츰 주변의 소음이 들렸고 유진을 스쳐지나가는 사람들의 모습도 눈에 들어왔다. 충격이 가신 유진은 쿡쿡 웃음이 나기 시작했다.

살인 장면을 목격하고 웃음이라니, 자기가 생각해도 어이가 없었다. 하지만 뱃속부터 올라오는 웃음을 참을 수가 없었다. 지나는 사람들이 영문도 모른 채 쳐다볼 정도로 낄낄거렸다. 한참을 웃던 유진은 눈가에 고인 눈물을 걷어내며 걸음을 옮겼다. 웃음이 사라지자 머릿속이 차갑게 얼어붙었다.

유진은 한 관장을 생각했다. 과연 이 얘기를 전해야 할까? 가만, 어쩌면 이미 알고 있을 거라는 생각이 들었다. 딸을 곁에서 지켜봐달라고, 가급적이면 같이 있어도 좋다며 감시자를 붙인 건 이런 이유 때문이 아닐까? 머리 한편으로 밀어두었던 의혹이 그제야 풀렸다. 한 관장은 딸을 지켜보는 보수치고는 너무 많은 돈을 지불했다.

세상에 공짜는 없는 법이지. 어떤 일이든 그에 합당한 가격을 지불해야 하는 거야. 유진은 다시 한번 자신이 떠나야 할 시간이라는 것을 깨달았다. 발아래로 다시 아가리를 벌리는 어둠에 빠지고 싶지 않았다. 타르처럼 끈적거리고 끔찍한 냄새를 풍기며 자신을 잡아당기는 어두운 그것을 운명이라고 말하고 싶지 않았다.

그저 평범하고 심심한, 지루할 만큼 별일 없는 삶을 살고 싶었다. 조용히 사는 게 이렇게 힘든 일인가? 내게 어떤 극성이 있길래 이런 상황이, 누군가의 죽음이 달라붙는지 의아했다. 죽음의 신은 참 끈질기게도 자신의 곁을 맴돌고 있다는 생각이 들었다.

그게 운명이라는 이름의 무엇이라면, 과연 나는 도망칠 수는 있는 걸까?

6.

너, 그거 알아? 칼새는 한번 날기 시작하면 십 개월 동안 발을 땅에 한 번도 딛지 않는대. 잠을 잘 때도 하늘을 날면서 자고, 사냥도 하늘에서 하는 거지.

겨울이 되면 유럽 북쪽의 번식지를 떠나 아프리카 열대우림으로 이동했다가 그곳에서 겨울을 나고 다시 북쪽으로 돌아가는 십 개월 동안 한 번도 착지하지 않는다고 해. 번식을 위해 둥지를 트는 시간을 빼고 대부분을 하늘에서 보내는 거지. 그렇게 오랫동안 하늘을 날아다녀도 괜찮은 이유는 날렵한 몸통과 큰 날개 때문이래. 피곤하면 따뜻한 상승기류를 타고 활동을 하면서 십 초 정도 아주 잠깐 잠을 잔대. 믿어져? 다큐멘터리를 보지 않았다면 나도 믿지 않았을 거야.

나는 어릴 때부터 산이나 바다, 동식물이 나오는 자연 다큐멘터리를 좋아했어. 거기엔 학교에서는 배운 적 없는 아주 신기하고 재미있는 동물과 식물의 세계가 있거든. 아, 영화도 좋아했어. 엄마가 보던 옛날 흑백영화들. 너는 모르지, 〈우리에게 내일은 없다〉. 그래, 넌 내가 이상하다고 했지. 무슨 생각을 하는지 모르겠다고. 그래서 이제부터 하나씩 알려주려고.

혼자 집에 있을 때면 그런 걸 보면서 시간을 보냈어. 엄마도 아빠도 무지하게 바빴거든. 공부 같은 건 지루해서 흥미가 없고, 그래서 엄마가 모아둔 DVD를 보기 시작했지. 컬렉션은 엄마 취미야. 서재에 들어가면 엄마가 모은 것들이 세 공간으로 나뉘어 있지.

한쪽 벽에는 책이 가득하고 다른 쪽에는 영화나 다큐멘터리 DVD가 있어. 또다른 벽에는 장르별로 다양한 음반이 가득하고 그 앞에는 음악을 들을 수 있도록 스피커와 안락의자가 놓여 있지. 뭐, 음악은 내 취향이 아니라서 잘 가지 않았어. 나는 주로 서재 왼편에서 책을 뒤적거리거나 DVD를 봤어.

뉴욕으로 오는 비행기 안에서 창밖의 구름을 보니 이상하게 칼새 생각이 났어. 열 몇 시간 넘게 비행기에 있었기 때문일까? 덕분에 나도 조금은 칼새의 기분을 느꼈나봐.

문득 그런 생각이 들었어. 칼새는 왜 땅에 내려오지 않고 그렇게 오래 하늘을 나는 걸까? 하늘을 나는 건 어떤 기분일까? 자유일까, 두려움일까? 나는 이제 막 하늘을 나는 칼새 같았어. 날개가 있어도 날지 못하다가 이제야 자유롭게 날 수 있겠구나, 생각했어. 그래서 기분이 좋았거든.

그런데…… 오늘 넌 아주 큰 실수를 했어. 건드리면 안 되는 걸 건드렸지.

엄마랑 약속했어, 여기선 정말 조용히 얌전하게 있기로. 그런데 오늘 네가 그 약속을 지킬 수 없게 만들었어. 그러니까 지금부터 벌어지는 일은 모두 다 네 잘못이라는 거야.

뭘 잘못했냐고? 뭐, 모든 걸 다 잘못하긴 했어. 네가 하는 짓이 다 마음에 안 들었거든. 잘난 척하는 말투도, 눈을 내리까는 버릇도. 짜증나게 하는 네 목소리도, 생각 없이 내뱉는 네 말도 모두 참기 힘들었어. 그래도 참으려고 했어. 엄마가 이번에는 진짜 조용히 있으라고 했으니까. 몇 번이나 내 신경을 건드렸지만 그래도 참았어. 내 인내력이 대단하다고 감탄할 정도로 나도 많이 참았다고. 그런데 말이야, 오늘은 네가 선을 넘었어.

이제부터 그 대가를 치르게 될 거야.

너희를 따라 네일 숍에 갔을 때만 해도 난 널 죽일 생각이었어. 모르지? 종알거리는 네 얼굴을 보면서 나는 널 어떻게 죽일까를 생각하고 있었어. 내 머릿속에는 너를 죽일 방법이 수십 가지는 들어 있어. 내 기분에 따라, 상황에 따라 아주 다양하게 말이야.

어떻게 널 죽일까. 그 생각을 하며 손가락에 짜릿한 전기가 도는 걸 느끼고 있었어. 사실 너희가 나누는 대화는 거의 듣지 않았어. 왜냐고? 뭐, 들을 만한 말을 해야 말이지. 그래도 너희를 쳐다보는 건 재미있어. 말하는 인형을 보는 기분이랄까? 참새처럼 재잘거리는 너희를 보면서 나는 상상을 해. 그 것만으로도 시간이 어떻게 가는지 모를 정도야. 무슨 상상을 하는지는 물어보지 마. 알아봐야 좋을 게 없으니까.

아무튼 네일을 받은 다음 네가 혼자 될 때까지 기다릴 생각이었어. 그러다 네게 전화가 걸려왔고 네 눈빛이 변하는 걸

봤어. 반짝이는 눈과 상기된 뺨이라니, 전화통화를 하는 널 보면서 나도 두근거릴 정도였어. 바로 옆에 있었기에 전화하는 상대가 누군지 눈치챘지. 언젠가 같이 만난 적도 있어서 어렴풋이 그 모습이 기억났어. 뭐, 그땐 관심이 없어서 주의 깊게 보지 않았지. 그래서 얼굴도 희미해졌지만 말이야. 어느 대학교에 다닌다고 했던가?

들뜬 목소리로 통화하는 네 모습을 보면서 난 마음을 바꿨어. 그래, 너는 왜 죽어야 하는지 이유도 모르겠구나. 적어도 네가 무엇을 잘못했는지는 알아야 할 텐데. 네가 얼마나 큰 실수를 했는지 알아야 하는데…… 그걸 깨닫게 해주려면 너를 죽일 게 아니라, 네가 가장 아끼는 걸 망가뜨려야겠구나.

통화를 끝낸 너는 유치하게 속을 드러냈어.

"우리 오빠가 저녁에 친구들이랑 파티 한다고 오래."

뭐 대단한 걸 한다는 듯 자랑했지. 그래도 난 부러운 척 너에게 질문을 하면서 필요한 정보를 얻었어.

"와, 파티라니 정말 멋지다."

그 한마디에 너는 시시콜콜한 이야기를 쏟아냈지. 굳이 내가 알아야 할 필요가 없는 것까지 말이야. 덕분에 난 네 남자친구가 몇 시까지 어디에 있다가 언제 어디서 너와 만나기로 했고 어디로 가는지 다 알게 되었지.

사실 그때까지도 결정을 못 내렸어. 엄마의 단호한 얼굴이 떠올라서 말이야.

우리 엄마, 생각보다 무서운 사람이거든. 내가 세상에서 제일 무서워하는 게 있다면 그건 바로 엄마야. 그 마녀는, 아 엄마 별명이 마녀야. 늘 검은 옷을 입고 다니거든. 엄마와 함께 일하는 사람들은 자기들끼리 검은 마녀라고 부르더라고. 왜 그런지는 모르지만, 그 집에 들어간 뒤로 엄마는 검은색 옷만 입었어. 뭐, 스타일이겠지. 스티브 잡스가 늘 청바지에 검은 티셔츠를 입었던 것처럼.

우리 둘이 살 때는 그렇게까지 끔찍하지 않았는데 말이야. 엄마는 나를 한국에서 뉴욕으로 날려 보냈어. 내가 엄마 인생에 방해가 되나봐. 여기서 얌전히 잘 지내면 몇 년 뒤에는 다시 한국으로, 그래, 병원이 아니라 집으로 돌아갈 수도 있을 거라고 했어. 또다시 병원에 갇히는 것보다는 그래도 뉴욕이 더 좋지. 안 가겠다고 난리를 쳤는데, 막상 뉴욕에 와보니 너무 좋아서 그 난동을 부린 게 미안할 정도야.

내가 망설이는 이유는 하나뿐이야. 여기서 잘 지내고 싶거든. 평화롭고 조용하게.

어떻게 해야 하나 마음이 복잡하니까 자꾸 가방 속의 알약이 생각나더라. 한 알만 먹으면 기분이 좋아질 텐데. 나도 모르게 다시 손목을 긁어댔어. 팔찌 때문에 닿지는 않았지만. 내 손으로 그어대고 상처를 만들고 이제 흔적만 남은 곳이 다시 근질거렸어.

손목을 보자 언니 얼굴이 떠올랐어. 그래, 유진 언니를 만나자. 어떻게 할지는 언니를 보고 결정해야겠어.

오늘 네가 언니에게 지폐를 던졌을 때 나는 심장이 멎는 줄 알았어. 넌 내 얼굴에 찬물을 끼얹은 거나 마찬가지야. 언니가 친구들을 데려오라고 하지만 않았으면 너희 같은 애들을 데리고 거기 갈 일도 없었어. 친구가 없다면 걱정할까봐 데려간 것뿐이야.

사실 우리 별로 친하지도 않잖아? 옆에 앉아 몇 마디만 주고받아도 너희가 어떤 아이들인지 아니까, 가까이하지 않은 거야. 말했잖아, 너희는 말하는 인형일 뿐이라고. 적당히 거리를 두고 심심할 때 잠시 전원을 켜두는 인형.

오늘은 전원을 켜지 않는 게 나을 뻔했어. 아니, 다들 약속이 있다고 다음에 데려간다고 할 걸 그랬어. 너의 천박하고 유치한 도발에 짐짓 웃는 언니를 보면서 나는 무서운 생각이 들었어.

언니가 얼마나 기분이 나쁠까. 고작 이따위를 친구라고 데려왔느냐고 화를 낼 거야. 아마 다시는 날 안 볼지도 몰라. 그건 상상도 할 수 없어. 겨우 너 같은 애 때문에 언니를 못 보게 된다고? 아니야, 그래선 안 돼.

퇴근하는 언니의 얼굴을 보자 조금 안심이 됐어. 내게 화를 내지도, 왜 저런 거지 같은 애들과 어울리는 거냐고 질책하지도 않았어. 우리 엄마라면 여기서 잔소리를 좀 했을 텐데 말이야. 하지만 언니는 평소보다 피곤해 보였어. 말하지 않아도 어떤 기분일지 알았지.

나는 언니를 아주 오래전부터 지켜봤어. 뉴욕에 온 지 얼마 되지 않았을 때부터.

언니는 칼새 같았어. 큰 날개를 펴고 땅 아래 무엇이 있는지는 쳐다보지도 않은 채 그저 하늘을 나는 일에만 집중하고 있는 칼새. 다른 사람들 눈에는 보이지 않겠지만 내 눈에는 보여. 홀로 날아도 외롭지 않고 당당한, 거침없이 바람을 가르며 앞으로 나아가는 모습이.

나도 언니처럼 날고 싶었어. 겁먹지 않고, 두려워하지 않고.

다시 손목이 간지러웠어. 언니와 함께 카페에서 공원으로 걸음을 옮기며 나는 애써 손목의 감각을 무시하려고 했지. 내 손목을 만지던 언니의 손가락이 떠올랐어.

그래, 언니도 날 알아본 거야. 말하지 않아도 언니는 알고 있었어. 내가 어떤 그림자를 감추고 있는지. 때로 어떤 충동이 나를 휩쓸고 지나가는지. 나는 확신했어. 언니도 어딘가에 내 손목 같은 그런 상처가 있으리라는 걸.

나는 부끄러웠어. 그런 애들을 친구라고 데려가고 언니의 마음을 상하게 했다는 게. 언니는 괜찮다고 말했지만 말투와 억양, 눈빛을 보면 전혀 그렇지 않았어. 어찌나 단호한 얼굴이었냐면 나한테도 앞으로 다시는 카페에 오지 말라고 할 것 같았어.

내 예감이 맞았어. 평소라면 함께 저녁을 먹고 산책하며 이야기를 나누다 집으로 돌아갔을 텐데, 언니는 나를 내버려두고 그냥 집으로 가버렸어. 피곤하다고 했지만 내가 곁에 있는 게 싫었던 거야.

'저런 애들이랑 놀다니, 실망이야. 게다가 그애가 한 짓을 보고도 넌 가만히 있었어.'

나는 언니의 표정만 봐도 언니가 무슨 생각을 하는지 알아. 말로는 괜찮다고 했지만 언니는 내가 어떻게 할지 지켜보겠다는 눈빛이었어.

'오늘은 너와 같이 있지 않을 거야. 네게 실망했거든. 앞으로 네가 어떻게 하는지에 따라 우리는 다시 친구가 될 수도, 아닐 수도 있어.'

냉담하게 돌아서는 언니의 뒷모습을 보면서 나는 생각했어.

말해줘요. 내가 어떻게 해야 할까요? 언니가 하라는 건 뭐든지 할게요.

내 말에 답이라도 하듯 언니가 잠깐 뒤돌아보며 고개를 까딱여주었어.

'오늘 네가 생각했던 일 있잖아? 나도 기대하고 있을게.'

다시 고개를 돌리고 사람들 사이로 사라지는 언니의 모습을 보면서 결심했어. 하루라도 빨리 언니와 화해하려면 그 일을 할 수밖에 없었어. 마음이 급해졌지.

집으로 돌아오면서 네가 남자친구와 통화하던 내용을 다시 떠올려보았어. 남자친구가 몇시에, 어디에 있다고 했더라? 널 어디에서 만난다고?

집으로 돌아온 나는 최대한 사람들 눈에 띄지 않을 옷으로 갈아입었지. 도시가 좋은 점이 뭔지 알아? 사람이 너무 많다는 거야. 게다가 무채색 옷을 입으면 누가 누군지 제대로 기억 못하지. 뉴욕에 살면서 느낀 건 사람들이 생각보다 더 남의 일에 관심이 없다는 거야. 길에 누가 쓰러져 죽어가도 그들은 쓰레기를 보듯 그를 피해 걸음을 옮기지, 왜 거기에 그가 누워 있는지는 단 일 초도 신경쓰지 않아. 그러니 나같이 평균적인 체형의 특징 없는 사람이 검은 옷을 입었든 옆에 지나가든 신경이나 쓰겠어?

네 남자친구가 있다는 건물 앞에서 기다리는데, 혹시 그를 못 알아보면 어쩌지 살짝 걱정이 됐어. 하지만 그가 나오자마자 난 금방 알아볼 수 있었어. 네가 선물해준 카디건을 입고 있었으니까. 그 선물을 살 때 나와 친구들을 끌고 가게를 몇 군데나 돌아다녔잖아? 그러니 어떻게 잊겠어?

재미있지, 네가 골라준 선물 때문에 나는 오늘의 표적을 너무나 쉽게 찾았지 뭐야. 그를 따라가는 건 어렵지 않았어. 얘기했잖아, 뉴욕에는 사람이 너무 많다고. 바로 옆 일 센티미터 떨어진 거리에 아는 사람이 스쳐지나가도 모를 거라고.

아, 이건 얘기해야겠다. 사실 오늘 일을 벌이기로 결심하면서 '어디서, 어떻게' 이 두 가지 문제에 대해 계속 고민했어. 네가 보는 앞에서 일이 벌어지게 하고 싶기도 했어. 남자친구가 죽는 걸 목격한 네 표정이 궁금했거든. 하지만 그것보단 다른 게 더 중요했어. 너의 얼굴 따위야 나중에라도 충분히 볼 기회가 있을 테니까.

다시 일을 벌일 생각을 하니 아드레날린인지 도파민인지가 마구 온몸을 돌아다녀서 냉정을 유지하는 게 어렵더라. 하지만 두 가지만은 분명히 해야 했어. 우선 엄마에게 내가 다시 일을 벌이기 시작했다는 걸 들키면 안 된다는 것. 또하나, 얼마나 오래 참다가 다시 시작하는 건데 이 흥분을 제대로 느껴보는 방법이 아니면 안 된다는 거지. 직접 내 손으로, 내 몸의 온 감각이 전율을 느낄 수 있게.

지하철역 입구에서 계단으로 내려가는 남자를 따라가며 결심을 굳혔지. 많은 사람이 내 모습을 가려줄 거야. 어쩌면 살의가 있는지도 모르고 뉴욕의 또다른 사고로 기록되겠지. 그걸로 충분해. 엄마는 모르고 나는 눈앞에서 이 모든 걸, 찰나의 순간을 온전히 느낄 수 있는 거지. 그렇게 많은 사람 앞에서 누군가를 죽인다니, 짜릿하지 않아?

너의 남자를 선로로 밀어버리는 건 어렵지 않았어. 오히려 남자 곁으로 다가가는 게 힘들었지. 마치 거친 물살을 가르며 앞으로 나아가는 연어 같았어. 그러다 어느 순간 나 역시 사람들에게 밀려 남자의 뒤에 가 있더라. 마치 '자, 여기 있어. 네 마음대로 해봐' 하고 눈앞에 장난감을 건네받은 기분이랄까. 그의 등을 보자 바로 밀어버리고 싶었지만, 기다렸어. 지금은 때가 아니니까. 더구나 남자 앞에는 사람들이 있었어. 이대로 밀어봐야 남자의 앞사람이 떨어질 게 뻔했어. 기회는 한 번뿐이니 최적의 조건이 아니면 안 돼. 그때까지 인내심을 가지고 기다려야 해.

멀리서 지하철이 들어오는 소리가 들리기 시작했어. 터널 쪽에서 지하철의 불빛이 보였지. 속력을 늦추고 있는 게 느껴졌어. 안 돼, 그러지 마. 더 힘있게 달려오란 말이야. 그렇게 중얼거리는데 남자가 사람들 틈을 비집고 앞으로 나아가고 있는 거야. 아마 가장 먼저 지하철에 올라타고 싶었나봐. 그 성급함이 본인의 생명줄을 끊어놓을 거라곤 생각도 못했겠지.

그가 승강장의 맨 앞에 섰을 때 나는 그뒤에 바짝 섰어. 바람이 불어오고 지하철의 철컹대는 소리가 다가왔어. 나는 사람들의 물결에 몸을 맡기고 손을 힘껏 뻗었어. 애석하게도 등을 떠밀어야 해서 선로로 떨어지며 당혹스러워하는 그의 얼굴은 보지 못했네.

 기차는 선로에 불꽃이 튈 만큼 요란한 소리를 내며 멈추려고 발버둥을 쳤어. 찰나지만 지하철의 육중한 쇠붙이에 그의 몸이 찢기는 걸 봤지. 코앞에서 현장을 본 사람들은 비명을 지르고 뒤에 있던 사람들은 무슨 일인가 싶어 고개를 빼고 기웃거렸고, 나는 범행 현장의 증거물을 챙겨나오듯 두 손을 꼭 쥐고 몸을 돌려 지하철역을 빠져나왔어.

 지하철역을 나오자마자 미친 듯이 뛰었어. 가만히 있을 수가 있어야지. 정말 오랜만이잖아? 온몸을 휘젓고 다니는 쾌감이 나를 돌아버리게 만들었어. 이 짜릿함을 그렇게 오래 참고 있었구나. 손발이 후들후들 떨렸어. 얼마나 달렸는지 얼굴이 화끈거리고 뒷덜미로 땀방울이 배어나오더라. 그걸 느낀 뒤에야 속도를 줄였어.

 나는 숨을 고르고 천천히 걸음을 옮겼어. 아직 해야 할 일이 한가지 더 남아 있었거든. 그 생각을 하자 얼른 집에 가고 싶어졌어. 집에 도착하자마자 나는 주방 싱크대에 있는 과도를 찾았어. 창문을 열고 창틀에 앉은 다음 소매를 걷고 팔찌를 풀었지. 손목의 봉인이 드디어 풀린 기분이랄까? 팔찌 때문에 햇빛을 못 본 손목의 흰 상처를 바라보는데 왠지 울컥하는 거야. 반가워, 오랜만이야.

 마지막으로 칼을 댔던 게 언제더라?

나는 과도를 손목에 대고 조심스럽게 살갗을 베었어. 다른 상처와 겹치지 않게. 베인 상처에서 이내 피가 흘러나왔지. 나는 손가락으로 천천히 상처들을 어루만지기 시작했어.

다섯 개의 흔적. 그리고 오늘 새로 생긴 상처. 모두 내 쾌락의 기록들이지.

맨 처음이 누구였더라? 아, 그 계집애. 바이올린 대회에서 만난 아이였지. 첫 무대를 앞두고 신경이 날카로워져 있는 내게 다가와 비웃으며 그랬었지.

'넌 음악적 재능이 없는데 그걸 모르는구나. 네 바이올린 소리가 안 들려? 끔찍해, 비명 같아.'

그런 말을 듣고 무대에 올라갔는데 어떤 아이가 태연할 수 있겠어? 내 바이올린 소리가 신경쓰여 활을 제대로 움직일 수도 없었어. 무대를 완전히 망쳐버렸지. 대기실로 돌아왔는데 머리가 분노로 가득차 터질 것만 같았어. 모니터로 그 아이가 연주하는 걸 봤어. 그때 난 깨달았지. 그 계집애의 계략을. 바이올린을 집어던져서 부숴버렸어. 그리고 기다렸지. 그 아이는 내 바이올린을 망가뜨렸지만 난 그 아이의 팔을 부러뜨렸어. 다시는 바이올린을 연주할 수 없게.

별로 어렵지는 않았어. 오늘처럼 높은 곳에서 밀어버렸지.

이제 알겠지? 날 건드리면 어떻게 되는지. 그러니 조심해, 다음엔 네 목을 노리고 있을지도 모르니까.

2장

우리 인생의 옷감은
선과 악이 뒤섞인
실로 짜여진 것이다.

-셰익스피어

7.

 얼마 안 되는 짐을 풀어놓고 대충 집안을 정리하다가 잠시 쉰다는 게 그대로 침대에 누워 깊은 잠에 빠져버렸다. 세나가 여러 번 전화하고 문자를 남겼지만, 방해금지 설정을 해놓은 상태라 전혀 알지 못했다. 저녁이 되어서야 잠에서 깬 유진은 시야에 들어오는 이 어둡고 낯선 공간이 어딘지 생각났다. 그렇구나, 새집으로 이사했지.

 정신을 차린 유진은 집안의 불을 켜고 아직 채 열지 않은 이삿짐 상자들을 낯설게 쳐다보았다. 몇 시간을 잔 덕분에 기력은 돌아왔지만, 기분은 가라앉아 있었다. 인간은 적응의 동물이라고 했으니 이 좁은 아파트도 곧 다시 익숙해질 것이다.

 움직이자, 이럴 때는 몸을 움직이는 게 좋아. 유진은 주방 식탁 위에 올려둔 박스에서 식기들을 꺼내다가 뒤늦게 옆에 놓아둔 핸드폰을 발견했다. 문자를 확인해보니 세나에게서 온 부재중 전화와 문자메시지 수십 개가 들어와 있었다.

—언니, 어디예요?

—도대체 무슨 일이에요? 카페도 그만두고, 아파트도 비어 있고.

—전화는 왜 안 받아요?

—제발, 전화 받아요. 부탁이에요.

—나한테 이러지 마요, 정말 미쳐버릴 것 같아요.

문자메시지를 확인한 유진은 목걸이에 매달린 체리 구슬을 만지작거리며 생각에 잠겼다. 어떻게 할까. 잠시 망설이다 결국 전화를 걸었다. 차라리 한마디하고 끝내는 게 낫겠다 싶었다. 이대로 연락이 닿지 않는다면 포기하지 않고 미친 듯이 찾아다닐 게 뻔하다. 이대로 사라지는 것보다는 납득시키는 게 낫다. 통화를 하고 나면 마음의 정리를 하겠지.

신호가 가자마자 기다렸다는 듯 전화가 연결됐다. 세나는 유진의 목소리는 듣지도 않고 말을 쏟아냈다.

"언니! 갑자기 무슨 일이에요? 왜, 어디로 가는지도 알려주지 않고. 왜요? 이러는 게 어디 있어요? 내가 얼마나 찾아 헤맸는지 알아요? 나한테 어떻게 이럴 수가 있어요?"

"……그냥 떠날 때가 된 것뿐이야."

유진은 거짓말을 했다. 세나의 질문에 적당한 답도 아니다. 그나마 전화상으로 대화할 수 있어 다행이라는 생각이 들었다. 아니다 싶으면 끊어버리면 그만이니까.

"언니 지금 어디예요? 당장 내가 갈게요."

"여기…… 뉴욕 아니야. 너 못 와."

세나를 다시 만난 건 지하철역 사건 나흘 뒤였다.

유진은 카페에서 일하는 중에도 손님들이 문을 열 때마다 고개를 들고 혹시 세나인지 확인했다. 만나면 어떻게 반응해야 할지 판단이 서지 않았지만 궁금하기는 했다. 도대체 어떤 생각인 건지 알고 싶었다. 쉽게 털어놓지 않겠지. 만약 아무렇지 않은 듯 그 일을 말한다면 그건 그것대로 감당이 안 됐다.

이틀이 지나도 아무런 연락이 없자, 슬슬 호기심이 생겼다. 하루가 멀다고 카페를 찾아오거나 전화, 문자메시지를 보내던 세나였다. 머릿속에 별별 생각이 부풀어오르다 사그라들었다.

지하철 살인사건은 사고로 처리되어 뉴스에 잠깐 언급되고 사라졌다. 이전에도 비슷한 사고가 있었고, 이미 악명 높은 뉴욕 지하철에서는 충분히 일어날 일인 것이다. 억측일 수도 있지만 세나가 그것까지 계산하고 일을 벌였다면 정말 냉혹하고 철저한 살인자일지 모른다.

뉴스는 안전 문제를 점검해야 한다는 식으로 사건을 정리하고 그 대안으로 한국처럼 지하철 승강장에 안전문 설치가 필요하다는 보도를 했다. 하지만 뉴욕은 그것 말고도 예산을 쓸 일이 많았다. 게다가 또다른 사건들이 벌어진 탓에 세나의 사건은 사람들의 관심을 오래 끌지도 못했다.

타임스스퀘어 광장에서 일어난 총격 사건으로 세 명이 죽고 여럿이 다쳤다. 독일에서 온 관광객 부부와 관광객을 상대로 함께 사진을 찍고 돈을 받는 스파이더맨이 사망하는 바람에 뉴욕시장까지 나서서 기자회견을 했다. 미국 여기저기에서 잊을 만하면 벌어지는 총격 사고지만, 뉴욕은 이 일을 좀더 심각하게 받아들였다. 타임스스퀘어는 뉴욕의 상징이다. 관광객들이 이곳을 안전하지 못하다고 느끼면 뉴욕은 치명적 타격을 입게 될 것이었다. 지하철 사고에 대한 언급은 사라진 지 오래고 총격 사건에 대한 후속 기사가 이어졌다.

세나가 보이지 않는 며칠 동안 유진은 세나에 대해 생각했다. 지금껏 자신이 보지 못했던, 보려고도 하지 않았던 세나의 모습. 비로소 자신이 얼마나 무심하고 어설펐는지 깨달았다.

한 관장에게 제안을 받았을 때부터 의심하고 따져봐야 했다. 돈과 안락한 보금자리가 생긴다는 것에 현혹되어 중요한

걸 간과했다. 한 관장이 세세한 부분까지 요구하는 것도 무리
가 아니었다.

한 관장은 딸 세나가 얼마나 위험한 아이인지 알고 있다.
그래서 더 밀착해서 지켜보고 보고해주길 원한 것이다. 집 나
간 딸을 걱정하는 엄마의 마음이 아니었다. 흉포한 맹수를 풀
어놓고 무슨 일이 벌어지는지를 유진에게 감시하라고 한 것
이다.

유진은 베키가 했던 말을 떠올렸다.

'우리 할머니가 그러셨어. 느낌이 이상하면 그냥 도망쳐!
생각도 하지 마. 머뭇거리는 순간 이미 머리엔 총알이 박힌
뒤야.'

머릿속에 위험을 알리는 빨간불이 켜졌는데도 유진은 며칠
동안 머뭇거렸다. 자기가 본 게 정말 맞는 건지 현실을 부정
하는 단계를 거치던 중, 한 관장의 문자를 받았다.

—세나는 어떻게 지내고 있나요?

그때야 비로소 정신이 들었다. 더 망설이면 안 된다. 머뭇
거리다 늪 속으로 빠져들면 감당이 안 된다. 유진은 그렇게
겨우 평온한 일상을 되찾기 시작했다.

자취를 감추는 일은 어렵지 않다. 이대로 사라지면 세나가
이 넓은 땅에서 자신을 찾기는 어려울 것이다. 하지만 무엇보
다 한 관장과의 일만은 깔끔하게 정리해야 한다. 지금 살고

있는 집, 그동안 받았던 보수. 이런 것들을 포기하는 일은 쉽지 않다. 갑작스럽게 일을 그만두겠다고 하면 한 관장은 어떻게 나올까? 반응이 궁금했다. 그 반응으로 한 관장이 세나에 대해 얼마나 알고 있는지 알게 되겠지.

아니, 그런 것도 관심을 가지지 말라니까. 그냥 사라져. 더 이상 세나와 얽혀봤자 좋을 게 없어.

유진은 우선 한 관장의 문자에 답하기로 했다. 뭐라고 쓸까 고민하다 간단하게 보냈다.

—그만두겠습니다.

한 관장은 답이 없었다. 아무런 반응이 없자 유진은 초조해졌다. 다시 한번 문자를 보내려는데 강 실장의 전화번호로 문자메시지가 도착했다.

—지금 어딥니까?

문자메시지를 본 유진은 망설이다 집이라고 알려주었다. 그래, 강 실장이 있었지. 나에게 세나를 지켜보라고 했듯, 강 실장이 나를 관리하고 있었다는 걸 잊고 있었다. 한 관장은 한국에 있지만 이곳에서 강 실장을 통해 감시 카메라처럼 나를 지켜보고 있다. 그럼 강 실장이 직접 세나를 지켜보게 하면 될 텐데, 나는 왜? 아, 세나가 나를 선택했다고 했었나? 강 실장이 직접 나서지 못하는 대가로 내가 일자리를 얻었었지.

강 실장은 삼십 분도 되지 않아 집에 도착했다. 이 아파트로 이사하고 처음이다. 집안으로 들어온 강 실장은 거실에 세워진 이젤과 그림들을 흥미롭게 지켜보았다. 다급하게 온 것과 달리 그는 친구 집을 방문한 사람처럼 집안을 둘러보았다.

유진은 형식적으로 그에게 마실 것을 권했다. 강 실장은 가볍게 손을 저으며 이젤 앞 의자에 앉았다. 유진은 냉장고에서 차가운 음료를 꺼내 마시며 문득 강 실장이라면 많은 이야기를 해줄 거라는 생각을 했다. 한 관장이 수족처럼 가까이 두고 쓰는 사람이고 뉴욕에서의 일을 다 맡고 있다면 세나의 상태에 대해 가장 잘 알고 있는 사람도 강 실장일 가능성이 높다.

집안을 둘러보던 강 실장이 여유로운 미소를 지으며 유진에게 물었다.

"어때요? 이 집에서 사는 건?"

시도는 좋았다. 이 일을 그만두면 당신은 더이상 이런 집에서 살 수 없어. 다시 그 좁아터진 곳, 룸메이트와 욕실 때문에 신경전을 벌이는 집으로 돌아갈 텐가? 그런 의도가 드러나는 질문이었다. 유진은 할말만 하기로 마음먹었다.

"더이상 보모 노릇은 하지 않겠어요."

흥미로운 표정으로 유진을 쳐다보던 강 실장은 잠시 생각에 잠긴 듯 천장으로 시선을 주었다. 그는 다시 입가에 미소를 지으며 유진에게 물었다.

"세나가 이십사 시간 챙겨야 하는 어린애도 아니고 놀아달라고 떼를 쓰는 것도 아닐 텐데, 지금 유진씨에게는 최적의 돈벌이 아닌가요? 그동안 잘해왔고요. ……진짜 이유가 뭐죠?"

유진은 강 실장을 쳐다보며 뭐라 말할지 망설였다. 어떻게 해야 자연스럽게 그를 납득시킬 수 있을까?

"불편해졌어요. 솔직히 얘기할게요. 돈이 급할 땐 앞뒤 가릴 게 없었어요. 그런데 지금은…… 돈을 받고 세나의 사생활을 계속 보고해야 한다는 게 불편해요. 마음이 편하지 않아요."

유진의 이야기를 들은 강 실장이 큭큭 웃음을 터뜨리다가 유진을 쳐다보았다.

"더 많은 돈이 생기면 어떨 것 같아요?"

"네?"

"'마음이 불편하다'라는 불확실하고 애매한 단어를 쓸 때는 보통 더 많은 보수를 원한다는 얘기죠. 지금 본인 입으로 말했죠, 돈이 급할 때는 앞뒤 가릴 게 없었다고? 다시 보니 너무 적은 보수를 받는다는 생각이 들었나요?"

유진은 어이가 없어 입을 벌린 채 강 실장을 바라보았다. 설마 그렇게 머리가 돌아갈 줄은 몰랐다. 그래, 이 사람들에게는 모든 게 돈이구나. 돈으로 시작해서 돈으로 끝나는구나.

결국 일을 그만두겠다는 나의 통보는 돈을 더 달라는 투정으로 이해되는구나.

유진은 갑자기 강 실장을 시험해보고 싶었다.

"얼마나 더 줄 수 있는데요?"

"얘기해봐요. 나야 보고하는 입장이고 결정은 관장님이 하시겠죠."

"강 실장님의 감으로는 얼마를 요구하면 적당할까요? 두 배? 세 배? 가치를 알아야 값을 매기죠. 세나를 지켜보는 일에 한 관장은 얼마나 더 많은 돈을 줄 수 있는 거죠?"

강 실장의 눈이 가늘어졌다. 그는 유진의 표정을 살피며 잠시 말이 없었다.

"……진짜 이유를 말해요. '솔직히'라는 단어를 쓰는 사람들은 진짜 속마음은 다른 곳에 숨기고 상대에게 먹힐 적당한 이야기를 꺼내죠."

유진은 이제야 강 실장의 본모습을 마주한 느낌이었다. 생각보다 만만치 않은 상대라는 걸 처음으로 느꼈다. 하긴, 한 관장의 신임을 받으며 일하고 있다면 웬만한 눈썰미와 능력은 아닐 것이다. 그는 세나에 대해 어디까지 알까? 나는 어디까지 속을 꺼내놓아야 할까?

"세나를 지켜봐야 하는 진짜 이유를 말해주세요."

강 실장은 잠시 말이 없었다. 유진의 시선을 피해 고개를 돌

린 채 뭔가 생각에 잠긴 표정이었다. 짧지 않은 침묵의 시간
이 지나는 동안 유진은 그가 무슨 생각을 하는지 궁금했다. 그
역시 어디까지 패를 보여야 할지 고민하고 있는 게 아닐까.

강 실장은 이젤 뒤 벽에 세워둔 그림을 바라보다가 자리에
서 일어났다. 그는 그림들 사이에 있는 세나의 초상화를 꺼내
이젤 위에 올려놓았다. 그의 눈이 그림 위를 떠돌다 세나의
손 근처에서 멈추었다. 얼굴이 아니라 금속 팔찌를 낀 손목이
그의 관심을 끌었다는 게 인상적이었다. 팔찌 안의 상처, 그
도 알고 있구나.

"……무엇을 보았습니까?"

강 실장의 목소리가 조금 전보다 낮게 가라앉아 있었다.

그도 알고 있어!

지하철 사건을 알고 있다. 그것이 무엇이든 세나에 대한 모
든 걸 알고 있다. 강 실장의 질문은 유진에게 많은 걸 알려주
었다. 이제 분명해졌다. 골치 아픈 일에 휘말리기 전에 이들
과 멀어져야 한다.

"강 실장님도 아실 것 같은데요?"

유진은 군이 자세한 이야기를 하지 않았다. 이미 그가 안다
면 세세한 상황을 얘기할 필요가 없다.

강 실장은 세나의 초상화에서 눈을 거두고 돌아섰다. 그는
주방에 서 있는 유진의 앞으로 다가왔다. 그의 얼굴이 바로

코앞에 있었다. 짙은 회갈색의 눈동자에 비친 자신이 보일 정도였다. 강 실장은 잠시 유진을 쳐다보다 나지막이 말했다.

"나는 유진씨가 이 일을 좀더 했으면 좋겠어요. 아니, 이 상황을 이용하라고 말하고 싶어요. 처음과 같은 이유로. 돈이 필요하죠? 지금 모은 돈으로는 충분하지 않아요. 두 눈 딱 감고 이 기회를 이용해요."

강 실장은 마치 혼자 살아보겠다고 발버둥치는 여동생에게 하듯 안쓰러움과 격려를 담은 눈빛으로 유진을 쳐다보았다.

"저는 이미 그만두겠다는 문자를 보냈는데요?"

강 실장은 양복 주머니에서 스마트폰을 꺼내 흔들며 유진에게 말했다.

"이 문자는 아직 관장님에게 전달되지 않았습니다."

유진은 강 실장의 손에 들린 스마트폰을 쳐다보았다. 그제야 지금까지 한 관장에게 보낸 문자가 모두 강 실장에게 갔다는 것을 깨달았다. 왠지 헛웃음이 나왔다. 한 관장과 핫라인이 연결되어 있다고 생각한 건 혼자만의 착각이었다.

"그만두는 건 언제든 할 수 있어요. 위험한 일도 아니잖아요? 잘 생각해요."

강 실장은 유진의 얼굴을 잠시 쳐다보다가 집을 나갔다. 유진은 한동안 멍한 상태로 있다가 그가 남긴 말을 되새겼다.

'그만두는 건 언제든 할 수 있어요. 위험한 일도 아니잖아

요.'

'그만두는 건 언제든, 위험한 일도 아니잖아요.'

'위험한 일도, 위험한······'

안개가 낀 듯 희미하던 시야가 분명해졌다. 머릿속의 빨간 경고등은 위기 상황을 알리며 앵앵 소리를 내기 시작했다. 그만두는 건 언제든 할 수 있다고 했지만, 강 실장이 말한 내용의 핵심은 '위험'이었다. 세나가 얼마나 위험한지는 지하철역에서 이미 목격했다.

그때 생각지도 못한 목소리가 들렸다.

'정말? 재미있는 일이 기다리고 있을 것 같은데? 원래 위험한 일이 재미있는 법이야.'

어디선가 기다리고 있었다는 듯 목소리가 속삭였다. 오랜만에 듣는 목소리. 알고 있다. 틈만 나면 기회를 노리고 언제든 유진에게 다가와 뱀의 혓바닥으로 속삭이는 목소리.

유진은 들은 척도 하지 않고 집안을 둘러보면서 떠날 때 가져가야 할 것들을 살피기 시작했다. 마음먹기에 따라 가져갈 것은 많아지기도 적어지기도 한다. 이미 한번, 거의 맨몸으로 떠나온 경험이 있다. 집착을 버리면 가벼운 백팩 하나로도 충분하다. 여기에 내가 가져갈 것들이 있나? 유진은 캐리어를 꺼내 최소한의 짐을 싸기 시작했다.

지금은 그때보다 상황이 낫군. 몇만 달러나 되는 돈이 수

중에 있으니. 물감을 사는 것 말고는 크게 돈 쓸 일이 없어 한 관장에게 받은 돈의 대부분을 모아두었다. 강 실장은 더 충분한 돈을 모으라고 했지만 그건 자신을 묶어두기 위한 미끼라는 생각이 들었다. 돈을 더 벌겠다고 남아봐야 베키 할머니의 말대로 머리에 총알이 박힐지도 모를 일이다.

이사하기로 결심하자 해야 할 일들이 머릿속에 정리되기 시작했다. 우선 한 관장과 세나 모두에게서 완전히 모습을 감추어야겠다는 생각이 들었다. 이사를 하기 전까지 어느 쪽도 눈치채지 못하게 해야 한다.

카페에 세나가 다시 나타났을 때 유진은 아무것도 묻지 않았다.

세나가 먼저 며칠간 몸이 아팠다고 하기에, 건강을 걱정하듯 지금은 괜찮은 거냐고 몇 마디 건네며 평소와 다름없이 대했다. 달라진 건 아무것도 없는 듯했다. 그러다 세나의 손목에 붙여진 밴드를 보았다.

"다쳤어?"

유진의 물음에 세나는 다른 손으로 손목을 감쌌다.

"괜찮아요. 아프진 않아요."

유진은 손을 뻗어 세나의 손목을 만져보았다. 세나의 집에서 만졌을 때와는 다른 느낌이었다. 그때는 자학과 고통의 흔적이라고 생각했다. 지금은……

"어쩌다 또 상처가 생긴 거야?"

세나는 머뭇거리며 쉽게 입을 열지 않았다. 지하철역에서 벌어진 일과 세나의 손목에 난 상처가 무관해 보이지 않았다. 더 물어보지 않았다. 자신과는 아무 상관 없는 일이다.

유진은 강 실장의 조언을 받아들인 척, 한 관장에게 보고하는 일을 계속했다. 그가 문자를 확인한 뒤에 한 관장에게 보고한다는 것을 알았지만 달라질 건 없었다.

유진은 어디로 떠나야 할지 고민했다. 넓은 미국 대륙 어디로든 떠날 수 있었지만, 또다시 완전히 새롭게 시작하고 싶지는 않았다. 그들의 눈만 피할 수 있다면 뉴욕에 남고 싶었다. 멀리 떠난 것처럼 해놓고 사라지면 뉴욕에 남아 있다고는 상상도 못하겠지.

유진은 떠날 준비를 하면서 세나의 초상화를 완성했다. 완전히 만족스럽지는 않았지만, 지하철역에서 본 세나의 눈빛과 입술은 그릴 수 있었다. 손목도 수정했다. 금속 팔찌 대신 피가 흐르는 손목의 상처를 다른 손으로 꽉 붙잡고 있는 모습으로.

떠날 준비를 마친 유진은 세나를 집으로 초대했다.

저녁으로 세나가 먹고 싶어한 김밥을 준비했다. 김밥을 먹으며 세나가 한국에 있을 때의 이야기를 들을 수 있었다. 몇 달 동안 병원에 입원했었고 그때 가장 먹고 싶던 음식이 김밥이었다고 했다.

"어디가 아파서?"

"……심장에 구멍이 났대요. 제대로 수술하지 않으면 위험하다고 해서."

"오랫동안 병원에 있었으면 힘들었겠네."

정말로 심장 문제였는지는 모르겠지만 병원에 있었던 건 사실 같았다. 그뒤 병원에서 생긴 일들을 얘기할 때의 느낌이 그랬다.

유진은 저녁을 먹고 미리 포장해둔 초상화를 세나에게 건넸다.

"이게 뭐예요?"

"네 초상화. 그려주기로 약속했잖아."

세나의 눈빛이 반짝거렸다. 진심으로 기뻐하는 게 느껴졌다.

"드디어 완성된 거예요? 얼른 보고 싶어요."

바로 포장을 풀려고 하는 세나를 유진이 말렸다. 유진은 그림을 풀기 어렵게 포장지로 단단히 묶어두었다.

"집에 가서 풀어봐."

"얼른 보고 싶은데."

"풀면 다시 싸야 하잖아. 갈 때 풀어지지 말라고 일부러 단단히 포장했는데."

"알았어요."

유진이 자리에서 일어나 식기들을 치우기 시작하자 세나도 따라 일어나 도왔다.

"아니, 괜찮아. 혼자 치워도 돼."

"설거지는 제가 할게요."

결국 유진이 설거지를 하고 세나는 옆에서 접시를 받아 수건으로 닦았다. 말없이 설거지하는 유진을 힐끔거리던 세나가 입을 열었다.

"언니…… 다빈이 기억하죠?"

다빈이라는 말에 흠칫 놀란 유진이 고개를 돌려 세나를 보았다.

"이제 다시는 언니에게 무례하게 굴지 않을 거예요."

목덜미로 서늘한 바람이 지나갔다. 유진은 태연하게 다빈이 얘기를 하는 세나의 얼굴을 보며 물었다.

"그래? 어떻게?"

접시를 닦는 세나의 두 눈이 반짝거렸다.

"다시 만날 일 없을 테니까요. 남자친구가 사고로 죽었어요. 이제 어학원에도 안 나와요."

유진은 더 물어볼 수가 없었다. 그날 남자를 밀었던 게 이런 이유였다니. 도대체 이 아이의 머릿속은 어떻게 된 거지? 태연하게 말하는 세나의 모습에 유진은 할말을 잊었다.

유진과 시선이 마주친 세나는 아무렇지 않게 미소를 지으며 유진의 손에 들린 접시를 가져가 수건으로 닦았다. 더이상 씻을 접시가 없는데도 유진은 수돗물을 잠글 생각을 하지 못했다. 마지막 접시까지 정리한 세나는 유진의 손을 끌어당기더니 수돗물에 씻겨주었다. 차가운 손가락이 유진의 손을 구석구석 지나갔다. 머리카락이 쭈뼛 서고 소름이 돋았다.

"언니, 괜찮아요?"

수건으로 손의 물기를 닦아줄 때까지 아무런 말이 없자, 세나가 걱정스러운 표정으로 유진을 쳐다보았다. 유진은 그제야 피곤한 표정을 지으며 말했다.

"요즘 잠을 못 자서 그래. 좀 피곤하네."

"그럼 쉬어요. 저도 이거 궁금해서 얼른 가려고요."

세나는 초상화를 들고 집에 갈 준비를 했다. 유진은 세나를 배웅하기 위해 집 앞까지 같이 나갔다. 손을 흔들던 세나는 다시 다가와 유진을 꼭 껴안았다.

"그림 정말 고마워요. 잘 자요, 언니."

안녕. 유진은 마음속으로 작별 인사를 했다. 다시는 만나지 말자.

"잘 가."

세나는 고개를 끄덕이고 초상화를 품에 안고 돌아갔다.

세나가 떠나는 것을 확인한 유진은 바로 집으로 올라가 남은 짐을 싸기 시작했다. 이사하는 걸 눈치채지 못하게 하려고 집안에 늘어놓았던 물건들을 정리했다. 필요한 것은 이미 이사할 집에 옮겨둔 참이라 남은 짐은 얼마 없었다. 가져가지 않을 짐들은 버리거나 재활용센터에 연락해 가져가게 했다. 의도적으로 몇 가지 물건은 남겼다. 여행사에서 가져온 유럽 관광 전단지는 눈에 띄도록 식탁 위에 놓아두었다.

아르바이트하던 곳에도 그만두겠다고 이야기하면서 유럽 여행을 떠날 거라고 말해두었다. 더 자세한 이야기는 하지 않았으니 세나나 강 실장이 물어본다고 해도 별 도움이 되지 않을 것이다. 유진은 자신이 더이상 이 도시에 없다고, 그들이 그렇게 믿어주길 바랐다.

물론 뉴욕에 남는 것은 너무 위험한 생각이 아닌가 싶기도 했다. 하지만 다시는 낯선 거리, 낯선 공기를 마시고 싶지 않았다. 그들과 마주치지만 않는다면 이곳에 살고 싶었다. 이미 이사갈 집도 정했다. 뉴욕은 서울보다 더 넓다. 인구도 그에 못지않다. 조심한다면 두 번 다시 볼 일은 없다. 그 정도 행운은 따라주겠지.

"언니 지금 어디예요? 내가 당장 갈게요."

"여기…… 뉴욕 아니야. 너 못 와."

"어딘데요? 말해줘요. 나 언니 봐야 해요. 어디든 갈게요.

할 얘기가 있어요."

"세나야, 잘 지내. 이 전화도 더이상 안 될 거야. 안녕."

막무가내로 만나자는 세나의 목소리에 처음 생각과 달리 단호하게 전화를 끊었다. 스마트폰의 전원을 껐다. 이제 이 스마트폰은 버리고 새로운 걸 장만해야겠다.

유진은 대충 풀어놓은 짐을 한곳에 모아놓고 청소를 하기 시작했다. 이사 전에 간단하게 청소하긴 했지만, 왠지 구석구석 놓친 부분을 다시 닦고 싶었다. 몇 번이나 걸레질을 하고, 치약을 짜서 싱크대와 세면대, 수도꼭지를 닦았다. 창틀의 먼지를 털어내고 냉장고와 수납장 밑 마룻바닥도 닦았다. 강박증 환자처럼 눈에 보이는 모든 곳의 먼지를 닦으며 청소에 집중했다.

이마에 땀이 맺힐 정도로 열중하고 난 뒤에야 복잡한 마음을 정리할 수 있었다. 박스 안 이젤과 미술용품들을 창가 쪽 탁자 위에 내려놓았다. 집안을 둘러보고 한숨 돌리려는데 창밖으로 번지는 빛에 날이 밝아오는 것을 깨달았다. 유진은 백팩에 넣어둔 지갑을 꺼냈다. 이사는 끝났지만 아직 해야 할 일이 있다.

유진은 지갑에서 신분증을 꺼냈다. 이 년 넘게 가지고 다닌 신분증. LA에서 넘어올 때 만난 여자의 핸드백에서 훔친 신분증이다. 뉴욕에 도착한 날부터 그 신분증에 적힌 나유진이라는 이름으로 살았다.

'이제 버려야 할 때가 온 건가?'

가위를 찾아 나유진의 신분증을 잘랐다. 이제 나유진은 뉴
욕에서 완전히 사라지게 됐군. 잘게 자른 신분증을 휴지통에
버리고 얼마 전 우체국 사서함에서 받은 새 신분증을 꺼냈다.

인터넷은 많은 걸 가능하게 해준다. 굳이 훔칠 필요도 없
다. 삼백 달러만 주면 중국인이 만든 위조 신분증을 구할 수
있다. 스마트폰은 신분증 없이도 살 수 있다. 이 땅에서 가짜
신분증으로 사는 게 가능한 건 그만큼 땅덩어리가 넓기도 하
지만 온갖 사연을 가진 사람들이 모여드는 곳이기 때문이다.
이곳에는 생각보다 불법체류자가 많기에 들키지 않고 살아갈
수 있다. 혹여 누군가 불법체류를 하고 있다는 사실을 알아도
자기 일이 아니면 신경쓰지 않는다.

대도시가 좋은 건 그런 이유다. 적당한 익명성과 무관심,
내가 누구로 살아갈지를 스스로 정할 수 있다는 점. 그래서
과거를 버리고 새 이름으로 또다른 삶을 시작하는 사람이 많
은지도 모른다.

이가인. 새로운 신분증에 적힌 이름을 나지막하게 불러보
았다. 아직 낯설지만 몇 번 불러보면 익숙해지겠지. 텔레그램
으로 보낸 사진 파일도 일부러 안경을 쓰고 찍은 것으로 골랐
다. 안경 하나로 인상이 바뀌면 그걸 확인하느라 신분증의 글

자는 자세히 보지도 않는다.

"여기선 어떻게 살 거니?"

가인은 새 신분증을 지갑에 넣고 창가에 앉아 서서히 밝아오는 퀸스의 거리를 내려다보며 중얼거렸다.

8.

가인은 집을 나와 무작정 주변을 걸어다녔다.

격자로 된 도로를 걸으며 동네 지리를 익히고 지하철역과 버스 정류장, 식료품점과 갈 만한 식당의 위치를 확인했다. 약국과 병원, 관공서 같은 곳도 알아두면 필요할 때가 있겠지. 거리를 걸어다니며 이 지역에 사는 동안 알아두어야 할 곳을 머릿속에 하나씩 채워나갔다. 스마트폰만 켜면 지도 어플로 얼마든지 확인할 수 있지만 그것으로는 보이지 않는 것들이 있다.

거리를 지나는 사람들의 걸음걸이와 표정, 낡은 건물의 벽들과 이제는 폐쇄된, 무너져가는 성당 같은 것들, 바람에 흔들리는 가로수와 특유의 냄새, 튀르키예 식료품점의 계산대를 지키며 오가는 사람에게 친근하게 말을 거는 수다쟁이 튀르키예 아주머니의 웃음소리 같은 것들.

"못 보던 얼굴이네? 이사왔어요?"

식료품점 앞에서 지나가는 남자와 농담을 하던 아주머니가 가인을 발견하곤 웃으며 말을 걸었다. 그렇지 않아도 생수를 사려던 가인은 여자에게 인사를 하고 가게 안으로 들어섰다. 아파트에서 가장 가까운 가게이니 자주 이용하게 될 곳이다. 가게 안 물건들을 둘러보던 가인은 생수를 들고 계산대로 다가갔다. 몇 가지 살 물건이 있었지만 그건 산책 후 사야겠다고 생각했다. 여자는 가인에게 다정하게 말을 걸었다. 여자의 뒤로 벽에 붙여놓은 튀르키예 국기가 보였다. 가인은 그제야 이곳이 튀르키예 식료품점이라는 것을 알았다.

"어디? 어디로 이사왔어요?"

대충 건물이 있는 위치를 알려주자 주인은 고개를 끄덕이며 가인의 모습을 위아래로 훑어보더니 파악이 끝났다는 듯 고개를 끄덕였다.

"나는 아니타. 이름이?"

"가인이에요. 이가인."

이사 후 스무 시간 넘게 잠을 잔 가인은 마치 다른 사람이 된 기분이었다. 아니, 이미 다른 사람이 된 건가? 이름을 묻는 질문에 자연스럽게 이가인이라는 답을 했다. 나유진은 하룻밤 만에 온전히 과거에 매장되었다.

"가인, 좋은 이름이네. 당신도 그림을 그려요? 아티스트?"

아니타의 말에 가인은 자신의 차림새를 내려다보았다. 검은 티셔츠와 물 빠진 청색 데님바지에 다양한 색의 물감이 묻어 있다. 가인은 아니타의 질문에 뭐라 대답할지 망설이다 웃었다.

그래, 사람들은 보이는 대로 판단하지. 이런 모습으로 아니라면서 정색하는 것도 어색하다. 보이는 대로 한번 살아볼까? 얼마나 많은 예술가가 이곳에 작업실을 만들고 그림을 그리고 있는지 아니타의 질문에서 알 수 있었다. 아니타는 가인과 같은 옷차림의 손님을 무수히 상대했을 것이다.

"그 건물에도 화가가 여러 명 있어요. 진짜 그림을 그리고 있는지는 모르겠지만, 아무튼 자기 말로는 다들 화가라고 하지. 앞으로 자주 보게 될 거야."

아니타는 말하기를 좋아했다. 만난 지 오 분도 되지 않아 주변에 저렴하고 맛있는 식당과 약국은 물론이고 몇 블록 안에 살고 있는 예술가들이 자주 모이는 카페와 공동 작업실을 알려주었다. 이곳에 살면 무엇을 조심해야 하는지까지, 다양한 정보를 전해주었다.

"조심하라는 건 무슨 의미죠?"

"여기 살다가 떠나는 예술가들은 두 종류지. 성공해서 맨해튼으로 나가거나, 아니면 인생을 허비하다가 저세상으로 가거나."

가인이 설마 하는 표정을 짓자, 아니타는 농담이 아니라는 듯 두 눈 가득 힘을 주고 가인을 바라보며 말했다.

"방황해도 괜찮아, 잠깐 노는 것도 괜찮아, 하지만 성공하고 싶다면 시간을 죽이는 사람들과는 어울리지 말아요. 여기엔 당신이 가진 재능을 시기하고 그걸 빼앗는 걸로 자신의 열등감을 채우면서 즐거움을 누리는 인간도 있어. 누구를 만나느냐에 따라 당신 인생이 달라져."

처음 만난 사람에게 너무 진지한 조언이 아닌가 싶었지만, 아니타는 몇 번이나 아무에게나 이런 말을 하는 건 아니라고 강조했다.

"당신 얼굴에 쓰여 있어. 당신처럼 반짝이는 눈을 가진 사람들은 이곳에 오래 머무르지 않아. 당신은 흘러가는 구름이야. 이곳에 오래 있을 수도 없고 오래 있지도 않을 거야."

가인은 뭐라고 대답해야 할지 몰라서 가볍게 웃어 보이고는 주변에 미용실이 있는지 물었다. 이가인으로 살기 위해 변신을 할 참이다. 긴 머리를 자르고 염색을 해볼까 싶었다. 이동네에 자연스럽게 어울릴 수 있게, 아니면 아티스트로 보일 수 있게?

"너무 비싸지 않은 곳으로요."

아니타는 이해한다는 듯 몇 블록 떨어진 미용실을 알려주었다. 근방에서는 가장 솜씨가 좋은 곳이라며 로라를 찾아가면 된다고 했다. 가인은 가볍게 인사를 하고 가게를 나왔다.

가게 앞 도로에서 한 블록 떨어진 건물 위로 지하철이 지나가는 모습이 보였다.

이곳으로 이사한 이유 중 하나가 지하철역 때문이다. 아파트에서 지하철역까지 오 분이면 충분하다. 자동차가 없으니 교통이 편한 곳을 고려하지 않을 수 없다. 지금은 맨해튼 쪽으로 넘어갈 생각이 없지만 나중에 일자리를 얻으면 지하철을 이용할 것도 염두에 두었다. 여기서 이십 분이면 첼시까지 갈 수 있다. 바다를 건너는 다리 하나로 월세가 오백 달러 이상 싸진다. 퀸스는 젊고 가난한 예술가들에게 소문난 핫 플레이스였다.

이 지역은 뉴욕 부동산 사이트를 통해 알게 되었다. 어디선가 본 글에서 '뉴욕을 떠도는 예술가들은 방값이 싼 곳을 찾아 이동하는 유목민 같다'고 했다. 오래전 뉴욕에 터를 잡았던 예술가들은 그리니치 빌리지를 시작으로 소호와 이스트 빌리지를 점령했다. 그곳의 땅값이 오르자 첼시로 향했고 첼시의 땅값이 오르자 다시 브루클린과 롱아일랜드시티로, 퀸스로 계속 더 싼 작업실을 찾아 이동하고 있다는 글이었다. 자유로운 영혼들이지만 그만큼 외로운 사람들이라 그런지 철새처럼 무리를 지어 다니는 것 같았다.

가인은 그들과 거리가 먼 사람이지만 그럼에도 가난하다

는 공통점이 있다. 자신이 무엇을 하고 싶은지 모르는 상황에서도 퀸스라는 지역에 마음이 끌렸다. 싼 월세도 그렇지만 가난한 예술가들이 모여 사는 동네라는 점도 마음에 들었다.

느슨한 관계, 누가 들어왔다 떠나가도 이상하지 않은, 적당한 거리를 유지하며 자기만의 세계에 몰두할 수 있는 곳. 바쁘게 돌아가는 세상이 아닌, 다른 속도로 움직이는 세상. 지금 가인에게는 그런 곳이 필요했다.

거리를 걸으며 폐허가 된 공터나 작은 공원에 모여 이야기를 나누는 사람들의 모습을 눈여겨보았다. 가인과 별반 다르지 않은 모습이었다. 막 붓을 던지고 나온 것처럼 옷에는 말라버린 물감이 묻었고 손에는 담배와 생수병이 들려 있었다. 옷차림은 허름했지만 눈은 빛나고 표정은 진지했다. 누군가의 전시회에 다녀온 듯 그들은 열띤 토론을 벌이고 있었다. 며칠 전까지 살던 맨해튼과는 판이한 분위기였다.

가인은 횡단보도 앞에 서서 신호가 바뀌기를 기다리며 생수병을 땄다. 물을 한 모금 마시며 한창 이야기중인 그들의 모습을 힐끗 쳐다보았다. 그러다 열변을 토하는 사람들과 조금 떨어져서 심드렁하게 있다가 시선을 돌리는 갈색 곱슬머리 남자와 눈이 마주쳤다. 백팔십 센티미터 정도 되어 보이는 키에 초록색 후드티를 입고 있는 그는 방금까지 심드렁하더니 가인과 눈이 마주치자 호기심 가득한 얼굴로 변했다.

호기심 어린 그의 눈빛에 가인은 얼른 시선을 피하고는 마침 신호가 바뀐 횡단보도를 건넜다. 슬쩍 돌아보니 그는 여전히 가인을 보고 있었다. 문득 아니타가 해준 말이 생각났다.

'누구를 만나느냐에 따라 당신의 인생이 달라져.'

베키를 만났을 때만 해도 미국 서부에서 동부로 대륙횡단을 하게 될 줄은 몰랐다. 세나는…… 세나를 떠올리다 고개를 저었다. 가인이라는 이름으로 새롭게 시작했으니 지난 기억들은 머릿속에서 지워버려야지.

아니타가 알려준 미용실은 허름하긴 했지만 아담하고 깔끔했다. 오래된 석조건물이라 낡은 인상을 풍겼지만 가게 안이 잘 정돈되어 있어 차분한 느낌이었다. 손님이 없어서 그런지 주황색 머리에 쇼트커트를 한 이십대 여자는 스마트폰을 보고 있었다. 여자는 가인이 들어오자 자리에서 일어났다. 로라를 찾아왔다는 말에 여자는 안쪽을 향해 소리를 질렀다. 내실인 듯 커튼이 쳐진 곳에서 중년 여성이 나왔다. 한눈에 봐도 동양인, 한국 사람처럼 보였다. 가인은 아니타의 소개로 왔다고 말한 뒤 머리를 자르고 염색도 하고 싶다고 했다.

로라는 고개를 끄덕이더니 중앙 자리로 가인을 안내했다. 주황색 머리의 여자가 가운을 건네주며 한국인이냐고 물었다. 가인이 고개를 끄덕이자 "어서 오세요" 하고 한국말로 인사를 했다. 옆에서 염색약을 꺼내는 로라가 지겹다는 표정으로 고개를 절레절레 흔들며 말했다.

"한국 드라마를 보고 지금 한국어 연습중이에요. 이해해요."

"아, 네……"

주황색 커트 머리의 여자는 얼른 스마트폰으로 지금 자신이 보고 있는 한국 드라마를 보여주었다. 가인도 보지 못한 드라마였다. 가인은 어색하게 웃어 보이며 자리에 앉았다.

아니타의 얘기를 들었을 때만 해도 한국인 미용사를 만나게 될 거라고는 생각하지 못했다. 그러고 보니 인근에 한인들이 모여 사는 지역이 있다고 들었다. 가인은 가급적 그쪽과 거리를 두고 싶었다. 한인 커뮤니티는 생각보다 크고 소문도 빨랐다. 자신의 정체가 드러나는 위험을 감수하고 싶지는 않았다. 솜씨가 좋다는 아니타의 말에 왔지만 벌써 마음이 불편해지기 시작했다.

"어떻게 하고 싶어요?"

가인은 미용실 안을 둘러보다가 벽에 걸린 사진 한 장을 가리켰다. 보라색이 도는 청색의 단발머리. 왠지 퀸스에 사는 이가인이라면 어울릴 것 같았다.

"그럼 먼저 길이만 맞춰놓고 탈색부터 할게요."

로라는 가인의 긴 머리를 만지며 거울 너머의 가인에게 말했다. 가인이 고개를 끄덕이자 로라는 이내 가위로 가인의 머리카락을 자르기 시작했다.

시시콜콜한 잡담을 하지 않는 게 마음에 들었다. 가인은 머리를 자르고 염색약을 바르고 샴푸를 하는 동안 묵묵히 자기 일에 집중하는 로라를 바라보며 불편했던 마음이 사라졌다. 같은 한국인이라서 귀찮은 질문을 받을 거라고 성급하게 생각한 게 미안할 정도였다. 사근사근하지는 않아도 이렇게 손이 빠르고 커트 솜씨가 좋다면 얼마든지 손님이 있을 것 같았다.

반나절이 채 지나지 않아 가인은 거울 너머의 자신을 낯설게 바라보았다. 나유진의 흔적은 어디에도 찾아볼 수 없다. 로라는 만족스러운 듯 가인을 쳐다보았고 가인은 자리에서 일어나 지갑을 꺼냈다.

"얼마예요?"

"이백오십 달러. 팁까지 하면 이백구십."

요금을 들은 가인은 잠시 로라의 얼굴을 쳐다보다 현금을 꺼내 건네주었다.

도대체 뭐가 싸다는 거야? 인상 좋아 보이는 튀르키예 아줌마 아니타에게 속은 게 아닌가 싶었다. 미리 요금을 확인하지 않은 자기 잘못이라고 생각하고 어서 거스름돈을 주기를 기다렸다. 그러고 보니 미용실에 와본 게 얼마 만인지, 언제 머리를 잘랐는지도 기억나지 않는다.

로라는 가인의 옷차림을 살피더니 오십 달러 지폐를 꺼내 가인에게 건네주었다. 계산을 잘못한 건가. 지폐를 혼동한 건가 싶어 로라를 쳐다보자, 로라가 한마디했다.

"무슨 깡으로 현금을 그렇게 많이 들고 다녀? 그렇게 눈에 띄게 들고 다니지 말아요. 겁도 없이."

로라는 미용기구들을 정리하며 혀를 찼다.

"스마트폰으로 결제 안 해요? 신용카드도 없고?"

주황색 머리가 빗자루를 들고 와서 로라를 거들었다. 그러고 보니 아직 새 스마트폰과 신용카드를 마련하지 못했다.

"……이사할 때 스마트폰을 잃어버려서요. 혹시 가게는 어디 있죠?"

주황색 머리가 스마트폰으로 구글 지도를 열더니 스마트폰 가게 위치를 알려주었다. 집으로 돌아가는 길에서 약간 벗어나긴 하지만 멀지는 않았다. 가인은 인사를 하고 미용실을 나왔다.

가인은 가게에 들러 새 스마트폰을 샀다. 근처 햄버거 가게에서 늦은 점심을 먹고 스마트폰에 필요한 어플을 내려받았다. 가인은 아니타의 가게 쪽으로 다시 걸음을 옮겼다.

집으로 가는 골목으로 꺾어 들어가는데 누군가 자신의 뒤를 따라오는 게 느껴졌다. 로라의 얘기가 머릿속에 맴돌아 신경이 쓰였다. 발소리가 점점 더 가까이 다가오는 게 느껴지자

가인은 걸음을 멈추고 뒤를 돌아보았다. 하마터면 걸어오던 남자와 부딪칠 뻔했다.

남자는 가인의 바로 앞에서 걸음을 멈추었다. 작은 공원에 모여 이야기를 나누던 무리에 속해 있던 초록색 후드티의 남자였다. 남자는 몇 시간 만에 완전히 변신한 가인의 모습이 놀랍다는 듯 휘파람을 불었다.

"안녕. 아주 멋져 보이는데?"

남자는 가인에게 가볍게 인사를 했다. 발소리에 놀랐던 가인은 그제야 한숨 돌리고 남자를 쳐다보았다. 남자는 가인이 사는 건물을 가리키며 말했다.

"저기로 이사왔지? 삼층. 나는 사층에 살아. 내 이름은 애덤. 이사할 때 봤어."

그제야 처음 시선이 마주쳤을 때부터 남자가 관심을 보인 이유를 알 것 같았다. 반가워 이웃, 이런 인사를 하고 싶었던 거군.

"안녕, 나는 가인이야."

"혹시 이사하고 나서 남은 물건들 있어? 보통 이사하고 나면 내가 이걸 왜 들고 왔을까 하는 것들이 있잖아?"

"그건 왜?"

애덤은 후드티 지퍼를 열고 안에 입은 티셔츠를 보여주었다. 푸른색 티셔츠에는 'MFTA'라고 적혀 있었다. 가인은 어리둥절한 표정으로 애덤을 쳐다보았다.

"쉽게 얘기해서, 우리는 예술 관련 물품 재활용센터를 운영하고 있어. 사용하지 않는 물건과 재료들을 받아서 공립학교나 예술지원 프로그램을 하는 기관에 기부하고 있지."

갈색 곱슬머리의 애덤은 키가 크고 덩치가 있는 티모시 샬라메 같은 느낌이었다. 물론 티모시보다는 얼굴이 크고 나이가 들어 보였지만. 따뜻한 인상을 주는, 움푹 들어간 눈에 가인에 대한 호기심이 담겨 있었다.

"어떡하지? 나는 짐을 다 버리고 이사왔는데."

애덤은 고개를 끄덕이더니 다시 후드티 지퍼를 올리며 말했다.

"뭐, 언제든지 그런 물품이 생기면 내게 말해줘. 그리고 우리는 셋째 주 목요일마다 예술 프로그램을 도와줄 자원봉사자도 찾고 있어."

애덤은 가인이 당연히 예술 쪽 일을 하는 사람이라고 생각하는 것 같았다. 그렇게 생각하는 건 상관없지만 우선은 애덤의 적극적인 공세를 멈추게 하고 싶었다.

"내가 도울 수 있는 게 없을 것 같은데. 아직은 낯설기도 하고."

"낯선 곳에 적응하려면 사람들을 만나는 게 최고지. 금요일 저녁마다 옥상에서 맥주 파티를 하니까 작업하다 한잔하고 싶다거나 친구가 필요하면 올라와."

다행히 애덤은 그 말을 끝으로 손을 흔들며 물러났다. 가인은 큰길 쪽으로 뛰어가는 애덤의 뒷모습을 보았다. 애써 누군가와 관계를 맺고 싶지 않았다. 하지만 오늘만 해도 아니타와 로라, 주황색 머리, 애덤과 인사를 나누었다. 맨해튼에서는 일 년 넘게 살았어도 카페에서 일하는 친구들 말고는 일상에 끼어드는 사람이 없었다. 이 동네에 사는 게 생각보다 피곤할 지도 모른다는 생각이 들었다.

가인은 서둘러 일자리를 찾지 않았다. 우선 동네와 익숙해지기 위해 한동안은 주위를 어슬렁거릴 생각이었다. 단조로운 하루가 이어졌다.

아침에 일어나면 주위를 돌며 산책을 하고 마음에 드는 곳이 있으면 자리를 잡고 앉아 멍하니 바라보거나 낙서 같은 스케치를 했다. 이스트강을 사이에 두고 완전히 다른 세계 같았다. 걸음도 느렸고 도로가 막혀도 경적을 울리는 경우가 훨씬 적었다. 뉴욕에 와서 처음으로 쉬며 지냈다. 통장의 돈은 손안의 모래처럼 소리 없이 빠져나갔지만 이상하게 느긋했다.

퀸스로 이사온 지 한 달이 지났을 즈음, 유진은 금요일마다 열리는 옥상 맥주 파티에 처음으로 올라갔다. 슬슬 일자리를 찾아야겠다는 생각이 들자, 동네를 잘 아는 누군가의 조언이 필요했기 때문이다. 애덤은 반갑게 가인을 맞아주었다.

이 건물의 입주자뿐 아니라 근처에 사는 누구든 오는 파티인 듯 옥상은 사람들로 북적였다. 술꾼보다는 대화를 나누고 싶어하는 사람이 많은지 대부분 맥주 한 병을 들고 한 시간씩 수다를 떨었다. 나중에 애덤을 통해 들은 얘기로는, 다들 생활비가 넉넉하지 않기 때문이라고 했다.

옥상은 오층 높이 정도밖에 되지 않지만, 주변이 다 비슷한 높이의 건물이라 그런지 불쑥 솟은 나무들 이외에 시야를 가리는 것은 별로 없었다. 고층 빌딩은 멀리 있었고 몇 블록 떨어진 곳에 고가의 지하철역이 보였다. 단풍이 들기 시작한 가로수가 바람에 흔들리자 옥상에서의 파티도 제법 운치 있었다.

일자리를 구하고 있다는 가인의 말에, 애덤은 마침 자기가 아는 공립학교에서 미술 수업을 도와줄 사람을 구하고 있다고 했다. 하지만 그런 공식적인 자리는 위험 요소가 많다. 가인은 가짜 신분증을 생각하며 고개를 저었다.

"나는 아이들과 잘 어울리질 못해서. 혼자 하는 일은 없을까?"

"찾아볼게."

애덤은 한쪽에 있는 박스에서 맥주를 꺼내 가인에게 내밀었다. 가인은 고개를 저으며 생수병을 보여주었다.

"술은 안 마셔?"

"가끔 독주를 마셔."

"매일 산책하는 거 같던데, 어디어디 가봤어?"

"그냥 여기저기. 추천해주고 싶은 곳 있어?"

"여긴…… 당연히 캘버리 공동묘지지."

"캘버리 공동묘지?"

"맨해튼이 빌딩의 숲이라면 캘버리는 묘비의 숲이야. 영감을 많이 얻을걸?"

애덤은 진지한 표정으로 말했다. 하지만 공동묘지라는 말에 가인은 그곳을 머리에서 지워버렸다. 산 자는 죽음을 멀리하고 싶은 게 당연한 본능 아닐까. 일부러 공동묘지를 가고 싶지는 않다. 그런 장소를 산책 코스로 추천하다니, 이것도 예술가들이 가지는 독특함인가 싶었다.

애덤은 옥상에 새로 올라온 친구에게 인사하러 자리를 떴다.

가인은 벽 쪽에 서서 삼십여 명의 사람들이 삼삼오오 둘러앉아 이야기를 나누는 모습을 쳐다보았다. 해가 떨어지고 바람이 조금 더 차가워졌다. 누구는 파리로 여행 다녀온 이야기를 했고, 누구는 다음 전시회 준비를 위해 갤러리에 다녀온 이야기를 했다. 가인은 마치 외계인들의 대화처럼 낯선 세계의 언어를 들으면서도 이상하게 외롭지 않았다. 생각보다 피곤한 동네일 거라는 생각은 사라지고 차츰 이곳의 분위기에 익숙해져갔다. 자연스럽게 다가와 말을 걸고 적당히 대화하다가 인사를 하고 떠나갔다. 느긋하고 편안하던 분위기는 금발 남자가 나타나면서 달라졌다. 힙스터 타입의 수염을 기른 남자는 양손에 양주병을 들고 나타나 옥상을 시끌벅적하게 만들었다.

"누가 왔는지 보라고, 내가 너희에게 은총을 내리러 왔지!"

리넨 정장을 입은 남자는 짐짓 유쾌하게 사람들에게 인사를 건넸다. 남자들은 그와 포옹하며 인사를 나누었지만 몇 명의 여자들은 시선을 피했다. 여자들의 표정이 미묘하게 달라지는 것을 느낀 가인은 이제 집으로 가야 할 때라는 걸 깨달았다.

입구 쪽으로 걸음을 옮기는데 누군가 가인의 앞을 막았다. 조금 전 양주를 흔들던 남자였다.

"안녕, 못 보던 얼굴이네? 반가워. 나는 피터야. 피터 루퍼."

가인은 자기 앞을 가로막는 남자의 바쁘게 움직이는 눈동자가 마음에 안 들었다. 일 초도 안 되는 시간에 그의 시선은 빠르게 가인의 몸을 위아래로 훑고 지나갔다. 조금 전 여자들의 표정이 왜 바뀌었는지 알 수 있었다. 허세와 과한 자신감으로 가인에게 자신 있게 손을 내밀었다. 가인은 그의 손을 가볍게 쳐내고 짧게 말했다.

"비켜."

황당해하는 그의 표정과 그뒤로 서둘러 다가오는 애덤을 지나쳐 그대로 집으로 내려왔다. 어디든 저런 놈들이 있지. 움직일 때마다 주변에 짜증을 유발하는 인간. 괜히 얽혀봐야 좋을 게 없다. 분위기에 취해 너무 오래 있었다는 생각이 들었다.

다음날 느지막이 일어난 가인은 애덤이 알려준 베트남 식당에 가기 위해 집을 나섰다. 블리스 스트리트 43번가를 지나 길을 걷던 가인은 요란한 소리를 내는 오토바이 무리를 만났다.

그들은 횡단보도를 걷고 있던 가인을 지나쳐 위협적으로 몰려갔다. 짜증스럽게 그들을 보다가 고개를 돌리는데, 철창 너머로 빼곡한 묘비들이 보였다. 그곳이 애덤이 얘기했던 캘버리 공동묘지라는 걸 깨달았다.

가인은 무언가에 홀린 듯 철창살을 따라 걸었다. 이내 출입구가 나왔다. 출입구 기둥에는 캘버리 공동묘지라는 글씨가 새겨져 있었다. 묘지 안으로 들어가는 순간 공기가 달라졌다. 차가 지나는 소리도 더이상 들리지 않고, 사람들의 고함도 들리지 않았다.

빽빽이 들어찬 묘비들이 길게 늘어선 모습은 압도적이었

다. 가인은 검은 돌 위에 새겨진 글자들을 제대로 볼 생각은 하지도 못한 채 무언가에 이끌리듯 묘지가 있는 곳으로 들어갔다.

가인이 걸어갈 때마다 무수한 묘비들이 저승사자처럼 묵묵히 지켜보고 있었다. 어떤 묘비는 가인의 키만큼 컸다. 조금 위축된 기분이 들었지만 계속 걸었다. 왠지 걸음을 멈출 수가 없었다. 가인은 묘지 안으로 걸음을 옮겨 조금 전 보았던 잔디 언덕에 도착했다. 그제야 고개를 들어 주위를 둘러보았다. 묘비가 늘어선 언덕 너머로 배경처럼 맨해튼의 빌딩들이 보였다.

빌딩들은 묘비와 닮아 있었다. 넓적하고 네모난 형태도 그렇고 차가운 돌로 된 것도 그랬다. 햇살에 반사된 빌딩의 창문들이 번쩍거렸다. 찬란하게 빛나는 삶이라도 결국 강 건너 검은 묘비로 마무리되는 걸까. 빌딩과 묘비가 나란히 있다보니 많은 생각이 들었다. 죽은 자와 산 자들의 건물을 동시에 바라보면서 가인은 애덤이 왜 이곳에서 많은 영감을 받을 거라고 장담했는지 알 것 같았다.

가인은 근처 벤치에 앉아 스마트폰을 꺼내 캘버리 공동묘지를 검색했다.

캘버리 공동묘지. 이곳은 그린우드 공동묘지와 함께 뉴욕에서 가장 큰 공동묘지라고 했다. 벤치 근처에 있는 크고 오래된 나무가 바람에 흔들렸다. 가인은 스마트폰을 집어넣고 주위를 둘러보았다.

바람에 휘날리는 잎사귀 소리는 소음과 달랐다. 가인은 눈을 감고 그 소리에 귀를 기울였다. 햇살이 수그러들고 차가운 바람이 어깨를 스쳤다. 가인은 이곳의 정적이 마음에 들었다. 강 너머 보이는 맨해튼의 번잡함이 다른 세계처럼 느껴질 정도로 이곳의 공기는 천천히 흐르고 있었다. 본능적인 거부감은 이미 사라지고 없었다.

그날부터 캘버리 공동묘지는 가인의 산책로가 되었다.

기분이 울적하거나 머릿속이 복잡할 때마다 집을 나와 캘버리 공동묘지로 향했다. 해가 기울어지는 오후가 되면 운동화를 신고 스튜디오를 나왔다. 밤새워 그림을 그린 날에도 가인은 가급적이면 오후의 산책 시간을 지키려 했다. 공원에 가기 전 늘 아니타의 가게에 들러 생수를 샀다. 아니타도 공동묘지로 산책 가는 가인의 루틴을 알게 되었다.

"조심해, 이제는 퀸스도 예전 같지 않아."

아니타는 잔돈을 건네주며 걱정 어린 표정으로 말했다. 이민자들이 늘어나고 동네가 예전 같은 분위기가 아니라며 혀를 찼다. 예전이 어땠는지 모르지만 만나는 사람마다 예전에는 이렇지 않았다는 말을 했다.

"아침 뉴스 봤어?"

아니타는 뉴스에서 봤다면서 지난 주말 뉴욕에서 일어난 또다른 충격 사건 소식을 전해주었다. 이곳 퀸스에서도 두 건의 총격 사건이 있었다. 가인이 사는 곳에서 남쪽으로, 브루클린과 인접한 곳에서 벌어진 사건이었다. 그것도 늦은 밤이 아니라 오후 세시. 아이들의 손에까지 총이 쥐여지니 총소리가 어디서 들리든 이상하지 않았다.

출입구를 지나 캘버리 묘지에 들어서면 그런 두려움이 사라진다. 죽은 사람을 또 죽이러 들어오는 사람은 없을 테니. 죽은 사람들 곁을 걸어다니는 사람들은 총 대신 꽃이나 손수건을 들었다.

묘지로 들어서는 순간 모든 것이 적막하고 평온하다. 어쩌면 넓은 잔디밭과 바람에 흔들리는 나무들 때문일지도 모른다. 가인은 마치 깊은 산속 계곡에 들어선 것처럼 그 고요를 즐겼다. 세월에 깎인 바위를 보듯 묘비명에 적힌 이름과 날짜, 남겨진 글을 읽었다. 화려한 무덤과 업적을 빽빽이 적은 묘비도 있었지만 간략하게 이름과 이 세상에 머물렀던 날짜만 적힌 묘비도 많았다.

남북전쟁에서 죽은 군인부터 스포츠 선수, 정치인, 지역의 유지, 평범한 시민들까지 모두 한 평도 안 되는 땅에 누워 있다. 더 크고 화려한 무덤이라고 해봐야 대단할 것도 없었다. 죽음은 비교적 공평했다. 그들 모두 같은 햇살을 즐기며 길게 누워 강 너머로 보이는 맨해튼의 스카이라인을 바라보고 있다.

지금 죽는다면 나는 묘비에 어떤 기록을 쓰게 될까? 어떤 이름으로 새겨질까? 과연 돌에 새겨질 만큼 제대로 살고 있는 걸까? 어떻게 살지 생각할 때는 막막하던 것들이 죽음을 떠올리자 오히려 분명해졌다. 수백, 수천 개의 무덤을 보며 인간의 무게는 고작 이 정도라는 것을 실감했다.

가인은 산책 때마다 묘비명을 하나씩 읽다가 마음에 드는 곳을 발견하면 자리를 잡고 앉아 스케치를 하며 그들의 생애를 그려보았다. 1860년대의 뉴욕은 어떤 모습이었을지, 1990년의 뉴욕에서 어떻게 살다 왜 이곳에 묻혀 있는지. 가끔은 영어가 아닌 낯선 언어의 무덤도 보였다. 그렇게 무덤을 둘러보고 그림을 그리다보면 산책은 한 시간이 넘고 때로는 두 시간도 걸렸다.

죽음의 곁이 이렇게 아늑할 거라고는 생각도 하지 못했다. 이미 죽은 자들의 안식처여서 그런지도 모른다. 살아 있는 자들의 땅이 늘 지옥이었으니.

9.

가로수의 단풍이 떨어지고 어느새 겨울이 시작되었다. 이
사한 지 세 달이 지났다. 일자리를 찾을 생각은 아예 접었다.
무엇보다 그림에 몰두하면서 일자리 찾기는 뒷전으로 밀렸
다. 애덤이 소개해주는 최소한의 알바를 간간이 하며 지냈다.

집을 나선 가인은 평소처럼 아니타의 가게에서 생수 한 병
을 산 뒤 장을 볼 만한 대형 마트가 있는지 물었다. 며칠 동안
산책도 하지 않고 집에만 틀어박혀 그림을 그린 탓에 온몸의
관절이 삐걱거렸다. 게다가 냉장고도 텅 비었다. 장도 볼 겸
동네 산책을 할 생각이라 조금 멀어도 괜찮다고 했다. 아니타
는 동네에서 이 킬로미터 정도 떨어진 마트를 알려주었다. 물
건이 싸고 좋아서 갈 만한 곳이라고 했다.

"이렇게 알려줘도 괜찮아요?"

"뭐가?"

"내가 거기만 다니면 고객을 한 명 잃게 되잖아요?"

아니타는 목젖이 보이도록 웃더니 가까이 오라는 듯 가인
을 향해 손가락을 까딱거렸다. 가인이 다가가자 비밀이라도
알려주듯 나지막이 말했다.

"이 동네 인간들은 아주 게을러터졌거든. 내가 장담하는데
너도 한두 번 가다가 다시 여기로 올걸? 내기해도 좋아."

한마디로 돈 몇 푼 아끼자고 거기까지 갈 사람은 없다는 얘기였다. 듣고 보니 그럴듯하다는 생각이 들었다. 대가족도 아니고 대부분 혼자 사는 몸이라 대형 마트까지 가서 장을 볼 일이 없다. 게다가 날이 추워지고 있다. 차가 있다면 모를까 굳이 걸어서 거기까지 갈 이유가 없다. 오늘처럼 산책을 겸해서 어슬렁거리는 게 목적이 아니라면 말이다.

가인은 인사를 하고 아니타의 가게를 나와 지하철이 다니는 철도를 따라 걸음을 옮겼다. 구글 지도를 찾아보니 대형 마트는 캘버리 공동묘지 건너편에 있었다. 검은 철창살 울타리를 따라 외곽으로 돌아갈 게 아니라면 묘지를 가로질러가는 편이 나았다. 어차피 늘 다니던 산책길이니 그렇게 하기로 했다.

겨울의 공동묘지는 을씨년스러웠다. 며칠 못 본 사이 나뭇잎으로 넓은 그늘을 만들어주던 아름드리나무는 앙상한 가지만 남아 있었다. 이따금 부는 바람이 가지를 흔들 때마다 윙윙, 춥다고 투덜거렸다. 오후라 그런지 방문객의 모습도 거의 보이지 않았다. 가인은 코끝이 찡하도록 차가운 바람이 좋았다. 머리가 맑아지는 기분이 들었다. 잠시 한기가 느껴지던 몸도 잰걸음으로 움직이니 따뜻해졌다.

공원을 가로질러 도착한 대형 마트는 생각보다 넓었다. 아니타의 말대로 물건은 훨씬 다양하고 저렴한데 싱싱하기까지

했다. 산책 삼아 오기에 만만한 곳은 아니지만 구경하는 재미는 있을 것 같았다. 무엇보다 한국 라면이 다양했다.

식료품을 보자 허기를 느낀 가인은 푸드 코트에서 식사부터 했다. 막상 배를 채우고 나니 조금 전까지 잔뜩 사야겠다고 마음먹었던 식재료들이 눈에 차지 않았다. 사과와 오렌지, 파스타에 넣을 홀토마토 캔 몇 개와 라면을 사가지고 마트를 나왔다. 식사와 쇼핑을 하느라 시간이 많이 흘렀다는 걸 깜빡했다.

마트에서 나와 공동묘지를 가로질러 가면서 아차 싶었다. 어느새 해가 기울기 시작했고 그림자들이 짙어지고 있었다. 주위에 오가는 사람이 한 명도 없다는 걸 의식한 가인은 걸음에 속도를 냈다. 무섭지는 않았다. 산 자가 무섭지, 죽은 자는 침묵할 뿐이니까. 다만 이러다 건너편 출입구가 닫히는 게 아닐까 걱정스러울 뿐이었다.

달리다시피 걸음을 빨리한 덕분에 문을 닫는 시각이 되기 전에 건너편 출입구에 도착했다. 가인은 그제야 한숨 돌리고 에코백을 바꿔 멨다.

출입구 쪽을 보니 가인처럼 시간에 쫓긴 방문객 하나가 묘지를 빠져나가고 있었다. 혼자가 아니라는 게 왠지 위안이 되었다. 잿빛 코트를 걸친 노부인이 총총걸음으로 도로를 건넜다.

칠십은 넘은 것 같은 노부인은 캘버리 공동묘지 근처 골목에 주차해둔 자동차로 걸어갔다. 자동차 앞에 도착한 노부인은 고개를 숙이고 가방 속을 뒤지기 시작했다. 아마도 차 키를 찾고 있는 것 같았다. 길 건너에서 그 모습을 보며 걷고 있던 가인의 눈에 거리 저쪽에서 어슬렁거리며 다가오고 있는 한 패거리의 남자들이 보였다.

'조심해. 이제는 퀸스도 예전 같지 않아.'

아니타의 말이 머릿속에 떠올랐다. 이런 놈들은 어느 동네나 있다. 하는 일 없이 동네를 어슬렁거리며 허물어져가는 건물에 돌을 던지거나 세워둔 자동차의 창문을 깨트리고 물건을 훔쳐가는 놈들. 밤까지 걱정 없이 다니던 골목을, 날이 저물면 서둘러 떠나야 한다면 동네가 예전 같지 않다고 느낄 수밖에 없다. 그들은 먹이를 찾는 코요테처럼 골목을 두리번거리며 걷고 있었다.

가인은 곧 무슨 일이 벌어질 거라 직감했다. 그들이 고급스러워 보이는 잿빛 코트를 입고 검은 핸드백을 열어 무언가를 찾는 노부인을 그냥 지나칠 리 없으리라는 생각이 들었다. 아니나 다를까, 노부인을 발견한 놈들은 서로의 몸을 툭툭 치며 주위를 두리번거렸다.

해가 기우는 시각이라 그런지 주변에 사람도 드물었다. 그들이 노부인에게 접근하는 것을 보면서 가인은 주위를 살폈다. 무엇을 찾아야 할지도 모르고, 뭘 해야 할지도 생각나지 않았지만 어떻게든 놈들을 쫓아버릴 방법을 찾으려 했다.

노부인은 무방비 상태였다. 어쩌면 초겨울의 차가운 바람 때문에 구부정한 뒷모습이 더욱 그렇게 보였는지 모른다. 무방비의 할머니에게 놈들이 점점 다가가고 있다. 그들은 주위를 둘러보며 어슬렁어슬렁 노부인의 곁으로 걸어갔다. 사냥감을 노리는 하이에나 같았다. 앞으로 무슨 일이 벌어질지 한눈에 그려졌다. 연약한 초식동물은 곧 놈들의 이빨에 물어뜯길 예정이다. 노부인은 놈들이 자신을 노리고 다가오는 것도 눈치채지 못하고 핸드백을 뒤지는 일에 몰두해 있었다.

가인은 주위를 살피다가 뭔가 생각난 듯 어깨에 멘 에코백을 뒤졌다. 마트에서 산 홀토마토 캔이 다섯 개 들어 있었다. 가인은 그중 두 개를 꺼내 양손에 쥐었다.

야구모자를 쓴 놈이 앞장서서 노부인의 핸드백을 낚아챘다. 하지만 생각보다 노인의 반응은 재빨랐고 저항은 완강했다. 노부인은 핸드백 끈을 잡고 놓지 않았다. 힘없이 당할 줄 알았던 노인네가 생각보다 강단 있게 버티자 야구모자를 쓴 놈이 소리쳤다.

"죽고 싶어?"

"너야말로 죽고 싶어? 당장 내 가방에서 손 떼."

노부인은 두려움도 없이 카랑카랑한 목소리로 맞받아쳤다.

노부인의 뒤로 다가선 다른 놈이 슬쩍 몸을 부딪쳐 노인을 밀었다. 야비한 놈들. 노부인은 바닥에 쓰러지면서도 핸드백을 놓지 않았다. 앙상한 손은 금방이라도 부러질 듯 보였지만 그래도 핸드백 손잡이를 꼭 잡고 있었다.

'차라리 줘버려요!'

가인은 속으로 소리쳤다. 목숨보다 핸드백이 중요할 리 없다. 핸드백 따위는 나중에 백 개는 살 수 있다고요.

핸드백을 가지고 실랑이를 벌이던 놈이 짜증스러운 표정을 짓더니 주머니에서 칼을 꺼내들었다. 노부인에게 위협적으로 칼을 들이대는 놈을 보자 가인은 본능적으로 손에 있던 캔을 집어던졌다. 앞으로 무슨 일이 벌어질지는 생각하지 않았다. 최대한 조용히 살고 싶어 이곳으로 이사온 가인으로서는 뜻밖의 행동이었다.

머리에 정통으로 깡통을 맞은 놈은 주위를 두리번대다가 가인을 발견했다. 다른 패거리가 가인에게 다가왔다. 가인은 다시 에코백에서 캔을 꺼내 던지는 자세를 취했다. 가인이 손에 든 캔을 던지고 에코백에 있는 캔까지 모두 집어던졌지만 이미 경계를 하고 있던 놈들은 쉽게 캔을 피했다. 가인은 얼른 스마트폰을 꺼내 사진을 찍었다.

"지금 이 어플은 경찰서와 연결되어 있어. 네놈들이 할머니의 핸드백을 강탈하는 장면이 그대로 경찰에게 전송되는 거지. 알아? 경찰들이 여기까지 오는 데 삼 분도 안 걸릴걸?"

가인이 말을 마치기도 전에 멀리서 경찰차 사이렌 소리가 들렸다.

놈들은 가인의 말에 움찔하더니 서로의 얼굴을 쳐다보다 위협적인 자세로 가인에게 달려들었다. 그때 노인의 옆에 있던 야구모자가 소리를 지르며 쓰러졌다.

가인도, 다가오던 놈들도 놀라 그 자리에 멈춰 섰다. 노부인이 바닥에 떨어진 가인의 캔을 주워 놈의 머리를 내려친 것이다. 바닥에 쓰러진 놈이 비틀거리며 일어나려고 하자, 노부인이 구두를 벗더니 그놈의 머리를 굽으로 내려쳤다. 놈은 두 손으로 머리를 감싸 쥐고 비명을 질렀다. 사이렌 소리가 점점 다가오고 있었다. 놈들은 누가 먼저랄 것도 없이 그대로 골목으로 달아나버렸다.

가인은 그제야 주위에 떨어진 캔을 주워 담으며 노부인의 곁으로 다가갔다. 백오십 센티미터 정도의 아담한 키에 은색의 단발머리를 한 노부인은 숨을 크게 쉬며 놀란 가슴을 진정시키고 있었다.

"괜찮으세요? 다치지 않았어요?"

"아니. 고마워, 아가씨. 덕분에 딸이 사준 가방을 안 뺏겼네."

"가방 때문에 목숨을 잃으실 뻔했어요."

"설마, 그저 돈 몇 푼이 필요한 놈들이었어."

방금 큰일을 당할 뻔한 노부인은 태평하기만 했다. 벗었던 구두를 다시 신으며 주위에 떨어진 칼을 몹쓸 물건이라도 되는 듯 엄지와 검지, 두 손가락으로 집어들더니 담 너머로 던져버렸다.

"먹고사는 게 절박하면 인간은 무례해지기도 해."

나쁜 놈은 나쁜 놈이다. 칼을 꺼내들었던 놈은 언젠가 그 칼을 휘두르고 누군가를 찌르게 되어 있다. 고작 돈 몇 푼에 칼을 꺼내드는 걸 절박함으로 이해하는 노부인의 말에 어이가 없었다. 가인은 잠시 노부인의 얼굴을 쳐다보다가 조심하라는 인사를 하고 돌아섰다. 이미 길은 어두워져 있었다.

노부인은 핸드백을 꼭 쥔 채 가인을 쳐다보고 있었다. 집으로 가려던 가인은 발걸음이 떨어지지 않았다.

"여기 계속 서 계시면 이번엔 진짜 핸드백을 뺏길 거예요. 얼른 차에 타세요."

"경찰차는?"

노부인은 사이렌 소리를 들으려는 듯 고개를 기울였다. 가인은 피식 웃음이 나왔다.

"경찰은 오지 않아요. 거짓말한 거예요."

"그럼…… 방금 그 소린?"

"뉴욕이잖아요."

노부인은 초록색 눈동자를 반짝이며 미소를 지었다. 핸드백에서 손수건을 꺼낸 노인이 가인에게 다가왔다.

"이왕 도와주는 김에 한번 더 나를 도와주면 좋겠는데?"

그제야 노부인의 손에서 피가 흐르고 있다는 것을 깨달았다. 가인은 노부인을 쳐다보다가 에코백을 뒤져 지혈할 만한 것을 찾았다. 마침 행주로 쓰려고 산 천이 있었다. 가인은 얼른 포장을 뜯어 노부인의 손에 감아주었다.

"괜찮으면 약도 좀 발라주고 붕대도 감싸줄 수 있을까, 집에 가면 혼자라서 말이야. 배도 좀 고프고…… 그 토마토 깡통으로 저녁을 만들 거라면 나에게도 좀 나눠주면 좋겠네. 이 손으로 뭘 할 수가 없을 거 같아서 말이야. 아, 난 하이디라고 해요."

깡만 있는 게 아니라 넉살도 있었다. 이대로는 운전도 힘들 거라고 말하는 노인을 내버려둘 수가 없었다. 가인은 노부인을 데리고 자기 집으로 향했다.

삼층이나 되는 계단을 올라온 하이디는 가인이 문을 열자마자 안으로 들어와 식탁 옆에 있는 의자에 쓰러지듯 앉았다.

"오늘은 운동을 너무 많이 했어. 근육이 놀라겠네."

가인은 집안에 불을 켜고 서랍을 뒤져 구급상자를 찾으려다 깨달았다. 집안에 있는 건 고작 진통제와 소화제 정도다. 소독약과 솜, 붕대 같은 기본적인 것도 없다. 하이디의 손을 쳐다보던 가인은 하는 수 없이 위층으로 올라가 애덤의 집 문을 두드렸다.

애덤이 사과를 베어 물며 문을 열어주었다.

"혹시 구급상자 같은 거 있어요? 소독약이나 붕대 뭐 그런 거."

애덤의 시선이 가인의 몸을 훑었다. 그가 걱정스러운 표정으로 가인의 얼굴을 쳐다보았다.

"아니, 나 말고. 누가 좀 다쳐서."

가인이 손으로 아래층을 가리키자 애덤은 조금만 기다리라는 손짓을 하더니 구급상자를 가지고 나왔다. 그는 가인이 말릴 새도 없이 거침없이 아래로 내려갔다. 가인이 뒤따라 내려가보니 애덤은 전혀 예상 못한 상황이었는지 문 앞에 멀뚱히 서 있었다.

가인은 애덤의 손에 들린 구급상자를 건네받아 집안으로 들어갔다. 식탁 위에 구급상자를 내려놓고 하이디의 손을 살폈다.

"누구?"

"그러는 청년은 누구지?"

하이디가 자기 집처럼 당당하게 묻자 애덤이 가인과 하이디의 얼굴을 번갈아 쳐다보았다.

"윗집에 사는 사람이에요."

"그리고 그 구급상자 주인이고요."

가인의 답에 애덤이 얼른 설명을 첨가했다. 이 방에 있을 자격이 충분하다는 말로 들렸다.

하이디는 애덤에게 별 관심을 보이지 않았다. 가인에게 손을 맡긴 채 집안에 널려 있는 그림들을 쳐다볼 뿐이었다.

"이거 다 당신이 그린 건가?"

하이디의 말에 애덤도 그제야 집을 둘러보다가 휘파람을 불었다. 하이디는 못마땅한 표정으로 애덤을 쳐다보다가 다시 가인을 쳐다보았다.

"전시회는? 계약된 갤러리는 있고?"

가인은 대답 대신 하이디의 손을 잡고 소독약을 바른 솜을 상처에 문지르기 시작했다. 하이디는 인상을 찡그리며 가인을 쳐다보았다.

"다행이에요. 생각보다 상처가 깊지는 않네요. 지금은 임시 처방을 한 것뿐이니까 병원에 가보는 게 좋겠어요."

조금 깊게 베인 상처에서 흐르던 피는 지혈이 됐는지 더이상 나오지 않았다. 가인은 소독약을 바른 곳에 거즈를 덮고 붕대로 손을 감쌌다. 마침내 응급처치를 마친 가인이 구급상자를 닫아 애덤에게 건네주었다. 그림들을 둘러보고 있던 애덤은 구급상자를 받고도 자기 집으로 갈 생각이 없어 보였다. 혼자 있던 방에 갑자기 사람들이 들어오니 집이 더 좁게 느껴졌다.

"이제 운전할 수 있겠죠?"

"계약한 곳이 있냐니까?"

"그런 거 없어요. ⋯⋯누구에게 보이려고 그리는 게 아니에요."

가인의 말에 입을 벌리고 황당하다는 표정을 짓던 하이디는 이내 눈을 반짝이며 가인을 의자에 앉혔다. 가인은 하이디의 시선이 부담스러웠다.

"그럼, 누구에게도 그림을 보인 적이 없어?"

"저기, 혹시⋯⋯"

흥분한 애덤이 뭐라고 말을 하려고 하자 하이디가 손을 들어 그의 입을 닫게 만들었다.

"그럼 한 번도 평을 들어본 적이 없다는 얘기야?"

하이디의 호기심 어린 눈을 보자 문득 가인은 궁금해졌다. 하이디의 말투와 행동으로 미루어 보아 미술계, 갤러리와 작가들의 세계에 대해 잘 알고 있는 것처럼 느껴졌다.

"그림⋯⋯ 어때요?"

"이상해, 도무지 뭘 그리고 싶은 건지 모르겠어."

하이디는 거침없이 자기가 느낀 바를 이야기했다. 그 말을 들은 가인은 묘하게 실망스러웠다. 예술가가 되려는 마음이 없었는데도 갑자기 날카로운 감상을 듣자 맥이 풀렸다. 그래, 재능 같은 게 있을 거라고 생각하지도 않았어. 그냥 그리고 싶어서, 그리지 않고는 견딜 수가 없어서 이 일에 집중했던 것뿐이지.

가인의 실망스러운 기분을 아는지 모르는지 하이디는 의자에서 일어나 가인의 그림들을 꼼꼼히 들여다보기 시작했다. 상처도 치료했으니 그만 나가줬으면 좋겠다는 말을 가인이 하려는데, 그 순간 하이디가 몸을 돌려 가인에게 다가왔다.

"내가 가장 좋아하는 작품이 어떤 건지 알아? 내가 이해하지 못하는 작품이야. 낯설고 생소하고 나를 신경쓰게 만드는 날것의 어떤 것을 가지고 있는 작품들. 엉망이지만 네 그림 속에는 그게 있어."

하이디의 말은 가인을 혼란스럽게 만들었다. 그래서 좋다는 거야, 나쁘다는 거야?

"예를 들면 한 번에 읽히는 사람은 재미가 없지? 그림도 그런 거야. 볼 때마다, 볼수록 자꾸 나를 신경쓰이게 만들어야 해."

가인은 하이디가 하는 말을 곱씹어보았다. 무슨 말인지 어렴풋이 감은 잡았지만, 아직 선명하지는 않았다. 뭘 어떻게 하라는 건지 가늠하기 어려웠다.

"더 엉망으로 그려. 욕망이 시키는 대로 마음껏. 작가는 기쁨과 괴로움, 자신의 영혼 저 구석에 숨어 있는 어두운 본능까지 남김없이 표현해야 해. 보는 사람의 넋을 나가게 하라고."

그때 하이디의 핸드백에서 핸드폰 벨소리가 울렸다. 하이디는 투덜거리며 핸드백을 열어 전화를 받았다.

"이 중요한 순간에…… 여보세요? 괜찮아, 일이 좀 있어서 그래. ……무사하다고. 별일 없으니까, 알았어. 지금 간다고, 가."

하이디는 전화를 끊고는 가인에게 전화번호를 물었다. 그러곤 가인이 알려주는 번호를 저장하더니 바로 핸드백을 챙겨서 집을 나섰다.

"며칠 후에 다시 올 테니까 그때 얘기하자고. 그때까지 아무에게도 그림 보여주지 말고."

집을 나서려던 하이디는 걸음을 멈추고 애덤을 돌아보았다.

"괜찮으면 나 좀 배웅해주겠어? 내 차가 저 앞에 서 있는데, 조금 전에 강도를 당할 뻔한 터라 혼자 돌아가기가 좀 그래서 말이야."

애덤은 얼른 고개를 끄덕이고 가인에게 구급상자를 건네주었다. 그는 들뜬 얼굴로 하이디의 뒤를 따라 방을 나갔다.

혼자 방안에 남은 가인은 한바탕 휘몰아친 굿판이 멈춘 것처럼 멍한 상태로 있다가 자리에 앉았다. 누군지는 모르지만, 하이디의 몇 마디 말은 망망대해를 헤엄치고 있던 가인에게 먼 등대처럼 불빛을 비춰주었다. 어딘가에 닻을 내릴 수도 있겠다는 작은 기대가 생겼다.

가인은 식탁 위의 솜과 쓰레기를 버리고 에코백에 담긴 물건들을 꺼내 정리했다. 토마토 캔은 네 개뿐이었다. 옷을 갈아입은 뒤 커피를 내리고 있는데 누군가 문을 두드렸다. 애덤이었다.

문을 열어주자, 그는 소리 없는 비명을 지르며 안으로 들어왔다. 가인은 그의 과장된 몸짓을 애써 모른 척했다. 애덤은 늘 표현이 과하고 수선스럽다. 지금은 정신 사나운 애덤의 호들갑을 들어줄 여유가 없다.

"그 할머니는 잘 데려다줬어? 고마워."

가인은 얼른 애덤에게 구급상자를 건네주고 그를 방에서 몰아내려 했다. 그러나 애덤은 쉽게 밀리지 않았다.

"넌 지금 네 방에 있던 사람이 누군지 모르는구나? 하긴 나도 바로 알아보지 못했으니까!"

애덤은 흥분을 감추지 못하고 가인에게 말했다. 가인은 그만 쉬고 싶었다. 애덤의 입을 틀어막고 그를 방에서 몰아내고 싶었다. 하지만 이 방에 왔던 사람이 누군지도 궁금했다. 가인이 묻기도 전에 애덤이 소리쳤다.

"하이디 위너, 첼시 갤러리의 전설인 하이디 위너라고!"

가인은 아무 일도 아니라는 듯 문을 열고 애덤이 나가기를 기다렸다. 애덤은 아쉬운 듯 가인을 쳐다보았지만 단호한 가

174

인의 표정을 보자 더이상 저항하지 않고 방을 나섰다.

가인은 식탁에 커피잔을 가져다 놓고 그 앞에 앉아 '하이디 위너'를 검색했다. 구글 검색창에는 하이디에 관한 기사만 수백 개가 넘었다. 애덤이 왜 그렇게 흥분하는지 알 수 있었다. 기사와 사진들을 찾아보다가 뭔가가 떠올랐다. '하이디 위너'와 '캘버리 묘지' 두 단어를 함께 검색해보았다.

기사와 함께 딸의 장례식에 참석한 하이디의 사진이 떴다. 이십 년 전 기사였다. 딸의 나이는 불과 스물한 살이었고 사인은 약물중독이었다. 그러니까 오늘 하이디는 딸의 묘지에 왔던 것이다.

가인은 그제야 하이디가 왜 강도들의 위협을 받으면서도 낡은 핸드백을 놓지 않았는지 깨달았다.

하이디는 가인에게 이렇게 말했었다.

'고마워, 아가씨. 덕분에 딸이 사준 가방을 안 뺏겼네.'

10.

웨스트 26가에 새로 생긴 한식당 '두부'는 한류 덕분에 흥행 가도를 달리고 있었다. 새로운 맛을 찾는 뉴요커는 물론이고 관광객들, 케이팝의 열렬한 팬들까지 가세해서 다양한 사람들이 이곳을 방문했다. 예약하기 어려운 것은 물론이고 취소된 자리를 차지하기 위해 대기자도 많았다. 가게 오픈 전부터 식당에 들어가기 위한 줄이 길게 늘어서 있었다.

하이디가 이곳을 예약했다는 말을 들었을 때 가인은 잠시 고개를 꺄웃거렸다. 이미 이곳에 와본 적이 있는 가인은 식당의 분위기를 잘 알고 있었다. 이렇게 사람들이 북적거리는 식당은 하이디의 취향이 아니다. 더구나 가인이 알기로 하이디는 브런치로 차와 과일 정도만 가볍게 먹는다. 결국 오늘의 예약은 가인을 위한 것이라고 짐작할 수 있다.

굳이 이럴 것 없는데, 가인은 괜한 배려라는 생각이 들었다. 하지만 가인의 예상과 다르게 하이디는 진심으로 이 식당의 요리를 즐기는 듯했다.

주문한 요리가 나오자 하이디의 표정은 어느 때보다 밝았다.

"여기 콩 요리가 아주 좋더라고. 맛도 좋고 속도 편해. 어릴 때 엄마가 해준 수프가 기억나지 뭐야."

하이디는 눈을 찡긋거리며 가인에게 웃어 보였다. 맑은 비짓국을 먹는 하이디는 진심으로 좋아하는 표정이었다. 팔순이 다 되어가는 나이지만 하이디는 도전을 두려워하지 않았다. 음식도 그렇지만 자신의 일에서도 늘 파격적이라는 소리를 들었다. 그 도전 정신 덕분에 가인도 이 자리에 있는 것이다.

하이디가 진심으로 음식을 즐긴다고 해도 가인은 여전히

이 식사 자리가 부담스러웠다. 한국을 떠난 지 팔 년이 지났지만 딱히 한식이 그립거나 한 것도 아니고 먹는 일에 그다지 신경을 쓰는 편도 아니다. 맛집이라거나 유명 레스토랑이라거나 하는 것에 관심도 없었다.

"넌 아직 젊어서 그래. 새로운 걸 경험하는 게 오히려 좋을 때지. 내 나이가 되면 뭐가 되든 기억의 한 자락이 떠오르게 되어 있어."

가벼운 식사 자리가 아니라는 것을 눈치챈 가인은 긴장을 늦추지 않았다. 따로 점심을 먹자고 연락한 것은 뭔가 할 얘기가 있다는 것을 의미한다. 가인은 하이디가 무슨 이야기를 할지 짐작하기 어려웠다.

전시회가 일주일 앞으로 다가왔다. 이미 작품도 모두 넘겼고 갤러리는 오픈 준비로 바쁠 것이다. 이럴 때 굳이 가인을 부른 건 이유가 있을 테다.

하이디와 함께한 삼 년 동안 정말 많은 일이 일어났다. 가인이 데뷔하기로 예정되어 있던 그룹전은 팬데믹으로 무산되었고 일 년 넘는 시간 동안 세상은 마스크 속에 갇혀 있었다. 죽음의 공포가 지나고 개점휴업 상태로 간신히 명맥만 유지하던 첼시의 갤러리들이 다시 활기를 찾기 시작하자, 하이디는 이 년 늦게 그룹전을 열어 가인을 세상에 선보였다.

캘버리의 묘비를 소재로 그린 세 작품은 사람들의 관심을 끌기에 충분했다. 하필이면 죽음의 공포가 지나간 뒤라서 가인의 그림은 더 주목을 받았다. 하이디는 이 흐름을 놓치지 않고 가인의 개인전을 기획했다.

개인전은 그룹전과 달랐다. 하이디가 모든 것에 직접 관여하며 이번 전시회를 진두지휘했다. 워너 갤러리를 실질적으로 운영하는 하이디의 아들 대니얼은 두 손 들고 뒤로 물러나 하이디가 하는 것을 지켜보았다. 그는 가인 덕분에 어머니가 다시 활기를 찾은 것 같다며 반가워했다.

모든 게 처음인 가인은 갤러리에서 어떤 준비를 하고 있는지 잘 알지 못했다. 사무실에서 연락이 올 때마다 하나씩 알아가고 있는 중이다. 전시회 오픈하는 날 보자던 하이디가 갑자기 만나자길래 긴장을 한 것도 그 때문이었다.

무슨 문제가 생긴 것일까? 갑자기 전시회가 취소되는 건가? 별생각이 다 들었다. 가인을 위해 굳이 한식당에서 만나자고 해도 마음이 편치 않았다. 언제쯤 얘기가 나올까 기다렸지만, 식사가 끝날 때까지 하이디는 별말이 없었다. 가인은 식사를 하는 둥 마는 둥 맛도 제대로 느끼지 못한 채 식당을 나왔다.

식당 문을 나서던 하이디가 조금 걷지 않겠느냐며 가인을 돌아보았다. 가인은 가볍게 고개를 끄덕였다. 하이라인 공원에 오르는 계단을 향해 걸어가는 하이디를 보던 가인은 서둘러 그녀 곁으로 다가가 팔짱을 꼈다. 확실히 다리 힘이 예전 같지 않아서인지 하이디가 이따금 휘청거리는 게 느껴졌다.

빌딩 사이 버려진 고가 화물 선로였던 하이라인은 이제 뉴욕이 사랑하는 산책로가 되어 인근 빌딩에서 근무하는 직장인들은 물론이고 맨해튼의 명소를 구경하기 위한 관광객들로 붐볐다. 10월 하순의 햇살은 강렬했고 바람은 적당히 시원했다. 가인은 하이디와 함께 선글라스를 쓰고 뉴요커처럼 느긋하게 주위 풍경을 즐기며 걸었다.

"이쪽은 잘 안 오시잖아요?"

"노인이 되면 계단이 끔찍해지거든. 그래도 위에서 내려다보는 재미가 있단 말이지."

식당에서 갤러리로 가는 길을 이용했다면 그렇게 싫어하는 계단을 오르내릴 일도 없다. 일부러 하이라인으로 돌아가는 길을 걸으면서 계단이 싫다고 하는 하이디가 의아했다. 하지만 의문은 금방 풀렸다.

산책로를 걷던 하이디는 23가로 내려가는 계단 쪽으로 다가가더니 걸음을 멈추었다. 하이디는 장난스러운 눈빛으로 가인을 돌아보았다. 가인은 그제야 '노인네, 뭔가 꿍꿍이가 있구나' 싶어서 주위를 두리번거렸다.

계단 맞은편 빌딩 한 면에 가인의 사진이 길게 실린 현수막이 걸려 있었다. 갤러리 전시회를 알리는 현수막이었다. 몸에 달라붙는 검은 원피스를 입고 창가에 선 가인의 모습은 작가가 아니라 모델처럼 보였다. 가인은 건물 벽을 가득 채운 자신의 모습을 보자 가슴이 철렁 내려앉았다. 생각지도 못한 상황에 뭐라 말도 못하고 하이디에게로 시선을 옮겼다.

망할 노인네, 이런 건 싫다고 분명히 말했을 텐데.

"어때? 근사하지?"

하이디는 가인의 기분은 아랑곳하지 않고 즐거운 듯 재잘거렸다. 일부러 점심을 함께한 것도, 굳이 길을 돌아 여기로 이끈 것도 이 현수막을 보여주기 위한 것이었다.

"이런 거 싫다고 했을 텐데요."

"바보 같은 소리. 세상에 내 작품을 내놓기로 마음먹었으면 모든 걸 다 걸어야지."

"그림만 알리면 되죠. 얼굴까지 알릴 필요는 없잖아요?"

하이디는 가볍게 고개를 흔들다가 정색하며 가인을 쳐다보았다.

"내 갤러리에서 전시하는 작가의 입에서 그런 아마추어 같은 소리가 나오다니. 다시는 입 밖에 내지 마. 설령 그런 생각이 있더라도. 아니, 생각도 하지 마. 이 세계가 그렇게 만만한 줄 아니?"

하이디의 초록색 눈동자가 서늘했다. 이렇게 정색할 때마다 가인은 백오십 센티미터의 작은 키로 사십 년 가까이 갤러리를 운영해온 하이디의 카리스마를 느꼈다. 하이디의 말이 틀린 것은 아니다. 하지만 가인은 사진을 보는 순간, 자신의 발밑으로 가늘게 생기는 균열을 감지했다.

몇 년의 시간이 지났지만, 가인은 아직도 맨해튼에 들어설 때마다 한 관장과 세나의 일을 떠올린다. 익명으로 살고 싶어서, 완전히 다른 사람으로 살고 싶어서 뉴욕으로 와 자리를 잡았다. 지금도 어쩔 수 없이 여러 사람과 관계를 맺으며 살고 있지만 최소한의 관계이거나 일시적인 관계였다.

전시회를 앞두고 이런 말을 하다니, 모순이 있다는 것을 안다. 자신을 드러내고 싶지는 않은데, 자신이 그린 그림이 사람들에게 어떻게 받아들여지는지는 확인하고 싶다. 유명해지고 싶은 건지, 인정받고 싶은 건지 모르겠지만 그럼에도 불구하고 하이디의 말처럼 얼굴을 드러내고 싶은 마음은 없었다. 처음 그룹전을 할 때부터 하이디는 분명 가인이 원하는 대로 마케팅을 하겠다고 했다. 자신의 정체를 숨기는 아티스트도 많다면서.

"뱅크시를 봐, 만약 그의 정체를 알았다면 지금 같은 명성이 유지됐을까? 어떤 사람은 자신의 정체를 숨겨서 더 유명해지지."

그런 말까지 했었다. 그랬던 하이디가 첼시 한복판에 가인의 사진을 대형으로 걸어둔 것이다.

가인은 하이디를 바라보며 "뱅크시……"라는 단어를 꺼냈다. 하이디가 곧바로 웃음을 터뜨렸다.

"넌 뱅크시가 아니야. 그 사람은 감추는 게 명성에 도움이 되지만, 가인 너는 모습을 드러낼수록 사람들은 네 작품에 더 주목할 거야. 작가마다 다른 세계가 있듯이 마케팅도 작가마다 다르단다."

가인은 입을 다물었다. 하이디는 절대 자신의 신념을 굽히지 않을 것이다. 한 발 한 발 늪으로 걸어들어간 건 바로 자신이다. 개인전을 제안받았을 때 분명 그룹전과는 또다른 세계가 펼쳐질 거라는 얘기를 들었다.

하이디는 굳은 표정을 한 가인의 팔을 감싸안으며 부드럽게 말했다.

"뭘 겁내는 거야? 유명해질까봐? 그런 건 나중에 걱정해도 돼. 지금은 전시회를 어떻게 성공적으로 끝낼 것인가, 그것만 생각하라고."

가인은 빌딩 벽에 걸린 사진을 바라보며 과연 자신이 바라는 게 뭔지 생각했다.

막상 전시회가 다가오자 욕심이 생기기도 했다. 사람들이 온전히 자신의 그림을 보러 온다는 사실이, 전시회를 하고 그림이 팔리는 그런 일이 신기했다. 이런 게 자신이 바라던 일인 것 같기도 하고, 한편으로 전혀 자신의 것이 아닌 옷을 입은 듯 불편하기도 했다.

지금은 하이디가 이끄는 대로 따라가보기로 마음먹었다. 나유진으로 살았던 건 이미 몇 년 전의 일이다. 지금 이곳 첼시에서 이가인으로 사는 것으로 시비를 걸 사람은 아무도 없다. 겁내지 말자. 하이디의 말처럼 지금은 전시회가 어떻게 해야 성공적으로 끝날 수 있는지 고민할 시간이다. 가인은 더 이상 세상에 속하지 못하고 떠다니는 부표처럼 흘러가고 싶지 않았다. 어딘가 뿌리를 내리고 싶었다. 이가인이라면.

갤러리에 들러 그림이 걸리는 것을 보고 큐레이터와 몇 가지 회의를 마친 후 집으로 향했다. 다행히 퇴근 시간 전이라 지하철을 타고 가는 건 견딜 만했다. 좁고 삐걱거리는 계단을 올라 삼층 집 앞에 도착했다. 열쇠로 현관문을 따려는데 등뒤로 술 냄새에 전 숨결이 훅 밀려들었다. 휙 고개를 돌려보니 피터가 가인의 코앞에 있었다. 술에 취했는지 다리는 흐느적거렸고 눈도 풀어져 있었다. 풀어헤친 셔츠 너머로 가슴이 훤히 들여다보였다.

"이쁜이, 이제 들어오는 거야?"

가인은 술에 찌든 그의 입냄새를 맡고 싶지 않아 고개를 돌리고 현관 손잡이를 잡았다. 피터가 재빨리 다가와 현관문을 가로막고 섰다.

"인사는 하고 가야지. 우리는 통하는 게 있잖아?"

미친 새끼. 삼 년 전에 전시회를 한다고 거들먹거리던 허세는 변함이 없다. '잘 있어, 친구들. 나는 이제 첼시에서 놀거라고' 했다던가? 기세등등하던 모습은 전시회가 열리고 곧 바람 빠진 풍선처럼 쭈그러들었다. 여자들에게 치근거리던 버릇을 못 고치고 오프닝 파티에서 추태를 부리고, 어느 잡지 기자의 엉덩이에 손을 댔다가 된통 당했다는 얘기가 들렸다. 전시회는 철저한 무관심으로 끝났고 기회는 다시 오지 않았다. 너무 일찍 터뜨린 샴페인은 숙취만 남겼다. 소문은 빛의 속도로 퍼진다. 명성을 얻는 것도 한순간이지만, 추락하는 것 역시 아찔할 정도로 빠르다.

"하이디의 갤러리에서 전시회를 한다고?"

"비켜."

"그 할망구 만나려고 공동묘지 주변을 어슬렁거리더니 제대로 물었네? 아, 그 강도 어쩌고도 다 짜고 준비한 거 아니야?"

이 구역에서 가인은 신데렐라로 통했다. 애덤이 옥상에서 하이디 구출 사건에 대해 떠들고 난 뒤, 가인이 그룹전에 참가하자 다들 가인에게 말을 걸며 다가왔다. 자기도 공동묘지로 산책을 다녀야겠다고, 부러움과 질투가 섞인 농담을 해댔다. 그러거나 말거나 가인은 상관하지 않았다. 개인전 준비를 할 때부터 옥상에는 올라가지도 않았다. 언젠가 떠날 곳이라 생각했기에 굳이 나서서 구구하게 설명하는 것도 우스운 일이었다. 피터가 뭐라고 지껄이든 귀찮을 뿐이다.

"비켜."

"내가 재미있는 얘길 들었단 말이야. 너도 알고 싶어할 거 같은데?"

"당장 비켜. 다리 걷어차기 전에."

"유진? 유진이라고 했던가?"

순간 표정을 감추지 못했다. 이러면 안 되는데, 그 이름에 반응하면 안 되는 거였다. 피터는 가인의 얼굴을 보더니 코가 닿을 만큼 얼굴을 가까이 들이댔다.

"정말 뭔가 있구나? 하긴 네 얼굴이 쉽게 잊어버릴 얼굴은 아니지."

무슨 소리냐고 발뺌하고 싶었지만 괜한 빌미를 줄 것 같아 잠자코 놈이 떠드는 대로 듣고 있었다.

"이가인에 대해 궁금해서 내가 좀 찾아봤거든. 그런데 시립미술관에서 시민 강좌를 하는 친구가 네 얼굴을 알더라고. 이름은 달랐지만 말이야."

이래서 세상은 넓고도 좁다고 하나보다. 이 녀석의 인맥 속에 나와 연결고리가 있을 줄은 생각도 하지 못했다. 넌 도대체 내가 왜 그렇게 궁금하니?

"자, 이제 문을 열고 들어가서 같이 얘기를 좀 해볼까?"

피터가 한 손을 들고 어서 문을 열라는 듯 현관문 옆으로 물러섰다.

가인은 현관문을 등지고 피터를 쳐다보았다.

"술에 많이 취한 것 같네? 괜찮겠어?"

"뭐?"

"이 건물 계단이 말이야, 생각보다 아주 가파르거든. 넘어지면 발목이 삐는 게 아니라……"

가인은 가볍게 피터의 가슴에 손을 얹고 걸음을 옮겼다. 피터는 영문도 모르고 가인의 손길에 기분이 좋아졌는지 입을 벌렸다. 가인은 조금씩 피터에게 더 다가갔다. 피터의 어깨 너머로 계단이 보였다.

"목이 부러질 것 같거든."

가인은 말을 끝내기도 전에 피터의 가슴을 세게 밀어버렸다. 허공으로 날아가는 피터의 눈빛이 흔들렸다. 팔다리를 허우적거리며 뭐라도 잡으려 했지만 소용없었다. 난간도, 벽 장식도 없으니 피터의 손에 집히는 것은 허공뿐이었다. 그의 몸은 그대로 아래층에 떨어졌다. 다리부터 미끄러진다면 모를까, 상체가 뒤로 넘어가며 떨어졌으니 가인의 계산대로 그의 목이 꺾여버렸다.

'대단해. 이 짧은 시간에 저놈을 어떻게 죽일지 생각해 내다니, 타고났다니까.'

계단 아래 쓰러져 있는 피터를 보는데 목소리가 들렸다. 갑작스러웠지만 가인은 목소리보다 피터가 움직이는지가 더 신경이 쓰였다. 대충 다치는 걸로 끝낼 생각이 아니다. 완전히 보내버릴 작정을 하고 벌인 일이다.

작은 구멍은 시작일 뿐이다. 그냥 내버려두면 점점 더 파헤치고 성가시게 굴 게 뻔하다. 어쩐지 첫인상부터 쎄하더니. 내 뒤를 캐고 다녔다고?

'재미있네, 이제야 왜 네가 세나를 떠났는지 알겠어.'

"뭔 소리야?"

'저 남자를 밀어버린 걸 보니 알겠군. 세나도 지하철에서 남자를 밀었지. 너희들은 데칼코마니야. 그래서 도망친 거야. 네가 자신에게서 도망친 것처럼.'

피터는 움직이지 않았다. 가인은 아무 일도 없었다는 듯 현관문을 열고 집안으로 들어갔다.

옥상 파티를 끝내고 내려오는 누군가가 피터를 발견할 것이다. 그들은 이미 피터가 꽤 술에 취해 옥상을 떠나는 것을 봤을 테니 그저 이 불운한 사고를 안타까워할 것이다.

문을 닫으며 힐끗 쳐다본 위쪽 계단에는 다행히 누구도 보이지 않았다. 가인은 냉장고로 가서 생수병을 꺼내 몇 모금 마셨다. 그제야 머리가 차가워졌다. 조금 전 목소리가 했던 말을 떠올렸다. 그런가, 정말 그래서 나는 세나를 떠난 건가?

그때 다시 가인에게 속삭이는 소리가 들렸다. 이번에는 귓가가 아니라 머릿속에서 들리는 것 같았다.

'도망치는 자가 도착하는 곳은 지옥뿐이야.'

11.

하이디의 갤러리는 오픈 전부터 길게 줄을 선 사람들로 북적였다. 그녀의 생각대로 가인을 전면에 내세운 마케팅은 성공적이었다. 세상 어디든 예쁜 여자를 싫어하는 곳은 없다. 미술계마저도 그림을 그리는 사람의 미모가 작품 홍보에 지대한 영향을 미친다.

가인은 하이디와 오랫동안 실랑이를 했지만 그녀의 고집을 꺾을 수 없었다. 결국 오픈하는 날만 갤러리에 모습을 드러내기로 하고 협상을 끝냈다. 하이디는 바로 승낙했다.

"몸이 달아 있을 때 숨어버리는 건 더 좋은 전략이지."

즐거워하는 하이디를 보자 가인은 어이가 없었다. 가인은 단 하루, 그저 오늘 저녁 하루 동안만 자신을 아는 사람이 나타나지 않기를 바랄 뿐이었다. 그런 가인의 바람은 오픈한 지 얼마 되지 않아 무너졌다.

"안녕 가인. 오랜만이야. 설마 날 잊은 건 아니겠지?"

하이디가 소개해준 평론가와 인사를 나누고 있는데 누군가 요란한 구두 소리를 내며 다가왔다. 따가닥거리는 하이힐 소리가 이상하게 귀에 박혔다. 가인은 고개를 돌리기도 전에 목소리만 듣고도 누군지 알 수 있었다.

베키. LA에 있어야 할 애가 여기 어떻게?

고개를 돌리자 정말 베키가 서 있었다. 베키는 늘씬하면서도 풍만한 몸이 그대로 드러나는 옷차림을 하고 있었다. 초록과 노랑이 뒤섞인 투피스는 보기만 해도 눈이 피곤해질 만큼 현란했다. 사람들 눈에 띄기로 작정한 듯 과장된 몸짓으로 팔을 흔들며 다가오는 베키를 보자 가인은 할말을 잊었다. 머릿속에서는 무언가 부서지는 소리가 들렸다.

바사삭—

얇은 살얼음 위를 걷다가 얼음이 갈라지는 소리를 들은 기분이었다. 발밑에 균열이 가기 시작했다. 베키의 구두 소리와 함께 그 얼음이 부서지고, 깊고 차가운 어둠 속으로 가라앉기 일보 직전이었다.

"축하해, 가인. 너무 멋진 전시회야."

베키는 두 팔로 가인을 꼭 껴안으며 말했다. 가인은 베키의 팔에 갇힌 채 꼼짝없이 서 있었다. 팔을 풀고 가인에게서 떨어진 베키는 장난기 가득한 눈빛으로 가인의 눈 깊은 곳을 응시했다. 그 눈동자 너머 누가 있는지 다 안다는 자신만만한 표정이었다.

가인이라고 불렀다. 눈치 빠른 년. 하긴 연예계에서 성공하고 살아남으려면 눈치와 배짱, 순진함이 적절히 섞여 있어야 한다. 생각지도 못한 베키의 등장에 가인은 놀란 가슴을 진정하며 낮게 중얼거렸다.

'걱정하지 마. 우리는 같은 배를 탄 친구야. 나의 비밀은 너의 비밀이기도 하지. 그러니 걱정하지 마.'

당혹스러운 순간이 지나고 마음의 여유를 되찾자 생각지 않게 반가움이 밀려들었다. 가인은 베키를 끌어안았다. 생각해보면 순간순간 베키를 떠올린 날이 많았다.

"여긴 어떻게 온 거야? 뉴욕엔 어떻게 왔어?"

"영화제가 있었어. 며칠 놀다 갈 생각이었는데 쇼핑하다가 벽에 걸린 네 사진을 봤잖아. 내가 얼마나 놀랐겠니? 이가인이라니, 이건 또 뭐야?"

베키는 가인의 귀에 대고 낮게 속삭였다.

가인은 웃으며 베키에게 말했다.

"베로니카 톰슨, 베키 T. 예명 같은 거야."

베키는 금방 이해했다. 가인은 굳이 이름을 거듭 바꾸며 살았던 몇 년 동안의 일은 언급하지 않았다. 그리고 보니 가인으로 살기 시작한 뒤로 베키를 거의 잊고 살았다. 시간이 흐르며 희미해진 걸까? 몸이 멀어지면 마음도 멀어지는 법이다. 그렇게 기억도 희미해지는 것이겠지.

베키는 전시회장을 둘러보며 놀란 표정을 감추지 않았다.

"나는 네가 이렇게 성공했을 거라곤 생각도 못했어. 육 년, 칠 년인가? 정말 할말이 너무 많아. 네가 사라지고 난 뒤에 경찰이……"

지금은 그런 말을 할 때가 아니야. 가인은 오 분도 되지 않아 눈치 없는 베키의 입을 틀어막고 싶었다.

베키의 어깨 너머로 손짓하는 하이디가 보였다. 가인은 베키에게 그림을 보면서 기다리라고 말했다. 지금은 베키와 옛날이야기를 나눌 만한 적절한 때가 아니다. 자신이 떠나오고 난 뒤의 일은 이미 오래전에 사라진 과거일 뿐이다. 가인은 지금 전시회에 온 손님들에게 인사를 해야 한다. 눈치 빠른 베키가 슬쩍 뒤를 돌아보더니 고개를 끄덕이며 말했다.

"우리 얘기는 나중에."

가인은 베키가 걸음을 떼는 걸 보고 하이디의 곁으로 다가갔다.

"우리 갤러리에 새 투자자가 있다는 얘기는 했었지? 너를 위해 한국에서도 전시회를 할 거야. 이리 와, 인사시켜줄게."

하이디는 갤러리 안쪽으로 가인을 데리고 갔다. 중앙에 전시된 그림 앞에 어디선가 본 실루엣이 있었다. 가슴에 서늘한 예감이 스쳤다. 한국에서 전시…… 혹시나 했는데, 가인의 예상이 맞았다.

하이디가 다가가자 여자가 돌아서며 가인과 마주했다. 한 관장이었다. 그 옆에는 강 실장도 있었다. 강 실장은 무표정한 얼굴로 가인이 다가오는 걸 지켜보았다. 가인과 짧게 눈이 마주쳤지만 무심한 눈빛은 그대로였다.

"어떠신가요? 그림이 아주 인상적이죠? 우리 이 작가와는 초면인가요?"

하이디의 말에 한 관장은 미소를 지어 보이며 가인에게 눈인사를 했다.

"안면 정도는 있죠."

"오, 그래요? 아는 사이라니, 뜻밖이네요. 이제 막 데뷔한 신인인데."

"그림 때문에 만난 사이는 아니에요. 여전히 뉴욕에 있는 줄은 몰랐네."

"안녕하세요."

가인은 태연한 표정으로 한 관장의 눈빛을 마주했다. 입에 발린 뻔한 거짓말을 하고 있다. 과연 자신의 정체를 모른 채로 후원도 하고 한국에서의 전시회도 기획했을까? 한 관장은 '너는 내 손바닥 안에 있어'라는 표정으로 가인을 쳐다보다가 그림으로 고개를 돌렸다.

"이렇게 재능이 있는 줄 몰랐군요. 진작 알았더라면 내가 키워줄 수도 있었을 텐데."

한 관장의 말에 가인은 쓴웃음이 새어나왔다. '내가 키워줄 수도 있었다'라니, 이 여자의 세상은 여전히 자기 중심으로 도는구나 싶었다. 그래, 세나도 그렇지만 당신도 끔찍했지.

하이디는 한국말로 대화하는 가인과 한 관장을 흥미롭게 바라보았다. 둘 사이에 흐르는 묘한 긴장감을 눈치챈 것 같았다.

"두 사람이 어떻게 아는 사인지 궁금하네요."

"나중에 말씀드릴게요."

하이디가 하는 일에 어떤 관여도 하지 않았지만 이번에는 얘기를 좀 해봐야겠다는 생각이 들었다. 가인은 더이상 한 관장과 엮이고 싶지 않았다. 가급적이면 다시 만나는 일 없이 다른 세계에서 살기를.

한 관장이 하이디에게 친근한 미소를 지으며 사과했다.

"오랜만이라 우리끼리만 아는 얘기를 했군요. 그림은 봤고, 우리는 한국에서의 전시 일정에 대해 상의를 좀 할까요?"

한 관장은 능숙하게 하이디를 데려가며 가인의 어깨 너머로 말을 흘렸다.

"세나가 많이 보고 싶어했어. 같이 왔는데, 여기 어디 있을 거야."

한 관장의 말에 손끝이 저렸다. 그래, 당신은 이미 다 알고

나에게 없는 것 ▎193

왔군. 내 그림 때문이 아니라, 세나를 위해 다시 내 앞에 나타난 것이로군.

검은 마녀. 갑자기 세나가 했던 말이 생각났다. 오늘도 한 관장은 검은색 원피스를 입었다. 가인은 하이디와 함께 걸어가는 한 관장의 뒷모습을 보며 사방에 거미줄을 치고 중앙에 자리잡고 앉아 먹이가 걸리기를 기다리는 여왕 거미를 떠올렸다. 마지막으로 가인에게 던진 미소는 잔혹한 포식자의 그것이었다.

잠깐, 세나. 세나가 왔다고 했어. 잠시 멍해 있던 가인은 얼른 정신을 차렸다. 주위를 둘러보며 사람들의 얼굴을 일일이 확인했다. 그렇게 두리번거리다 전시장 한편에서 자신을 보고 있는 세나를 발견했다.

세나의 얼굴은 창백했다. 웃으며 손을 흔들고 이름을 부르던 세나가 아닌, 지하철역에서 무표정하게 고개를 돌리던 세나의 얼굴이 거기 있었다.

가인이 세나가 있는 곳으로 서둘러 걸어가는데, 옥상의 맥주 파티에서 만났던 애덤의 친구들이 인사를 했다. 애덤은 목요일 저녁마다 하는 아이들의 그림 수업 때문에 오지 못했다. 간신히 그들을 지나는데 이번에는 그룹전을 함께했던 작가가 아는 척을 해서 인사를 하느라 잠시 세나를 시선에서 놓쳤다. 다시 고개를 돌렸을 때 세나는 더이상 보이지 않았다.

도대체 뭐하자는 거야? 이럴 거면 왜 여기까지 온 거야? 멀리서 보기만 할 뿐 다가오지 않는 세나의 행동과 그 차가운 얼굴이 신경을 건드렸다.

두리번거리는 가인을 발견하고 베키가 다가왔다. 가인이 자신을 찾고 있는 줄 착각한 것 같았다.

"나, 여기 있어. 여기 얼마나 더 있어야 하는 거야? 나가면 안 돼? 너랑 할 얘기가 너무 많아."

맞아, 너에게는 꼭 들어야 할 이야기가 있지. 하지만 여기 선 아니다. 조용하게 이야기를 나눌 곳이 필요하다.

"어디에 묵고 있어?"

"아는 감독 집에서 신세 지고 있지. 여기 호텔비가 얼만지 알아?"

베키는 뉴욕 물가에 질린 듯 고개를 절레절레 흔들었다.

잠시 생각을 정리한 가인은 베키와 전화번호를 교환하고 집 주소와 열쇠를 건네주었다.

"여긴 어디야?"

"내 작업실이야. 일 끝내고 여기로 바로 갈게. 오늘밤은 나랑 함께 있자."

스마트폰으로 주소를 확인하던 베키가 지하철을 타야 하냐 며 구시렁거렸다. 가인은 얼른 택시비를 챙겨주었다. 베키는 가인을 끌어안더니 다시 만나서 너무 반갑다고 말했다.

갤러리 밖까지 베키를 배웅하고 다시 들어오던 가인은 강 실장과 마주쳤다.

"어떻게 된 거예요?"

"내가 묻고 싶은 말입니다. 이가인이라."

"……세나는 여기 어떻게 온 거죠? 한 관장이 알린 건가요?"

"세나가 나유진씨를 꽤 오래 찾아다녔죠."

"그런데 지금은 왜? 숨바꼭질중이에요. 멀리서 보기만 하더니 사라졌어요."

"……생각보다 화가 많이 난 모양이네요. 하긴, 뉴욕에 계속 있었다는 걸 알게 됐으니 화가 날 만하죠."

갤러리에 새로운 투자자가 나타났다는 얘기는 들었다. 그런데 한국에서의 전시회까지, 이게 우연일 리 없다. 한 관장은 가인이 뉴욕에 있다는 걸 알고 있으면서 어떤 연락도 하지 않았다. 세나의 반응으로 보아 오늘까지도 세나에게 알리지 않다가, 거미줄 가운데 자리를 잡고 가인이 걸려들기만 기다린 것이다. 전시회가 오픈하는 날, 한 관장은 딸 세나를 데리고 전시장에 나타났다. 한 관장은 가인이 거미줄 안으로 들어와 도망칠 수 없을 때까지 기다리고 있던 것이다.

"새로운 투자자. 우연이 아니죠?"

강 실장은 말이 없었다. 가인은 그의 침묵을 자신의 예측이 맞다는 의미로 받아들였다.

"세나는…… 어떻게 지냈어요?"

"같이 놀 친구가 없으면 새로운 친구가 생기는 법이죠."

하이디와 함께 나온 한 관장은 가인을 보자 미소를 지으며 다가왔다.

"세나는 만났어요?"

"아뇨, 아직."

"그래요? 꽤 반가워할 줄 알았는데."

뜻밖이라는 표정으로 가인을 보던 한 관장은 하이디에게 작별 인사를 하더니 곧장 강 실장과 갤러리를 떠났다. 하이디는 피곤한지 눈 밑의 주름이 더 짙어졌다. 한 관장의 일에 대해 물어보고 싶었지만 그건 나중에 해도 늦지 않다는 생각이 들었다.

"늦었어요. 이제 그만 들어가서 쉬세요."

하이디는 고개를 끄덕이더니 가만히 가인의 얼굴을 두 손으로 감쌌다.

"이제 시작이야. 오늘을 기억해."

"고마워요. 이 모든 것……"

하이디는 고개를 흔들었다. 그러곤 가인의 얼굴에서 손을 떼고 손을 꼭 잡았다.

"넌 내 딸이나 마찬가지야. 그런 소리 안 해도 돼."

가인은 하이디의 손을 꼭 쥐었다. 하이디는 가인의 손등을 토닥여주다가 나오는 하품을 애써 참으며 웃었다.

"노인네가 되면 초저녁잠이 많아진다니까. 이젠 정말 들어가야겠어. 너도 적당히 있다가 가. 오래 있어봐야 술꾼들만 상대하게 될 거니까."

하이디는 갤러리 직원에게 뒷일을 맡기고 떠났다. 가인은 다시 갤러리 안으로 들어와 그룹전에서 인사를 나누었던 몇 명의 작가들과 이야기를 나누면서 계속 주위를 살폈다. 세나의 모습은 보이지 않았다. 그게 오히려 더 불안했다. 가인은 전시장 안의 분위기를 살피다가 갤러리 직원에게 먼저 떠나겠다고 알리고 건물을 빠져나왔다.

몇 시간 동안 너무 많은 일이 벌어졌다. 생각지도 못한 베키와 세나를 만나면서 훨씬 더 피곤한 저녁이 되었다. 당장 욕조에 따뜻한 물을 받아서 몸을 푹 담그고 쉬고 싶었지만, 현실은 집에 돌아가 베키를 만나야 한다. '경찰이⋯⋯'라는 얘기까지 들었다. 그다음에 무슨 일이 있었는지 들어야 한다. 택시를 타고 집으로 가며 몇 번이나 베키에게 전화를 걸었지만 받지 않았다.

택시가 퀸스버러교를 지나 집 근처로 들어서면서 도로가 막히자 가인은 초조해졌다. 알 수 없는 불안감이 밀려들었다. 결국 두 블록 앞에서 차를 멈추게 한 가인은 요금을 계산하고 내렸다. 가인은 초조한 기분을 누르며 집으로 달리기 시작했다. 베키가 전화를 받지 않을 때부터 불안했다.

집이 보이자 발걸음이 느려졌다. 몇 대의 소방차가 골목을 가로막고 화재를 진압하고 있었다. 집으로 걸어가던 가인은 검은 연기 사이로 시뻘건 혀를 낼름거리는 불길을 보며 할말을 잊었다. 다리가 후들거렸다.

"말도 안 돼. 베키……"

구경 나온 사람들과 바쁘게 오가는 소방관들, 소방 호스에서 흘러내린 물로 질척한 도로. 모든 게 가인의 신경을 옥죄어왔다.

'기억나? 그때도 이렇게 뜨거운 불길이 집을 삼켰지.'

망할, 기억하고 싶지 않았던 그 일은 왜 아직도 내 머릿속한쪽에 살아 숨쉬고 있는 거야?

가인은 곰 인형을 들고 있던 그날의 기억이 점점 더 분명하게 떠올랐다.

'넌 영원히 도망가지 못해. 한번 시작한 불길은 꺼지지 않거든.'

그런 건 아무래도 상관없어. 저 안엔 베키가 있단 말이야. 베키를 만나야 해. 베키에게 들어야 할 말이 있다고. 가인은 막아서는 소방관을 피해 집안으로 들어가려고 발버둥을 쳤다.

"물러나요. 위험해요."

가인이 그들을 힘으로 이길 수는 없었다. 숨을 쉬기가 힘들었다. 정신이 아득해져왔다.

누군가 가인의 팔을 잡았다. 흐릿한 시야에 애덤의 얼굴이 들어왔다.

"괜찮아?"

"애덤, 괜찮아?"

"그나마 다행이네, 우리 둘 다 집에 없어서."

가인은 고개를 흔들었다. 입을 벌렸지만 말이 나오지 않았다. 매캐한 연기가 바람을 타고 입과 코로 들어왔다.

베키가, 친구가 안에 있어.

애덤은 손으로 입을 틀어막고 가인을 부축하며 화재 현장에서 물러났다. 연기 때문인지 눈이 매웠다. 눈물이 쏟아지기 시작했다. 누군가 수건을 건네주었다. 애덤은 흐느끼는 가인을 부축하며 어디론가 전화를 걸었다. 콜록거리며 불타는 집을 보던 가인은 그대로 의식을 잃었다.

눈을 떠보니 낯선 침대 위였다. 가인은 뻑뻑한 눈꺼풀을 몇 번 감았다 뜬 뒤 자리에서 일어났다. 숙취처럼 머리가 아파왔다. 침대에서 내려오자 옆 소파에서 자고 있던 애덤이 눈을 떴다.

"일어났어? 괜찮아?"

"여긴?"

"친구 집. 앨런 알지? 지난번 옥상 파티에서 만났던."

누군지 기억나지 않지만 그런 건 아무래도 상관없었다. 기꺼이 방을 내준 주인은 집에 없었다.

"우리 집은? 어떻게 됐어?"

애덤은 어깨를 으쓱해 보였다. 아무리 낙천적인 성격이라고 해도 이럴 때 무슨 할말이 있을까. 가인은 침대 옆에 놓인 핸드백을 챙겨 집을 나왔다. 애덤도 뒤따라 나왔다. 함께 집이 있는 곳으로 걸어갔다.

"그나마 다행인 게 뭔 줄 알아? 네 전시 오프닝 덕분에 다들 시내에 있었다는 거야."

다른 입주자들은 화재를 피했다고 하지만 아직 베키의 소식은 모른다. 가인은 간신히 정신을 붙잡고 걸음을 서둘렀다.

몇 년 동안 가인의 작업실 겸 안식처였던 곳은 참혹한 전쟁이라도 치른 것처럼 앙상한 기둥만 남기고 잿더미가 되었다. 화재 진압을 하고 난 뒤 잿더미 속에서 후속 작업을 하는 소방관들의 모습이 보였다.

가인은 휘청, 다리가 꺾이고 귀에서 윙윙거리는 소리가 들리고 어지러웠지만 정신을 차리려 애썼다.

생각을 해야 해. 이런 일은 우연히 생기지 않아.

머릿속에 냉기가 돌았다. 뜨거웠던 머리가 식고 마음은 차가워졌다.

아무것도 남지 않은 잿더미를 보자 성격 좋은 애덤도 충격을 받았는지 넋 놓고 서 있었다.

가인은 애덤을 내버려두고 몇 걸음 자리를 옮긴 뒤 전화를 걸었다. 강 실장은 이내 전화를 받았다.

"세나, 지금 어디 있어요?"

"지금 막 한국 가는 비행기를 탔어요."

가인은 그대로 전화를 끊었다. 큰길로 나와 택시를 잡아탔다. 택시 운전사는 목적지를 알려주기를 기다렸다. 가인은 잠시 생각하다가 목적지를 말했다.

"한국 총영사관이요."

가인은 이스트강을 건너며 지갑 속에 있던 신분증을 꺼내 창밖으로 던졌다. 이런 이유로 이가인이란 이름을 버리게 될 줄은 몰랐다.

총영사관이 있는 건물에 도착했지만 영사관은 아직 문을 열기 전이었다. 업무를 시작하려면 십오 분이나 남아 있었다. 가인은 한쪽 벽에 기대어 골똘히 생각에 잠겼다.

그때 세나는 다빈이 아니라 다빈의 남자친구를 죽였다. 세나는 자기가 벌주려고 하는 대상을 겨냥하지 않는다. 그 옆에 있는 사람을 죽이고 경고한다.

가인은 어젯밤 갤러리에서의 일을 되새겨보았다. 어제 내가 베키와 함께 있는 걸 본 거야. 집 열쇠를 주고 집에 가 있으라는 얘길 들은 거지. 다가오지도 않고 냉담하게 쳐다보던 세나의 얼굴이 또렷이 떠올랐다. 너는 이렇게 나를 벌주고 싶은 거니?

총영사관 사무실의 문이 열렸다. 가인은 민원실로 향했다. 번호표를 뽑고 바로 민원 창구 앞에 섰다. 이제 막 창구 앞에 이름표를 올려놓던 직원은 익숙한 일이라는 듯 가인을 보며 물었다.

"어떤 일을 도와드릴까요?"

"한국으로 돌아가고 싶어요."

"네?"

"집이 다 불탔어요. 여권이 필요해요."

창구 직원은 어리둥절한 표정이 되어 가인을 쳐다보다가 물었다.

"이름이 어떻게 되세요?"

"하영, 윤하영. 여권 번호는⋯⋯"

팔 년이 지났는데도 여권 번호를 기억하고 있다니 신기했다. 하영은 한국으로 돌아가기 위해 이가인이라는 이름을 버렸다. 윤하영은 스무 살에 미국으로 들어와 불법체류중이니 곧 추방될 것이다.

최대한 빨리 돌아가야 한다. 돌아가서 세나를 찾아야 한다.

어제의 화재는 우연이 아니다, 하영은 그렇게 직감했다.

3장

악을 행한 사람은
다른 사람은 물론
자신에게 더 큰
상처를 입힌다.
—소크라테스

12.

눈을 떠보니 부드러운 벨벳 쿠션을 베고 엎드려 누운 채였다. 날이 저물었는지 모든 게 어두웠다. 눈을 몇 번 깜빡거리자 이내 어둠에 익숙해지고, 창으로 들어오는 달빛이 느껴졌다. 덕분에 어렴풋이 방안의 풍경을 가늠할 수 있었다.

하영은 몇 번 더 눈을 깜빡거리며 정신을 차리려고 애썼다. 엎드렸던 몸을 일으키자 머리는 어지러웠고 속은 울렁거렸다. 도대체 여기가 어디지? 주위를 두리번거리는 동안 겨우 감각들이 깨어났다. 소파에서 일어나던 하영은 깨질 듯 아픈 머리 때문에 다시 주저앉았다.

그래, 여기는 그 망할 놈의 영화제작자 놈 집이지. 베키를 따라 놈의 집으로 들어오는 게 아니었어. 처음부터 느낌이 이상했어.

하영은 운전을 못하는 베키를 위해 벨에어의 애시데일 플레이스에 있는 저택까지 차를 태워주었다. 베키는 그의 파티에 초대된 것만으로도 이미 여주인공 자리에 캐스팅된 것처럼 들떠 있었다. 이곳으로 오는 동안 자동차 조수석에서 몇 번이나 립스틱을 꺼내 바르고 머리를 매만졌다.

"저기야, 저기. 저기로 들어가면 돼."

베키가 가리키는 방향의 언덕길로 들어서자 도로 끝에 웅장하게 장식된 검은 대문이 보였다. 물결처럼 굴곡진 요란한 장식이 덧대진 대문 한가운데에 'W'라는 글자가 황금색으로 커다랗게 새겨져 있었다. 아마도 이 집 주인의 성에서 따온 듯싶었다.

하영은 아침부터 들떠서 정신을 못 차리는 베키가 내심 불안했다. 자동차에서 내린 베키가 대문 쪽으로 걸어가는 것을 지켜보던 하영은 의아한 생각이 들어 베키를 불러세웠다.

"오늘 파티 하는 거 맞아?"

"왜?"

하영은 주변을 둘러보며 말했다.

"봐, 너무 조용하잖아, 차도 없고."

"다른 곳에 세웠나보지."

베키는 하영의 말에도 개의치 않고 서둘러 초인종을 눌렀다. 그러자 카메라로 누군지를 확인했는지, 소리도 없이 대문이 열렸다. 베키가 들어가는 것을 보던 하영은 얼른 차에서 내렸다. 초대받지 않았다고 해도 이대로 혼자만 들여보내면 안 될 것 같았다.

"뭐하는 거야?"

"나도 같이 들어가려고."

하영은 베키와 함께 대문 안으로 들어섰다. 베키는 하영을 쳐다보다가 어이가 없다는 듯 웃었다.

"사실은 너도 와보고 싶었던 거지?"

하영은 베키의 말에 개의치 않고 주위를 둘러보았다. 이따금 새소리가 들렸고 집안은 조용하기만 했다.

대문에서 저택까지는 꽤 거리가 있었다. 잘 가꾸어진 정원수들과 앞마당 중앙에 설치된 분수를 지나자 흰색의 저택이 보였다. 저택 근처에는 클래식한 디자인의 자동차가 몇 대서 있었다. 베키는 그것 보라는 듯 하영을 돌아보며 미소를 지었다.

"우리만 촌스럽게 대문 앞에 차를 세운 거네."

저택에 다가갈수록 유리창에 반사되는 햇빛 때문에 제대로 눈을 뜰 수가 없었다. 하영은 한 손으로 빛을 가리며 저택의 현관에 도착했다. 앞서가던 베키가 하영을 돌아보며 연신 놀란 표정을 지어 보였다. 문을 두드리자 한 손에 술잔을 든 남자가 문을 열어주었다. 이미 파티가 시작되었나 싶었지만 그는 제작자를 불러주고는 다른 방으로 들어가버렸다.

거실 쪽으로 들어섰지만 제대로 둘러볼 새도 없었다. 뒷마당 쪽에서 화려한 하와이안 셔츠를 걸친 거구의 남자가 안으로 들어왔다. 주위를 둘러보며 감탄하던 베키는 남자를 발견하자 얼른 다가가 인사를 했다. 아무래도 그가 제작자 같았다.

그는 베키를 보자 가볍게 포옹을 한 뒤 인사를 나누며 하영에게로 시선을 옮겼다. 예정에 없던 하영을 보고도 개의치 않는 눈치였다. 하영은 그의 표정을 보고 알 수 있었다. 그는 베키가 오든 말든 아무 관심이 없다고. 그는 뒷마당으로 따라오라는 손짓을 하며 밖으로 나갔다.

뒷마당에는 넓은 수영장이 있었다. 이십대로 보이는 남녀가 수영을 하고 있었다. 연예잡지에서 막 튀어나온 것처럼 볼륨 있는 몸매에 비키니 수영복을 입은 여자가 연신 깔깔거리며 탄탄한 가슴을 가진 갈색 머리 남자와 물장난을 치고 있었다.

파티라고 생각하고 온 베키는 조금 당황한 듯 제작자를 쳐다보았다. 그는 하와이안 셔츠를 벗어던지며 수영장으로 들어갔다. 그렇지 않아도 무게가 나가는 덩치에 배까지 나와서 과연 수영이나 제대로 할까 싶었는데 의외로 제법 물살을 가르며 앞으로 나아갔다.

갈색 머리 남자가 수영장에서 올라와 근처에 있는 테이블을 가리키며 하영과 베키에게 마실 것을 권했다. 베키는 제대로 입 한번 떼지 못하고 물속에 있는 제작자를 쳐다보다가 테이블로 걸음을 옮겼다. 테이블 위에는 각종 술과 탄산음료, 주스가 놓여 있었다. 베키는 위스키에 적당히 탄산수를 섞고 입에 털어넣더니 다시 두 잔을 만들어 하영에게도 한 잔 건네주었다.

생각 좀 해, 베키. 하영은 운전 때문에 고개를 흔들며 거절했다.

처음에 현관문을 열어주었던 남자가 술병을 들고 와 베키의 잔에 따라주고 하영에게도 술잔을 건넸다. 하영은 다시 한번 고개를 저었지만, 수영장에서 올라온 여자까지 합세해 건배를 제안하는 바람에 결국 남자가 주는 술잔을 받고 말았다. 하영은 입술에 대는 시늉만 하고 내려놓았다. 그 모습을 본 갈색 머리 남자가 다른 잔에 주스를 따라주었다.

여자가 스마트폰으로 음악을 틀고는 흥에 겨워 춤을 추다가 베키와 하영의 등에 몸을 비볐다. 베키는 여자를 따라 분위기를 맞추려고 춤을 추었지만, 하영은 한걸음 뒤로 물러났다. 그러자 여자가 하영에게 다가와 손을 잡고 리드했다. 하영은 여자에게 잡혀 테이블 주변을 몇 번 돌다가 손을 뿌리쳤다. 그럼에도 여자는 아랑곳하지 않고 이번에는 베키 앞으로 다가가서 해파리처럼 몸을 흐느적거렸다. 술이 오른 베키는 진심으로 이 분위기를 즐기는 듯했다. 하영은 그들의 모습을 보다가 남자가 따라놓은 주스를 마셨다.

간신히 두통이 가라앉은 하영은 다시 조심스럽게 소파에서 일어났다.

수영장에서 주스를 마신 뒤부터 아무 기억도 나지 않는다. 무슨 일이 있었던 거지? 베키는 어딜 간 거야?

하영은 창으로 흘러들어오는 달빛에 의지해 더듬거리며 문을 찾았다. 다행히 금방 찾을 수 있었다. 복도는 조용했다. 하영은 걸음을 옮기다 어디선가 들리는 인기척에 걸음을 멈추고 귀를 기울였다. 누군가 윽윽, 하는 소리가 들렸다.

하영은 불길한 생각이 들어 걸음을 옮겼다. 소리가 들리는 곳은 복도 끝에 있는 방이었다. 하영은 조심스럽게 문에 귀를 댔다. 베키. 베키의 목소리다. 하영은 서둘러 문의 손잡이를 잡고 돌렸다.

커다란 침대 위 제작자의 거대한 덩치에 눌린 베키가 숨을 헐떡이고 있었다. 놈은 손으로 베키의 입을 틀어막고 베키 몸을 혀로 핥아댔다. 놈에게 눌려 있던 베키의 눈이 방안으로 들어서는 하영의 시선과 마주쳤다. 얼핏 눈물이 비쳤다.

도와줘. 하영, 도와줘.

하영은 주위에 놓인 커다랗고 단단한 크리스털 화병을 들어 놈의 머리를 내려쳤다. 뒤통수를 맞은 놈이 베키에게서 떨어지며 고개를 돌렸다. 놈은 그다지 충격받지 않은 듯 뒷머리를 만져보더니 하영에게 달려들었다. 놈은 하영을 벽까지 밀어붙였다.

"너도 영화에 나오고 싶은 거야? 여기까지 왔으면 적당히 즐기라고."

땀으로 번들거리는 맨살이 하영의 몸에 닿았다. 온몸에 소름이 돋았다. 하영은 있는 힘껏 남자의 사타구니를 걷어찼다. 남자는 바닥에 쓰러져 숨을 헐떡이며 소리쳤다.

"감히 내 말을 거역하고 이 바닥에서 살아남을 것 같아?"

통증을 이겨낸 남자가 비틀거리며 일어났다. 다시 하영을 덮칠 기세였다.

하영은 재빨리 주위를 살폈다. 곁에 있던 베키가 얼른 하영에게 깨진 화병 조각을 건네주었다. 하영은 앞뒤 생각할 겨를도 없이 두 눈을 질끈 감고 놈의 배를 찔렀다. 피부 깊숙이 조각이 들어가는 감각이 생생하게 느껴졌다. 이상했다. 너무나 조용했다. 하영은 감았던 눈을 조심스럽게 떴다. 바닥에 남자가 쓰러져 있다.

베키의 몸을 짓누르던 놈이 아니다. 땀이 번들거리던 백오십 킬로그램의 벌거벗은 거구는 사라지고 낯선 남자가 바닥

에 엎드려 있다. 공간도 낯설다. 아니, 낯설지 않다. 하영에
게 익숙한 곳이다.

바닥에 쓰러진 남자의 몸에서 흘러나온 피가 뱀처럼 하영
의 맨발로 다가왔다. 하영은 얼른 한발 뒤로 물러나며 여기가
어딘지 생각하려 애썼다. 고개를 돌리니 한쪽 벽에 책이 가득
하다. 하영은 그제야 자기가 어디에 서 있는지 깨달았다. 여
긴 선경의 서재다. 창밖으로 거센 폭풍우가 분다. 빗방울이
창문을 때리고 있다.

손, 손이 끈적거린다. 하영은 발밑으로 다가오는 피를 피
해 뒤로 물러서며 손을 들어보았다. 피 묻은 칼이 들려 있는
걸 보고 놀란 하영은 얼른 칼을 바닥에 던졌다. 고개를 돌리
다 한쪽 벽에 걸린 거울을 보았다.

거기 한 소녀가 서 있었다. 도대체 누구? 그 순간 알아챘
다. 그건 자기 모습이다. 어린, 열한 살의 하영이 서 있다. 십
칠 년 전의 그날처럼. 등뒤로 인기척이 느껴졌다. 돌아보니
선경이 서 있다. 선경은 차가운 눈으로 하영의 피 묻은 손을
내려다보며 말했다.

"네 손의 피는 씻어도 소용이 없어. 씻어도 씻어도 지워지
지 않아."

무섭게 다그치는 선경의 얼굴에 놀란 하영이 밖으로 뛰어
나갔다. 폭풍우에 머리가 헝클어지고 얼굴이 젖었다. 등뒤로

목소리가 들렸다.

'도망쳐도 소용없어. 네 몸엔 살인자의 피가 흐르고 있어.'

소스라치게 놀라 눈을 떠보니 벨트를 매라는 안내방송이 나오고 있었다. 비행기가 곧 인천공항에 도착할 예정이라고 했다. 정신을 차린 하영은 자세를 고쳐 앉았다. 아직도 손이 떨리고 있었다. 흉기를 남자의 복부에 깊이 찔러넣었던 감각이 손에 남아 있다. 너무 생생해서 LA에서의 그날, 그리고 열한 살의 그때로 돌아간 것 같았다.

이래서 돌아오기 싫었다. 이곳에는 너무 많은 지옥의 문들이 입을 벌리고 하영의 발목을 노리고 있다. 이미 오래전 일이라고 생각하며 지우고 살았지만 조금만 방심하면 어둡고 깊은 구멍 속으로 미끄러진다.

조용하던 비행기 안은 착륙 준비로 부산스러워지기 시작했다. 의자를 바로하고, 펼쳐놓은 테이블을 정리한 뒤 가방을 확인했다. 하영은 대각선으로 왼쪽 어깨와 앞머리만 겨우 보이는 강 실장의 자리를 쳐다보았다. 그는 보고 있던 노트북을 덮고 자세를 고쳐 앉았다.

비행기에 타기 전 JFK 공항 커피숍에서 그와 마주친 순간이 떠올랐다.

탑승 시간을 기다리며 커피숍에 앉아 있던 하영 앞에 강 실장이 다가와 앉을 때, 하영은 그가 자신을 미행하는 건가? 하고 잠시 의심했다. 하지만 이내 고개를 저었다. 이렇게 맞은편에 자리잡는 미행자는 없을 테니까.

"우연인가요? 다시 보니 반갑네요. 세나를 만나러 가는 겁니까?"

그러고 보니 그와의 마지막 통화는 세나의 행방을 묻는 전화였다. 게다가 한국행 비행기를 기다리고 있는 출국장 앞이니 그의 질문은 적절했다. 강 실장의 물음에 대답하려던 하영은 입을 닫았다. 나는 정말 세나를 만나러 가는 것일까?

"집이 불타버렸어요. 이제 여기에는 살 곳이 없네요."

강 실장의 한쪽 눈썹이 올라갔다.

"집이 불탔다고요?"

하영의 말이 믿기지 않는 듯 보였다. 그는 작업실의 화재 사건을 모르고 있는 것 같았다.

"언제⋯⋯?"

"전시회 오픈일에요. 집에 돌아가보니 불타고 있었어요."

강 실장은 무언가 생각하는 듯 말없이 탁자에 놓인 커피잔을 내려보다 남의 일처럼 말했다.

"⋯⋯그런 일이 있었군요."

아무리 남의 일이라고 해도 집이 불타버렸다는 얘기를 듣고 난 뒤의 반응치고는 너무 조용했다. 하영은 그가 뭔가 알고 있지 않을까 싶었다.

"그날, 오프닝 파티 하던 날 세나는 어디 있었어요? 다음날 아침에 왜 갑자기 한국행 비행기를 탄 거죠?"

본인 입으로 세나를 비행기에 태워 보냈다고 했으니 그가 전후 상황을 알지 않을까 짐작했다. 강 실장은 잠시 하영을 쳐다보다 입을 열었다.

"그 질문은 세나를 의심한다는 말로 들리는군요?"

하영은 부인하지 않았다. 그렇지 않다면 갑작스러운 세나의 귀국은 설명이 되지 않는다.

"나유진씨, 아니 이가인씨는 그동안 세나가 어떻게 지냈는지 모르잖아요? 왜 갑작스러운 출국이라고 생각하죠?"

강 실장의 질문에 하영은 할말이 없었다. 몇 년 동안 세나가 어떻게 사는지 전혀 모르고 있었다는 강 실장의 지적은 정확하다. '갑자기'라는 말은 하영의 성급한 판단이다.

"세나는 한국으로 돌아가려고 준비하고 있었어요. 어학원을 마치고 학교에 입학한 뒤 팬데믹으로 오랫동안 집안에 갇혀 있다보니 뉴욕이 지긋지긋하다고요. 다시 학교에 다니게 됐지만 흥미를 잃은 것 같더군요."

그럼에도 하영은 포기하지 않았다. 그날 밤 본 세나의 표정을 하영은 똑똑히 기억한다.

"그날 저녁 갤러리에서 나간 세나는 뭘 했죠?"

강 실장은 어깨를 으쓱해 보였다.

"내가 세나를 수행하는 비서도 아니고 또 사생활을 캐물을 입장도 아니라서, 어디서 뭘 했는지는 모르죠. 궁금하면 직접 만나서 물어보시죠."

강 실장이 남은 커피를 마시는 동안 한국행 비행기에 대한 탑승 안내방송이 흘러나왔다. 강 실장은 가볍게 눈인사를 하고 자리에서 일어났다.

하영은 먼저 자리를 떠나는 강 실장의 뒷모습을 바라보면서 결국 진실을 알기 위해서는 세나를 만나야 한다는 생각에 다다랐다.

팔 년 만이다.

떠나기 전에 돌아오지 않겠다고 결심했던 곳으로 다시 돌아왔다.

짐을 찾고 공항 로비로 나오니 돌아왔다는 게 실감이 났다. 공항은 연말 분위기를 띄우는 크리스마스트리와 아기자기한 소품들로 장식되어 있었다. 이십 년을 살았던 곳인데도 모든 게 낯설고, 그러면서도 익숙했다. 신경을 곤두세울 필요 없이 주위에서 들려오는 말을 자연스럽게 알아들었고 비슷하게 생긴 얼굴들에 안도했다. 감상에 빠진 것은 아니지만 그 익숙함에 마음이 놓였다.

공항 밖으로 나온 하영은 호텔로 가는 리무진 버스에 올라 창가에 앉았다. 버스를 기다리며 잠시 서 있는 동안 쌀쌀한 바람에 얼었던 몸은 버스의 난방 덕분에 이내 풀어졌다. 몸은 따뜻해졌지만 잠은 오지 않았다. 이미 비행기 안에서 충분히 잤다.

하영은 창밖으로 바뀌는 풍경들을 바라보며 자신이 이곳을 떠났던 이유에 대해 생각했다.

그때는 자신의 자리가 없다고 생각했다. 선경이 사랑을 키우는 모습을 보면서 그 둘 사이에는 자신이 끼어들 공간이 없다는 생각이 들었다. 선경이 사랑에게 우유를 먹이고 기저귀를 갈아주고 잠투정하는 걸 토닥이며 재우는 모습을 보며 하영은 질투를 느꼈다. 동생을 질투하는 자신이 끔찍했다.

스무 살이 되면 떠나기로 마음먹었는데, 막상 그날이 되자 하영은 당황했다. 스무 살이면 어른이 되어 있을 거라고 생각했지만, 달라진 건 아무것도 없었다. 하지만 떠나겠다고 말한 건 자신이었다. 지구 반대편 낯선 곳으로 갈 생각을 하니 망망대해에 구명조끼도 없이 던져지는 기분이었다.

떠나겠다고 했을 때 선경은 잡지 않았다. 그게 상처가 되어 더 머물 수가 없었다. 어딘가를 향해 가는 것이 아닌, 누군가를 떠나기 위한 발걸음은 외롭고 아프다. 하영은 내색하지 않았다. '이제는 혼자가 되어야 할 시간이다' 그렇게 생각했다.

하영은 입김이 서리는 창밖을 보며 눈을 감았다.

나는 왜 돌아왔을까?

아니, 돌아온 것이 아니다. 세나를 만나려고 왔다. 이번에는 도망치지 않겠다고 마음먹었다.

그동안 자신은 도망치기만 했다는 생각이 들었다. 부딪치고 겪으면서 하나씩 쌓아야 만들어지는 시간들을 견뎌내지 못하고 허겁지겁 도망쳤다. 마음에 들지 않는 인생이라고 해서 더이상 던지고 도망칠 수는 없다. 발밑에 끈질기게 달라붙는 그림자처럼 그 모든 게 자신의 일부라는 걸 알았다. 그러니 아무도 없는 낯선 곳에서 모든 것을 다시 시작할 수밖에 없다고 생각했다.

목소리가 속삭였듯 도망가는 자가 도착하는 곳은 지옥뿐이다.

만약 동생과 함께 살았다면 어땠을까? 질투를 느끼면 느끼는 대로, 선경 아줌마와 티격태격하며 사랑이의 머리를 묶어주고 같이 소꿉놀이도 하면서 그렇게 지내다보면 가족 비슷한 게 될 수도 있지 않았을까?

베키를 다시 만났을 때 깨달았다. LA에 남은 베키는 감옥에 가지도 않고 멀쩡히 잘 살아 있었다. 헐리우드 영화는 아니어도 대학생 감독에게 캐스팅되었고 대학교에서 열리는 독립영화제에 참석하면서 자기가 원하던 인생을 꾸리며 살아가고 있었다. 지레 겁을 집어먹고 달아난 건 자신이었다.

하영은 비겁하게 도망쳤다. 부딪치고 망가질 각오를 하고 버티며 뿌리를 내리는 대신 낯선 곳으로 떠났다. 어느 곳이든 뿌리를 내리지 못하니 자신의 영역을 만들지 못했다. 부표처럼 떠도는 건 자신의 선택이었다. 그나마 다행히 외로워도 외롭다고 느끼지 않았다. 그 단단한 갑옷 덕분에 지금까지 버텼는지 모른다.

잡다한 생각으로 머리가 어지러울 즈음 호텔에 도착했다. 객실로 들어간 하영은 짐을 풀기도 전에 쓰러져 잠이 들었다. 흔들리는 비행기에서 잔 잠은 전혀 도움이 되지 않았던 모양이다. 다행히 꿈도 꾸지 않고 깊은 잠에 빠졌다.

잠에서 깨어나보니 다음날 정오가 넘어 있었다. 열여섯 시간은 잔 것 같았다. 하영은 뒤늦게 점심을 먹고 하이디에게 전화를 걸려다 그만두었다. 지금 뉴욕은 한밤중이다. 이 시간이면 하이디는 깊은 잠에 빠져 있을 것이다.

작업실이 불타버린 걸 안 하이디는 하영이 머물 곳을 마련해주었다. 하영이 한국에 가야겠다고 이야기하자, 하이디는 가족들을 만나러 가는 것이라 생각했다. 가족에게 안부를 전해달라는 말에 그러겠다고 이야기했다. 하이디가 자신을 딸처럼 생각한다고 말할 때마다 하영은 캘버리 묘지에 묻혀 있는 하이디의 딸에 대해 생각했다.

하이디는 한 달에 한 번 꼬박꼬박 딸의 무덤에 갔다. 스물한 살에 약물중독으로 사망했다면 그 삶도 평온하지는 않았을 거라는 생각이 들었다. 대니얼에게 얼핏 듣기로는 하이디와 갈등이 잦았다고 했다. 한 달에 한 번, 딸의 무덤에 가는 것은 뒤늦은 후회이거나 속죄인지도 모른다. 이미 죽은 사람에게는 아무 소용없는 일이겠지만.

식사를 마치고 호텔 로비로 간 하영은 그곳에서 자신을 기다리던 세나를 발견했다.

로비 의자에 앉아 있던 세나는 자리에서 일어나 하영에게 다가왔다. 여전히 세나의 표정은 차가웠다.

하영은 세나를 찾으러 갈 생각만 했지, 세나가 자신을 찾아올 거라곤 상상도 하지 못했다.

"어떻게 알았어?"

"……강 실장이 알려줬어요."

"올라갈래? 아니면 여기서 얘기할까?"

하영은 최대한 덤덤한 목소리로 말했다.

"올라가요."

하영도 그편이 좋다. 세나에게 들어야 할 이야기가 너무 많다. 하영은 앞서서 엘리베이터로 향했다. 머릿속으로는 세나에게 무엇을 물어볼 것인가를 생각했다. 엘리베이터를 타고 객실로 올라가는 동안 세나는 아무 말도 하지 않았다.

하영은 손톱을 깨무는 세나를 물끄러미 쳐다보다가 손목으로 시선을 옮겼다. 그날 이후 또다른 상처가 생겼는지 궁금했지만, 소매에 가려 잘 보이지 않았다.

호텔 방으로 들어온 하영은 창가 의자에 앉았다. 세나는 의자에 앉지 않고 방안을 서성이며 뭐라고 중얼거렸다.

"이리 와서 앉아."

세나는 하영의 말을 듣지 않았다. 초조하고 불안한 표정으로 손톱을 물어뜯었다. 생각할수록 화가 나는지 주먹을 쥐고 부들부들 떨다가 자신의 허벅지를 내려친 뒤 싸늘한 시선으로 하영을 쳐다보며 말했다.

"언닌 처음부터 날 속였어요. 그렇죠?"

"속여? 내가 뭘?"

"엄마! 언제부터 엄마랑 알았어요? 처음부터죠? 처음부터 날 감시하라고 엄마가 시킨 거죠?"

맨 처음 한 관장을 만났을 때 그녀가 두 번이나 강조했던 말이 생각났다.

'내가 당신을 고용했다는 걸 세나는 몰라야 해요.'

세나의 분노는 하영이 짐작하던 것과 달랐다. 갑자기 모습을 감춰버린 것에 화를 낼 거라고, 진짜 이름을 감춘 것 때문에 화를 낼 거라고 생각했다. 그런데 세나는 하영이 자기 엄마와 어떻게 알고 있는지에 대해 화를 내고 있었다.

하영은 세나가 계속 말하게 내버려두었다. 무엇 때문에 화가 난 것인지, 어디까지 알고 있는지 확인할 필요가 있다.

"엄마랑 왜 같이 있었어요? 두 사람 어떻게 아는 사이예요? 정말 날 감시한 거예요? 우리가 처음 만났을 때부터? 엄마가 나에 대해 뭐라고 했어요? 그래서 날 떠났어요?"

하영은 세나의 말을 통해 상황을 파악했다. 우선 이것부터 실마리를 풀어야 한다. 그리고 그날 밤 화가 난 세나가 어디서 뭘 했는지 차근차근 들을 생각이었다.

"내가 묻고 싶은 말이야. 갑자기 한 관장이라는 사람이 나타나서 갤러리에 투자했다는 얘기를 들었어. 그리고 그 사람이 네 엄마라면서 딸과 같이 왔다고 하더라. 나도 두 사람의 관계는 그날 처음 들었어."

하영은 한 관장과의 거래를 숨기기로 했다. 아무래도 세나의 아킬레스건은 엄마인 것 같았다. 한 관장이 두 번이나 주의를 주었고, 지금 세나가 흥분하는 것을 보면 세나는 한 관장의 감시에 민감하게 반응하는 것이 틀림없다.

"거짓말, 거짓말하지 말아요."

"우리 처음 만났을 때를 생각해봐, 누가 먼저 말을 걸었지? 너잖아? 내가 일하던 카페에 찾아왔던 것도 너 아니야?"

세나는 머뭇거리며 말을 잇지 못했다. 여전히 의심을 하면서도 기억을 더듬으며 하영의 말을 확인하는 중이었다. 격앙

된 목소리는 눈에 띄게 낮아졌다.

"정말이에요? 날 속이는 거 아니죠?"

"네 말대로 엄마의 부탁으로 널 감시하고 있었다면 내가 널 떠났겠니?"

세나는 혼란스러운 표정으로 하영을 보다가 눈물을 글썽거렸다.

"그럼 왜 그렇게 사라진 거예요?"

"널 떠난 게 아니야. 나한테도 사정이 있었어. 그때도 얘기했잖아."

"다시는 연락이 닿지 않을 거라곤 생각 못했어요. 왜요, 내가 얼마나 찾아다녔는지 알아요?"

이런 얘기를 하려고 세나와 마주한 게 아니다. 하영은 전시회가 오픈한 날 밤 세나의 행방을 알아야 했다. 그러기 위해선 세나를 진정시킬 필요가 있었다.

"일단 앉아. 앉아서 얘기해."

하영의 말에 세나가 맞은편 의자에 앉았다. 하영이 그날 일을 묻기 위해 말을 꺼내려는 순간 스마트폰이 울렸다. 전화번호를 확인하니 강 실장이었다. 하영은 답을 기다리는 세나의 얼굴을 보다가 전화를 받는 쪽을 선택했다.

"한 관장님이 보자고 하십니다."

강 실장은 인사도 없이 대뜸 한 관장 이야기를 꺼냈다.

"한 관장이요?"

한 관장이라는 말에 겨우 마음을 가라앉히던 세나의 표정이 다시 굳어졌다. 어느새 고여 있던 눈물도 사라졌다.

"주소는 문자로 보내놓겠습니다. 지금 출발하면 삼십 분이면 되겠네요."

강 실장은 하영의 대답도 듣지 않고 전화를 끊었다. 하영은 어이가 없어 물끄러미 스마트폰을 보다가 세나에게로 시선을 돌렸다. 세나는 다시 의심 가득한 눈으로 하영을 쳐다보았다.

"엄마랑 아는 사이 맞잖아. 엄마가 뭐래요? 내가 뭘 하고 있는지 물어요?"

세나가 냉정한 눈빛으로 하영을 쏘아보며 말을 쏟아내는 동안 하영의 스마트폰으로 문자가 도착했다. 확인해보니 '아트센터 마라'의 주소였다.

"강 실장 전화였어. 한 관장이 날 만나고 싶다고. 아트센터로 오라는데?"

"안 돼요. 가지 말아요! 나랑 얘기 안 끝났잖아요?"

갑자기 세나가 목소리를 높이며 단호하게 말했다. 세나는 하영의 앞에 쓰러지듯 매달리며 말했다.

하영은 흔들리는 세나의 눈동자를 보며 조금 전 세나가 했던 말을 떠올렸다.

'엄마가 나에 대해서 뭐라고 했어요? 그래서 날 떠났어요?'

한 관장이 왜 자신을 만나자고 하는지 궁금해졌다. 강 실장을 통해 한국에 들어온 것을 알게 되었다고 해도 이렇게 바로 보자고 한 건 뭔가 이유가 있을 것 같았다. 어쩌면 그건 세나 때문이 아닐까 싶었다.

하영은 가만히 세나의 얼굴을 들여다보며 물었다.

"왜 이렇게 엄마를 무서워해?"

세나는 머뭇거렸다. 하영이 세나의 두 손을 꼭 잡고 얼굴을 가까이 들이대자 어쩔 수 없다는 듯 입을 열었다.

"언니는 몰라요. 엄마가 얼마나 무서운 사람인지. 엄마 곁에 가까이 가지 말아요."

하영은 겁에 질린 세나의 눈을 바라보며 세나가 생각 이상으로 엄마를 무서워하고 있다는 것을 깨달았다.

13.

아트센터 'MARA'는 경복궁 옆길에서 삼청동을 오르는 길목에 있었다.

택시에서 내린 하영은 아트센터 마라의 입구를 알리는 설치물을 보고 걸음을 옮겼다. 커다란 기둥 위에는 솟대로 보이는 장식물이 있었지만 가까이 가서 보니 인간의 형태를 단순

화시킨 조각품이었다. 무릎을 꿇은 인간이 하늘로 두 손을 뻗어 무언가를 떠받치고 있는 모습이었다. 저건 무슨 의미일까 쳐다보는데 누군가 다가오는 소리가 들렸다. 시선을 돌리니 강 실장이었다.

"세나는 만났습니까?"

하영은 고개만 끄덕였다. 강 실장도 세나의 일은 더 묻지 않았다. 하영은 강 실장이 이끄는 대로 걸음을 옮겼다. 그는 관장실로 하영을 안내했다.

안으로 들어가자 타원형 테이블 위에 여러 가지 팸플릿을 펼쳐놓고 살피고 있는 한 관장이 보였다. 검은 줄무늬 블라우스를 입은 한 관장의 모습은 활기차 보였다. 하영의 기척을 듣고 고개를 든 한 관장은 가까이 오라는 손짓을 했다. 하영은 한 관장의 곁으로 다가갔다.

"어떤 게 어울려요?"

급한 일이라도 있는 양 보자고 한 것치고는 너무나 한가한 질문이었다.

"전시가 내년 3월로 잡혔어요. 준비할 게 많아요."

"제 전시회 말인가요?"

"아니면 내가 왜 보자고 했겠어요?"

한 관장은 하영을 쳐다보다가 펼쳐놓은 팸플릿을 정리하고 의자에 앉았다. 한 관장은 자연스럽게 손을 내밀어 맞은편 의자를 가리켰다. 하영은 한 관장을 마주보고 앉았다.

"첼시 전시를 내버려두고 한국으로 오다니, 하이디가 실망했겠네요."

"오픈하는 날에만 인사하기로 했었어요."

한 관장은 의외라는 듯 살짝 고개를 꺄웃거리다 사무적인 미소를 지었다.

"하이디를 움직이다니, 대단해. 한국에서의 전시회도 적극 추천을 하고."

한 관장의 칭찬에도 하영은 묵묵히 다음 말을 기다렸다. 한국에서 전시회를 할 거라고 듣긴 했지만, 하이디가 먼저 추진했다는 건 뜻밖이었다. 하이디에게 단 한 번도 한국에 대해 이야기한 적이 없었기 때문이다.

"나로서도 괜찮은 제안이라 검토하고 있어요. 우리나라 사람들은 그런 거 좋아하잖아요. 뉴욕에서 활동하고 있다면 대단한 관심을 보일 거예요."

"전시회 때문에 절 보자고 한 건 아닌 것 같은데요?"

"겸사겸사라고 해두죠. 어때요? 다시 우리 세나 곁에 있을 생각 없어요?"

"왜 세나 곁에 누군가 있어야 하는 거죠?"

"누구가 아니라 당신을 원해요. 세나가."

"그래서 전시회에 세나를 데리고 오신 건가요?"

"당신을 많이 보고 싶어했어요. 곁에서 보기 딱할 지경으로."

하영은 잠시 할말을 잊었다. 질책인가, 원망인가. 하영은 처음 한 관장을 만났을 때 해야만 했던 질문을 꺼냈다.

"왜 저에게 세나를 지켜보라고 하셨죠? 의도적으로 가까이 지내게 했잖아요. 이유가 뭐죠?"

"아이가 원하는 건 뭐든지 해주고 싶어하는 게 부모 마음이니까. 그때도 말하지 않았나? 당신을 원한 건 내가 아니라 세나였다고."

그날을 기억한다. 하영은 그때 지나쳤던 그 말에 다른 의도가 있지 않을까 싶었다.

"나를 원한다는 건 무슨 말이죠?"

"그건 세나 맘이죠."

세나가 원하는 건 다 해준다는 말처럼 들렸다.

하영은 조금 전 겁에 질려하던 세나의 얼굴을 떠올렸다.

"이상하네요. 이렇게 원하는 건 다 해주려고 하는데, 정작 세나는 엄마를 무서워하더군요."

한 관장은 지그시 하영을 쳐다보다 나지막이 말했다.

"그래도 날 무서워한다니 다행이군. ……그 아이, 어릴 때부터 혼날 짓을 많이 했어요. 그럴 땐 엄하게 혼을 냈죠."

"병원에 가두는 일 같은 거요?"

한 관장의 미간이 살짝 일그러졌다가 다시 펴졌다. 한 관장은 뜻밖이라는 듯 하영을 쳐다보았다.

"세나가 그런 이야기까지 했어요?"

미끼로 던져본 말이었다. 세나가 병원에 오래 있었다는 얘기를 했을 때, 어렴풋이 외과적인 문제는 아닐 거라고 짐작했다.

지하철 선로에 남자를 밀어버리고 돌아섰을 때의 세나의 표정과 손목에 여러 번 그어진 상처들. 이런 것들이 퍼즐 조각처럼 하영의 머릿속을 굴러다녔다. 이제 그 조각들이 하나씩 철컥철컥 형태를 맞추며 모여들고 있다.

하영은 본능적으로 알았다. 자신도 다르지 않았다. 열한살 때부터 아동상담센터를 다니며 마음에도 없는 말을 했다.

"나유진씨. 아니, 이가인인가? 아니면 윤하영? 당신 재미있네. 그동안 세나가 골랐던 사람과는 달라. 아주 흥미로워."

세나가 골랐던 사람? 한 관장은 마치 딸이 장난감 인형을 고른 것처럼 가볍게 이야기했다.

'내가 얘기했지? 저 여자 너무 경솔하다고.'

목소리가, 센트럴파크가 내려다보이던 호텔을 나오며 들었던 목소리가 다시 들려왔다. 하영도 목소리가 하는 말에 동의했다. 한 관장은 말의 무서움을 모른다.

한 관장은 재미있다는 듯 하영을 쳐다보며 미소를 지었다.

"당신이라면, 세나가 달라지지 않을까, 잠시 그런 희망을 가진 적도 있었어요. 당신이 사라지기 전까지."

"……"

"그런데 어느 날 갑자기 연기처럼 사라졌지. 세나가 당신이 남긴 흔적을 따라 유럽도 돌아다니고, 뉴욕도 뒤지고."

"이상하네요. 한 관장님이라면 날 찾는 것쯤은 쉬운 일 아닌가요?"

"굳이 찾아야 하나 싶었지. 그런데 이가인으로 나타난 당신에게 나도 흥미가 생겼다고 해야 하나?"

그동안 본 적 없는 미소가 한 관장의 얼굴에 퍼졌다. 진심으로 재미있어하는 표정이었다.

"한국에선 어떤 이름을 쓸 건가? 뉴욕에서 활동하니까 전시회도 이가인으로 하죠."

"진짜 이름은 뭔지, 이유는 뭔지…… 안 물어보시네요."

"이름을 바꿔서 살아야 한다면, 그럴 만한 이유가 있었겠지. 그건 당신 사생활이고."

"내가 세나를 떠나면 어떻게 되죠?"

한 관장의 얼굴에 머물던 웃음기가 사라졌다. 그녀는 잠시 하영을 쳐다보다 팔짱을 끼며 말했다.

"사라진 이유부터 먼저 얘기해볼까요?"

하영은 한 관장의 눈이 조금 전보다 더 가늘어졌다는 것을 깨달았다. 눈앞의 상황에 온 신경을 집중하는, 마치 먹이를 노리는 뱀의 눈 같았다.

"……지하철에서…… 세나를 봤어요. 누군가를 선로로 밀치고 돌아서고 있었어요. 다음날 남자가 죽었다는 뉴스가 나왔죠."

한 관장의 표정이 잠시 굳어졌다 풀렸다. 하영의 입에서 그 이야기가 나올 거라곤 생각지 못했던 것 같았다. 잠시 침묵을 지키던 한 관장은 자리에서 일어났다. 낮은 목소리는 확 달라져 있었다. 처음처럼 사무적인 말투로 바뀌었다.

"지금 기획전시실에서 열리는 전시 좀 볼래요? 이 작가에게도 도움이 될 것 같은데."

한 관장은 하영의 답은 듣지도 않고 자리에서 일어났다. 당연하게도 하영이 자신의 뒤를 따라올 거라고 생각하는 태도다.

기획전시실은 맞은편 건물 지하에 있었다. 계단식으로 만들어진 분수는 겨울인데도 물이 흐르고 있었다. 불규칙하게 굴곡진 계단을 내려가는 물은 자갈 사이를 지나며 소리를 냈다. 그 소리를 들으며 비스듬히 낮아지는 곳으로 내려가니 전시실 입구가 있었다.

"어릴 때 시골에서 살았어요. 집을 나가서 오 분만 산 쪽으로 올라가면 작은 개울물이 흐르고 있었지."

한 관장은 자신의 성에 만든 많은 구조물에 그렇게 의미를 둔 것 같았다. 미술관 입구에 있던, 하늘을 향해 두 손을 올리고 있던 인간 조형물은 자신을 추앙하라는 뜻인지, 아니면 누군가를 떠받들고 있는 자신의 형상인지 궁금했다.

한 관장은 갤러리 그림들을 향해 고개를 돌리며 하영에게 말했다.

"나는 이제 막 자신을 탐구하는 작가들이 좋아요. 주체할 수 없는 자신의 에너지를 쏟아내는 신인 작가들의 그림은 신선하죠. 우리 갤러리가 과거의 유물을 전시하는 박물관과 별개로 이 기획전시실을 만든 건 그런 이유 때문이지."

전시실 중앙에 선 한 관장은 그림들을 보라는 듯 두 팔을 벌렸다. 자신의 선택을 받은 작가의 그림을 자랑스럽게 선보이는 주인 같았다. 하영은 주위의 그림들을 둘러보다 어느 그림 앞에서 시선을 멈추었다.

한 관장은 당연하다는 듯 고개를 끄덕이며 하영의 시선이 멈춘 그림 앞으로 다가갔다. 갤러리 중앙에 걸린 거대한 작품 앞이었다.

"도주원이라는 작가 알아요?"

하영은 고개를 저었다.

"하긴 한국에서도 이제 주목받기 시작한 작가이니 이 작가가 알기는 어렵겠군. 도 작가는……"

하영은 한 관장의 손끝을 따라 자신도 모르게 그림에 조금 더 가까이 다가갔다.

온통 검은 것 같던 색은 가까이 다가갈수록 검푸른 빛으로 일렁거렸다. 찬찬히 보지 않으면 그 변화를 찾아내기 어려울 만큼 검은색에 가까운 푸른색으로 커다란 화폭을 채웠다. 그림은 어둠인 것도 같고, 깊은 바닷속 같기도 하고, 우주의 어느 공간 같기도 했다.

"작가는 이 년에 걸쳐 이 그림을 그렸어요. 그림이 완성될 때마다 내게 사진을 보냈지요. 사진을 보내고 난 뒤에는 완성된 그림 위에 다시 물감을 얹어 또다른 그림을 그렸고요. 그리고 다시 사진을 보내고. 네번째가 되어서야 그림 위에 또 그림을 그리는 일을 멈췄어요. 이게 완성작이라고 하더군요."

하영은 한 관장이 왜 자신에게 그런 이야기를 하는지 의아했다.

"이 밑에 어떤 그림이 차곡차곡 쌓여 있는지는 도 작가와 나만 알죠. 그래서 나는 이 짙고 어두운 암청색을 다른 사람처럼 무심히 넘길 수가 없어요. 작가가 쏟아내는 고통과 외로움, 비명이 이 아래 가라앉아 있거든요."

"그런 이야기를 내게 왜 하는 거죠?"

"당신이 본 세나, 그게 전부가 아니란 얘기예요."

그제야 하영은 한 관장의 의도를 깨달았다.

네가 본 건 아무것도 아니야, 세나에겐 켜켜이 쌓인 더 많은 것들이 있어. 과연 그걸 네가 알 수 있을까?

"당신도 궁금하잖아, 세나가 왜 당신을 선택했는지?"

하영은 한 관장의 눈을 바라보았다. 당신도 나를 모르잖아? 내 깊은 어둠 속에 어떤 것들이 들어 있는지. 당신의 실수라면 나에 대해 배려가 없는 거야. 그게 얼마나 치명적인 것인지 당신은 모르겠지.

한 관장은 묵묵히 자신을 쳐다보는 하영을 자신만만한 시선으로 바라보았다.

"그래서 뉴욕을 떠나지 않았던 거 아닌가?"

하영은 한 관장과 이야기를 더 나누고 싶지 않았다. 한쪽 벽 가득한 깊고 검은 그림이 하영을 빨아들일 것 같았다. 원색의 다른 그림들도 하영의 눈을 찌를 듯 공격적이었다. 한 관장에게는 대단한 에너지가 느껴지는 그림들일지 몰라도 하영의 눈에는 불편하고 날카로운 비명으로 가득한 감옥 같았다.

하영은 한 관장을 쳐다보다가 발걸음을 돌려 전시장을 나왔다.

지금 하영의 머릿속에는 세나밖에 없었다. 정말로 한 관장의 말처럼 뉴욕을 떠나지 않고 있던 이유가 세나 때문인가?

'오호, 정말 세나 때문에 거기 있었던 거야? 왜?'

목소리가 흥미롭다는 듯 물었다. 하영이 아무런 대답을 하지 않자 목소리가 귓가를 간지럽히며 속삭였다.

'취향도 독특하지. 넌 그런 애들만 좋아하더라. 세나, 베키……'

닥쳐.

하영은 진심으로 화를 냈다. 자신도 눈치채지 못하는 것들을 목소리가 전할 때면 이성의 끈이 확 끊어진다. 혈관을 타고 도는 이 냉기를 인정하고 싶지 않다. 여전히 깊은 잠을 이루지 못하고 뒤척이는 날이면 슬며시 목소리가 파고들었다.

'그날 기억나? 불길이 검은 하늘에 불꽃을 날리며 타올랐지. 짜릿했어.'

삼청동길을 걸어내려오며 하영은 세나에게 전화를 걸었다. 오랫동안 신호가 갔지만 세나는 받지 않았다. 더 늦기 전에 그날 밤 이야기를 들어야 한다. 잿더미가 되어버린 퀸스의 작업실은 아쉽지도 않다. 다만 그 안에는…… 베키가 있었다. 나를 기다리고 있던.

그날 무슨 일이 있었는지 하나도 빠짐없이 들어야 한다.

불타오르는 건물을 보며 세나는 어떤 기분이었을까? 무슨 생각으로 불길을 바라보고 있었을지 궁금했다.

14.

오전에 한 건, 오후에 두 건의 상담이 있었다.

오전에는 사십대 후반의 여성이 내담자였다. 그녀가 상담실에 들어올 때부터 들큼한 냄새가 약간 났다. 마주앉아 이야기를 나누자 확실히 느낄 수 있었다. 술 냄새였다. 전날 마신 술기운이 아직도 몸에 남아 있는 듯했다.

"기분은 좀 어때요? 잠은 주무셨어요?"

"잠을 설쳐서 그런지 머리가 좀 아프네요."

"숙취 때문일 수 있어요. 술은 얼마나 드셨어요?"

선경의 말에 시치미를 떼고 있던 내담자는 자기 몸에서 나는 냄새를 맡아보더니 미안한 기색을 내보였다.

"냄새 많이 나요? 딱 한 잔밖에 안 했는데. 잠이 안 와서요."

내담자 노미경은 헤어진 남편에게 스토킹을 당하다가 삼개월 전에 납치되어 얼굴을 심하게 맞은 뒤 후유증으로 한쪽 시력을 잃었다. 사건 이후 남편은 감옥에서 재판을 기다리고 있고 내담자는 외상후스트레스장애를 겪고 있다. 불안과 우울, 수면장애 증상도 있었다. 이 사건 전부터 있던 증세 같았다. 음주 경력도 이혼 전부터 시작된 것으로 보였다. 사건 이후 불안증세가 심해지자 딸이 센터에 상담을 신청했다.

"전 쓰레기예요. 선생님과 약속한 거 못 지켰어요."

"그래도 이렇게 센터에 오셨잖아요, 이것도 대단한 거죠."

"얘기할 사람이 없어요. 딸에게도, 친구에게도 제 속마음을 얘기 못해요."

"저와 다 하고 가세요. 약은 잘 챙겨 먹고 계세요?"

내담자는 선경의 물음에 답은 하지 않고 오히려 질문을 던졌다.

"선생님도 자식 있으세요?"

"네, 딸이 있어요."

이미 지난 상담마다 했던 질문과 답이다. 일주일 전 나눈 대화를 잊고 다시 묻는다. 자기 딸 이야기를 하기 위해 늘 꺼내는 질문. 그사이 딸과 무슨 일이 또 있었던 모양이다.

"우리 은지, 알바 다녀오면 제일 먼저 하는 일이 뭔지 아세요? 집안을 다 뒤져요. 내가 숨겨둔 술 찾느라. 기집애가 귀신이에요, 귀신. 절대 못 찾을 곳에 숨겨도 귀신같이 찾아내요."

불안해서 잠을 못 자겠다며 시작한 음주가 어느새 알코올 중독 증세로 이어지니 엄마를 걱정하는 딸 입장에서는 당연한 일이다.

"다시는 안 마신다고 약속했는데, 그럼 좀 믿어줘야죠. 그 말 하자마자 싱크대를 뒤지고 세탁기 안을 뒤지고 쓰레기통을 뒤지는 거예요."

"어떻게 됐어요?"

"……찾아냈어요."

"어디 숨기셨는데요?"

"양변기 물통이요. 거긴 못 찾을 줄 알았는데."

내담자는 체념한 듯 고개를 흔들다가 선경을 쳐다보며 말했다.

"애가 있어서 좋은데, 무섭기도 해요. 자꾸 눈치를 본다니까요."

딸이 아니었으면 이혼할 용기도 내지 못했을 거라고 얘기했다. 딸은 대학생이 되자 외벌이하는 엄마를 위해 알바를 닥치는 대로 하고 있다고 한다. 해준 것도 없는데, 자신에겐 과분한 딸이라는 말을 상담 때마다 했다.

"미안해서 이놈의 술 끊어야 하는데, 이게 없으면 또 잠을 못 자요."

"끊을 생각은 있으신 거죠?"

"생각이야 늘 하죠. 그놈의 의지가 문제죠. 제가 늘 그래요. 생각이랑 몸이 따로 놀아요."

남편에 대한 원망보다는 딸에 대한 미안함이 내담자의 마음에 더 큰 짐이 되는 것 같았다. 이런 엄마를 만나서 딸이 고생한다며 여러 번 눈시울을 붉혔다. 스마일센터의 상담 시간을 빼먹지 않는 것도 딸이 신청했기 때문이라고 했다. 자신을 먼저 돌봐야 하지만 엄마는 그러지 못한다. 울적하거나 불안한 생각이 들면 술을 찾는다. 새벽 청소를 다니는데 술 때문에 직장에서도 여러 번 싫은 소리를 듣고 쫓겨나기도 했다.

사건 이후로 사람들 만나는 것이 무서워서 밖에 나가지 않는다는 내담자에게 지난주부터 음악 교실에 참가하도록 권유했다. 함께 음악을 듣고 노래도 부르다보면 불안하던 마음도 안정이 된다고 설명했지만, 내담자는 고개를 저었다.

"싫어요. 친구들이랑 노래방 가는 것도 질색인데, 트로트 같은 거 틀어놓고 시끄럽게, 정신 사나워요."

"클래식 감상도 있어요. 좋아하는 음악을 알려주시면 같이 듣고 악기도 배우고요."

마지못해 가보겠다고 약속하고 내담자가 일어났다. 오전 상담은 그렇게 끝났다.

오후에는 퇴근길에 강도에게 가방을 빼앗기고 폭행당한 뒤부터 집밖으로 나가는 데 어려움을 겪는 이십대 여성과 친척에게 성폭행당한 여고생의 상담이 있었다.

아직 범인이 잡히지 않은 강도 사건의 피해자인 내담자는 그로 인해 두려움을 느끼는 상황이었고, 성폭행 피해자는 가족에게 2차 피해를 입어 충격과 분노로 자살 충동을 느끼고 있었다. 여고생 내담자의 경우 자신의 속을 잘 말하지 않고 침묵하는 시간이 길어 파악하기가 어려웠다. 그럴 때는 말보다 의자에 앉아 있는 자세와 표정, 목소리 톤, 눈 맞춤 같은 비언어적인 징후를 통해 내담자의 상태를 파악한다. 이런 신체 신호를 놓치지 않으려면 상담 시간 내내 온 신경을 집중해야 한다. 상담이 많은 날은 퇴근 시간이 되기도 전에 피로가 몰려들었다.

오늘 같은 날이 그랬다. 퇴근 시간이 되자 선경은 센터를 나와 사랑이가 다니는 학원으로 향했다. 집에 들어가서 저녁을 할 기운도 없었다. 학원을 마친 사랑과 함께 동네 근처에서 저녁을 먹고 집에 들어가야지 싶었다.

학원 앞에 차를 대고 시간을 확인했다. 수업이 끝나려면 아직 오 분 정도 여유가 있다. 선경은 음악을 틀어놓고 의자 등받이를 뒤로 제쳤다. 눈을 감고 음악 소리에 귀를 기울이며 하루종일 온몸을 조이던 긴장의 나사를 풀었다. 머릿속으로는 사랑과 함께 갈 식당을 고르고 있었다.

'뭐 먹고 싶어?'

'햄버거.'

열 번을 물어보면 여덟 번은 햄버거라고 답한다. 하지만 매번 사랑이가 원하는 대로 먹는 건 아니다.

'햄버거는 몸에 안 좋아.'

'그럼, 짜장면.'

'칼국수 먹을까?'

그러면 사랑인 주먹을 내민다. 양보할 수 없으니 가위바위 보로 승부를 내자는 얘기다.

자동차 창문 너머로 아이들이 나오는 걸 확인한 선경은 등받이를 올리고 음악을 껐다.

학원 건물 현관에서 우르르 몰려나오는 아이들을 내내 지켜보고 있었지만, 사랑의 모습은 보이지 않았다. 더이상 현관을 나오는 아이들의 모습이 보이지 않자, 선경은 가방에서 핸드폰을 꺼내 사랑에게 전화를 걸었다. 전화기가 꺼져 있었다. 수업 끝나고 아직 전원을 안 켠 모양이다.

선경은 차에서 내려 학원 건물로 향했다. 학원 사무실로 올라가 직원에게 묻자 이미 학생들은 다 돌아갔다고 했다. 강의실도 비어 있었다. 선경은 수업을 담당했던 강사 선생님을 뵙고 싶다고 부탁했다. 강사실에 있던 선생님이 밖으로 나와 선경에게 다가왔다. 선경은 이사랑 엄마라고 인사를 한 뒤 학원 앞에서 기다려도 사랑이 나오지 않아 올라왔다고 상황을 설명했다.

강사의 입에서 나온 이야기는 뜻밖이었다.

"사랑이는 영어 수업 전에 나갔어요."

"네? 수업을 안 듣고 그냥 나갔다고요?"

"그냥 나간 건 아니고, 어떤 여자분이 찾아와서 데리고 갔어요."

"여자요?"

사랑일 데리고 나갈 만한 사람이 누굴까 생각하다 희주에게 전화를 걸었다. 희주의 전화기도 꺼져 있었다. 선경은 강사실로 들어가려는 선생님에게 다시 다가가 물었다.

"혹시 사십대 여자분인가요?"

"아니요. 젊은 여자였어요. 이십대인 것 같던데."

"좀 자세히 말씀해주세요. 우리 사랑이가 뭐라고 하면서 나갔어요?"

이해가 되지 않았다. 희주라면 모를까, 학원까지 찾아와서 사랑일 데리고 나갈 이십대 여자는 주변에 없다. 사랑이가 수업도 안 듣고 따라 나갔다면 모르는 사람일 것 같지도 않았다.

"저는 교탁에서 수업 준비중이라 제대로 못 봤어요. 선글라스를 쓰고 있었던 것 같은데…… 사랑일 복도로 불러서 몇마디 했어요. 그러더니 사랑이가 제게 와서 오늘은 일이 있어서 가보겠다면서 가방을 들고 나갔어요. 전 집에 무슨 일이 있나 했죠."

선글라스를 쓴 여자? 도대체 누굴 따라 나간 거니, 사랑아.

선경은 제대로 인사도 못하고 허겁지겁 밖으로 나왔다. 자동차로 가려던 선경은 다시 학원으로 올라가 직원에게 혹시

CCTV가 있는지 물었다.

"학원 내 CCTV는 학생들의 개인정보 보호 때문에 학부모의 동의를 얻어야 해서……"

"그러니까 감시카메라가 있냐고요?"

다급한 선경의 목소리가 날카로워졌다.

"없습니다."

그 말을 듣는 순간 선경은 바로 몸을 돌려 계단을 내려왔다. 등뒤로 "우리 같은 동네 학원에서 무슨 감시카메라야" 하는 소리가 들렸다. 급하게 뛰어내려오긴 했는데 어디로 가야할지 막막했다. 한 번도 이런 적이 없었다.

선경은 사랑일 데리고 갔다는 이십대 여자가 누굴지 생각했다. 그러다 문득 누군가의 얼굴이 떠올랐다. 지난번 직장에서 상담했던 여자. 상담을 하면서 선경에게 필요 이상으로 의지하고 관심을 보이던 사람이 있었다. 그러나 관심은 곧 집착이 되었다.

처음엔 자신의 이야기를 들어주고 걱정해주는 것에 고마워했다. 지방에서 서울로 이사를 해서 아는 친구가 없다고 했다. 직장 내 폭행 사건으로 회사도 그만둔 상태라 많이 힘들고 외롭다고 했다. 상담을 하면서 상태가 나아졌다고 느꼈지만, 어느 순간 선경이 불편하게 느낄 만큼 가깝게 다가왔다. 개인 전화번호를 묻고, 퇴근하는 선경을 기다리다 미행까지

했다.

선경은 그것 때문에 스마일센터도 옮겼다. 하루에도 수십 개의 문자와 전화가 걸려왔다. 전화번호를 바꾼 뒤에야 잊을 수 있었다. 그 여자가 사랑이 학원까지 알아냈다고? 설마. 아니야, 그럴 리가 없어. 선경은 가능성을 헤아리다 머리를 흔들었다.

누군가 사랑일 데리고 갔다는 걸 확인한 순간부터 허둥지둥 모든 생각이 안 좋은 쪽으로 넝쿨을 뻗었다.

자동차에 올라탄 선경은 어떻게 해야 할지 막막해졌다. 두 손이 부들부들 떨렸다. 선경은 최대한 불안한 마음을 가지지 않으려고 노력했다. 생각해, 생각해봐. 지금은 최대한 진정하고 사랑이를 찾을 방법을 생각해야 해. 전화라도 되면 좋으련만.

겨우 마음을 진정한 선경은 일단 학원 근처에 파출소가 있는지 확인했다. 마침 근처에 지구대가 있었다. 선경은 지구대로 향했다.

지구대로 들어간 선경은 경찰에게 상황 설명을 했다. 제복 경찰은 선경을 진정시키며 사실 확인을 위해 차근차근 질문을 했다.

"그러니까 학원에 있던 따님이 어떤 여자와 함께 나갔다는 거죠?"

"네."

"시간이 얼마나 됐죠?"

"두 시간 정도 됐을 거예요."

"짐작 가는 사람은 전혀 없고요?"

선경은 잠시 머뭇거렸다. 상담했던 그 여자 이야기를 해야 하나 잠시 망설였다. 하지만 현재로서는 그 여자일 확률은 낮아 보였다. 미행하는 건 초기에 들켜서 선경이 조치를 취해놓았고, 사랑의 학원까지는 알 리 없었다.

"네, 생각나는 사람이 없어요."

"우선은 좀 기다려보시는 게 어떨까요? 따님이 따라 나갔다면 아는 사람일 수 있잖아요? 전화가 켜지면 연락이 될 수도 있고. 아직 시간도 얼마 안 지나서…… 지금으로서는 저희가 뭘 해드릴 수가 없네요."

조급한 선경과 달리 그들은 느긋했다. 선경을 상대한 경찰도, 그뒤에 앉아 업무를 보는 다른 경찰들도 태연하기만 했다. 선경은 더 말하지 못하고 지구대를 나왔다.

사랑이를 키우면서 매번 예상치 못한 일을 겪었고, 그때마다 매뉴얼이 필요했다. 웬만한 건 다 섭렵했다고 생각했지만 아이가 커갈 때마다 번번이 새로운 국면에 들어섰다. 늦은 밤 경기를 일으키는 사랑이를 안고 응급실에 갈 때도 큰일이 난 줄 알았다. 아기들은 이따금 자다가 경기를 일으키기도 한다는 것을 나중에서야 알았다. 모든 게 처음이다보니 상황이 닥칠 때마다 가슴이 내려앉는다.

아이가 사라졌을 때는 뭘 어떻게 해야 하는 걸까? 혼자 조급해서 뛰어다녔지만 다른 사람들에겐 급하지 않은 일이다. 선경은 번번이 무기력해졌고 기운이 빠졌다.

경찰의 말대로 지금 당장은 뭘 할 수 있는 게 없다. 전화를 걸어볼 사랑의 반 친구 몇 명의 연락처가 있었지만 그건 의미가 없다. 사랑과 같은 학원에 다니지 않으면 함께 나간 여자를 봤을 리 없다. 다시 학원으로 가서 그 수업을 들었던 학생들의 연락처를 알아볼까 하다가 그만두었다. 선경은 일단 집에 가서 기다리기로 했다. 어쩌면 이미 집에 도착해 간식을 먹으며 엄마를 기다리고 있을지도 모른다.

선경은 아파트 쪽으로 차를 몰았다. 선경의 시야에 아파트 입구 쪽으로 향하는 택시가 들어왔다. 택시는 입구에 섰다. 선경은 그뒤에 정차하고 택시가 떠나가기를 기다렸다. 그때 택시에서 어떤 여자를 따라 내리는 사랑의 모습이 보였다. 사랑이라는 걸 확인한 선경은 그대로 자동차에서 내려 사랑에게 달려갔다.

선경은 사랑의 손을 잡고 있는 여자의 팔을 팽개치고 사랑을 품에 끌어안았다.

"당신 뭐야?"

선경에게 팔을 잡힌 여자는 휘청거리다 이내 자세를 바로 잡았다. 여자의 얼굴을 보는 순간 선경의 가슴이 얼어붙었다.

"도대체 이게 무슨 짓이야? 사랑일 데리고 가면 간다고 연락을 해야지. 내가 얼마나 놀랐는지 아니?"

선경은 말을 끝내기도 전에 후회했다. 당혹스러워하는 하영의 얼굴을 보면서 지금 쏟아내는 말들을 다시 주워 담고 싶었지만 이미 늦었다. 선경은 팔 년 만에 다시 만난 하영에게 가장 해서는 안 되는 말을 했다는 걸 깨달았다.

"엄마, 왜 그래, 하영 언니잖아?"

사랑이가 선경을 밀쳐내며 하영의 팔을 잡았다.

"언니 괜찮아?"

"……응, 괜찮아."

하영은 이내 평온한 얼굴로 사랑을 안심시켰다. 그 모습을 본 선경은 자신의 성급함에 무릎이라도 꿇고 싶었다. 선경은 아무 말도 하지 못하고 하영을 쳐다보았다. 사랑을 안았던 손이 부들부들 떨리고 있었다. 사랑이가 얼른 뒤돌아보더니 선경의 품에 안겼다. 사랑은 선경을 안고 등을 토닥이며 말했다.

"미안해, 엄마. 많이 놀랐어? 내가 문자를 보냈으면 엄마가 안 놀랐을 텐데. 미안해."

선경은 자신도 모르게 무릎을 꿇어 사랑과 시선을 맞추었다.

"핸드폰까지 꺼져 있어서 걱정했잖아."

"깜빡했어. 걱정 많이 했어?"

선경이 고개를 끄덕였다.

"바보, 맨날 나한테 낯선 사람 따라가지 말라고 했잖아. 하영 언니니까 따라갔지."

사랑이 선경을 안았던 팔을 풀고 하영의 손을 잡았다. 선경은 그제야 다시 하영에게 시선을 옮겼다.

"미안해, 내가 정신이 없었어."

"아니에요. 미리 연락 못한 제 잘못이에요. 늦지 않게 돌아오면 괜찮을 거라 생각했어요."

하영이 사랑의 손을 꼭 잡은 뒤 뺨을 어루만졌다.

"언니 그만 갈게. 또 보자."

하영이 손을 빼며 인사하자, 사랑이 다급하게 다시 하영의 손을 잡았다.

"안 돼. 어디 가? 집으로 가야지."

사랑이 허락을 구하듯 선경을 쳐다보자 선경은 다시 난감해졌다. 이대로 돌아가려는 하영의 모습에 한없이 미안해졌다.

"들어가자. 집에 왔잖아."

선경의 말에 하영이 선경을 지그시 쳐다보았다. 선경은 짧게 하영과 시선을 마주치고 소스라치게 놀라 뒤를 돌아보았다. 이제야 생각이 나다니. 급하게 차를 세우느라 시동도 그대로 켜두고 차문도 열린 상태였다.

"같이 올라가. 나는 주차하고 올라갈게."

선경은 서둘러 자동차에 올라탔다. 안전벨트를 메고 다시 핸드브레이크를 내리며 앞을 바라보았다. 하영과 사랑이 손을 잡고 아파트 건물로 걸어가는 모습이 보였다. 선경은 하영의 뒷모습을 보며 마음이 복잡해졌다.

팔 년 만이다. 하영이 떠나고 한두 해는 이따금 어떻게 지내는지 궁금했다. 사랑도 꽤 오랫동안 언니가 보고 싶다고 칭얼거렸다. 병원 연수다 뭐다 정신없이 바쁘게 살면서 차츰 하영을 떠올리는 시간이 줄어들었다. 몇 년 전부터는 하영이란 존재를 아예 잊고 살았다. 학원으로 사랑을 찾아올 거라고는 생각하지 못한 게 당연했다.

선경은 조금 전 하영을 마주한 순간을 떠올렸다. 경황이 없어 몰라본 것도 있지만 팔 년의 세월은 많은 것을 바꿔놓았다. 어리게만 느껴졌던 하영은 어느새 어른이 되어 있었다. 시선이 갈 정도로 눈에 띄는 얼굴에 잘 다듬어진 머리와 차림새를 보니 한눈에도 안정적인 삶을 사는 것 같아 마음이 놓였다.

사랑인 세 살 때 헤어진 하영을 어떻게 바로 알아봤을까? 어쩌면 그게 핏줄이 아닌가 싶기도 했다. 한편으로는 하영이 왜 갑자기 우리 앞에 나타났는지 의아했다.

선경이 현관으로 들어섰으나 거실에는 아무도 보이지 않았다. 사랑의 방문을 열어보았지만, 거기에도 없었다.

"사랑아, 어디 있어?"

"서재요."

선경은 서재로 가 방문을 열었다. 하영과 사랑이 나란히 앉아 앨범을 보고 있었다.

"엄마, 언니한테 그동안 찍었던 사진 보여주고 있어요."

"저녁은?"

하영과 사랑이 서로의 얼굴을 쳐다보았다. 사랑이 미안한 표정으로 선경을 쳐다보았다.

"엄마 아직 안 먹었어? 우리는 먹었는데."

"응, 알았어. 괜찮아."

두 사람은 다시 사진 보는 일에 몰두했다. 사랑이 자신의 어릴 적 사진을 보여주며 하영을 쳐다보았다. 선경은 비로소 깨달았다. 자신은 시간을 핑계로 하영의 기억을 지워가는 동안 사랑은 빛바랜 사진 속 얼굴을 쳐다보며 언니를 기억하고 있었다.

선경은 서재를 나와 문을 닫았다. 어차피 지금은 놀란 나머지 밥 생각도 없다. 옷을 갈아입으려고 안방으로 들어가려는

데 핸드폰이 울렸다. 희주였다. 선경은 안방으로 들어가 문을
닫고 희주의 전화를 받았다.

"전화했었어? 핸드폰을 이제야 봤네."

"응. 사랑이 안 보여서 전화했어."

"뭐?"

"됐어, 찾았어. ……하영이랑 같이 있었어."

희주는 놀라지 않았다. 알고 보니 하영은 희주의 상담실을
먼저 찾아갔다고 했다. 선경이 이사도 하고 전화번호도 바꾸
어서 희주에게 연락을 한 것 같았다.

"갑자기 연락이 와서 나도 놀랐어. 네 연락처랑 사랑이 학
원을 알려줬지."

"별 얘기 없었어?"

"무슨 얘기? 너 당황했구나? 하긴 어떻게 안 그래, 팔 년
만에 갑자기 돌아왔으니."

"돌아왔대?"

"아니, 그런 얘긴 없었지만. 이렇게 찾아온 거 보면 돌아온
거 아닐까?"

"……"

머리가 복잡해진 선경이 잠시 말을 잇지 못하자 걱정스러
운 듯 희주가 말을 이었다.

"선경아, 그렇게 긴장할 거 없어."

선경을 오래 지켜본 친구라 희주는 둘 사이의 긴장감을 잘 알고 있었다.

"가족인데 뭘 그렇게 긴장해? 같이 살자고 온 건 아닐 테고, 그냥 사랑이 보러 온 거 아닐까? 하나밖에 없는 동생이잖아."

"그 생각도 못하고 살았어."

그게 솔직한 심정이었다. 둘이 자매라는 걸 알고 있지만 하영이 떠나고 난 뒤 사랑은 그냥 자신만의 자식이었다.

선경은 오랫동안 마음속에 묻어둔 기억이 떠올랐다. 어찌 되었든 하영은 두 번이나 선경의 목숨을 구했다. 본능적으로 거리감이 있는 건 어쩔 수 없지만 하영에게 큰 빚이 있는 것 또한 사실이다. 더구나 사랑과는 피로 이어진 자매다. 그것은 곧 선경에게도 가족이라는 의미였다. 희주의 말대로 긴장할 관계가 아니다. 하지만 하영과 있으면 어쩔 수 없이 그날의 일들이 떠올랐다. 남편과 있었던 끔찍한 기억을 이제야 털어버릴 수 있었다. 하영이 아니라, 하영이 몰고 오는 먹구름이 너무 짙고 어둡다.

선경은 여전히 하영에게 물어보지 못한 말들, 가슴속에 묻어둔 말들이 있다. 이미 십몇 년 전의 일이라 다시 꺼내기 어려운 이야기지만 사랑을 생각하면 얘기가 달라진다. 전화를 끊은 선경은 거실로 나가 사랑의 방에 잠시 귀 기울이다 웃음

소리에 흠칫 놀랐다.

둘의 웃음소리는 놀랍도록 닮아 있었다.

15.

눈발이 날리기 시작했다.

하영은 자동차 유리창에 달라붙는 눈송이를 보고는 창가에 기대어 하늘을 올려다보았다. 어두운 밤하늘에 누군가 먼지를 조금씩 떼어 하늘로 날리는 것처럼 눈발이 흩날렸다. 하나둘씩 떨어지던 눈송이는 어느새 하늘의 어둠을 가릴 만큼 많아졌다.

하영은 운전에 집중하고 있는 선경을 힐끗 쳐다보았다. 시야가 잘 보이지 않는지 자동차 와이퍼를 켰다. 앞 유리에 달라붙던 눈송이는 와이퍼에 밀려 아래로 떨어졌다. 늦은 밤이었지만 연말이라 그런지 차가 밀렸다. 이상하게 주변이 고요했다. 눈이 소리를 흡수한다는 얘기가 얼핏 생각났다. 하지만 그래도 이상했다. 이렇게 자동차들이 늘어서 있는데, 세상에 둘밖에 없는 것 같은 적막함이라니.

하영은 이렇게 선경과 둘이 있다는 게 실감이 나지 않았다. 사랑이 함께 자야 한다고 고집을 부렸지만, 어린이 침대에서 함께 잘 수는 없었다. 선경은 서재에 잠자리를 봐줄 테니 자고 가라고 권했다. 하지만 하영이 거절했다.

"묵고 있는 호텔이 있어요. 거기서 편하게 잘게요."

결국 하영은 사랑이 잠드는 걸 보고 일어났다. 선경이 호텔로 데려다주겠다고 함께 집을 나섰다. 하영이 괜찮다고 사양했지만 선경은 이대로 보낼 수 없다며 먼저 엘리베이터를 탔다.

아줌마는 참, 변한 게 없네요.

속마음이 어떻든 자신이 해야 할 도리는 하려고 한다. 여전히 가깝지도, 그렇다고 멀지도 않는 애매한 거리를 유지한 채.

하영은 어서 빨리 호텔로 돌아가 욕조에 뜨거운 물을 받고 몸을 담그고 싶었다. 피곤함이 몰려들었다.

하영은 정신을 차리기 위해 음악이라도 켤까 하다가 그만두었다. 이 침묵을 견디지 못하고 피하면 안 된다. 이대로 아무런 대화도 없이 호텔 앞에서 헤어진다면 선경과 이야기를 나눌 기회를 영영 잃어버릴 것 같았다. 하지만 무슨 얘기부터 꺼내야 할지 생각나지 않았다.

"차가 많이 밀리네."

다행히 선경이 먼저 말을 걸었다. 하영은 그제야 깨달았다는 듯 전방을 주시했다.

"눈이 점점 많이 오네요."

"······하영아, 아까는 정말 미안."

아직도 아파트 앞에서의 일을 마음에 두고 있는 듯했다. 하영은 재빨리 선경의 말을 막았다.

"아니에요. 제가 경솔했어요. 먼저 이야기했어야 하는 건데. 사랑일 만나고 있었어요."

"나도 당황해서 그랬어. 사랑이한테 무슨 일이라도 생긴 줄 알았거든."

"알아요. 많이 놀라셨구나 싶었어요."

서로가 할말을 조심스럽게 고르고 있다는 게 느껴졌다. 때로 지나친 배려는 상처가 되기도 한다. 타인보다 더 먼 존재구나 하는 생각이 들기에.

선경은 그 순간이 마음에 걸렸는지 모르지만, 하영은 그때 사랑을 보고 있었다. 넌 좋겠다. 이렇게 온 마음으로 널 걱정해주는 엄마가 있구나.

"······사랑이 이제 열한 살이죠?"

"응, 어느새 열한 살이야."

"놀랐어요. 내 머릿속엔 아직 아기인데······"

희주를 만나서 이야기를 나누기 전까지 선경이나 사랑을 만날 생각은 없었다. 하지만 희주에게 사랑이 얘기를 듣는 순간, 어떻게 컸는지 두 눈으로 보고 싶었다. 학원을 찾아가 교실에서 나오는 사랑일 봤을 때는 솔직히 당혹스러웠다. 자신이 안아주고 엉덩이를 토닥거리던 아기는 어디 가고 어느새 키가 하영의 가슴께까지 자란 아이가 있었다.

"아직 어린애야."

문득 선경을 처음 만났을 때 기억이 떠올랐다.

"그때…… 처음 만났던 날 기억 나요? 그때 나도 열한 살이었어요."

갑자기 이 말이 왜 튀어나왔을까? 하영은 입을 닫고 창밖으로 시선을 돌렸다. 그때의 일은 두 번 다시 입 밖에 꺼낸 적이 없다. 선경과 조금도 거리를 좁힐 수 없는 건 그 때문인지도 모른다.

난 아직도 그때 꿈을 꿔요.

어쩌면 이 말을 하고 싶었는지 모른다.

하영은 마음속에 쌓아둔 이야기가 너무 많았다. 누구에게 보일 수도, 말할 수도 없는 기억들은 족쇄가 되어 하영을 옴짝달싹 못하게 만들었다. 선경을, 사랑을 떠났던 건 그런 이유도 있었다. 끔찍한 기억을 공유하는 건 추억이 될 수 없다. 물과 기름처럼 섞일 수 없는 사이라는 생각이 들었다. 세상에 하나뿐인 동생이긴 해도 자신과는 너무 다르다. 그 사실을 오늘 다시 확인했다.

사랑인 언니와 엄마가 당혹스러워하는 그 순간에 가장 차분했고 상황판단도 빨랐다. 엄마가 얼마나 불안하고 두려워했는지 한순간에 이해하고 엄마를 안아주고 토닥여주었다. 서운했을 언니를 위해 놓친 손을 금방 다시 잡아주었다. 그 상황이 당혹스러웠지만 서운하지 않았던 건 사랑의 작고 따스한 손 때문이었다.

"아줌마는 그때나 지금이나 똑같네요."

운전을 하던 선경이 힐끗 하영을 돌아보았다.

"무슨…… 얘기지?"

"아무것도 묻지 않아요. 그때나 지금이나."

"나는…… 네가 말해주길 기다리고 있어. 그때도…… 지금도."

하영은 말문이 막혔다. 먼저 다가와주기를 기다렸다는 건가? 하지만 무슨 말을 하지? 그때도 지금도 하영은 달라진 게 없다. 자기 안의 차갑고 어둡고 깊은 심연을 보여줄 수 없다. 보여준다면 조금이라도 나를 이해할까?

"사람은…… 달라질 수 없는 걸까요?"

하영의 질문에 선경은 한동안 말이 없었다.

다행히 눈발이 줄어들고 차들도 다시 속도를 내기 시작했다. 선경은 운전에 몰두하느라 답을 하지 않았다. 한강을 건너자 호텔 앞에 금방 도착했다.

선경이 호텔 입구에 차를 세우자 조수석에 앉아 있던 하영이 문을 열었다. 하영이 내리려 하자 선경이 하영의 팔을 잡았다.

"하영아."

하영이 움직임을 멈추고 돌아보았다.

"다음번에 만나면 얘기해줘. 어떻게 지냈는지."

하영은 고개를 끄덕이고 자동차에서 내렸다. 선경의 자동차는 이내 호텔을 벗어났다. 오랫동안 자동차의 뒷모습을 보던 하영은 코트 옷깃을 여미고 호텔 안으로 들어갔다.

객실에 들어선 하영은 침대로 가다가 걸음을 멈추었다. 누군가 침대에서 자고 있었다. 슬그머니 이불을 내려보니 세나였다. 하영은 깊은 한숨을 내쉬고 코트를 벗었다. 암막 커튼을 치자 도시의 야경이 사라지고 침대 옆 스탠드 불빛만이 방 안에 퍼졌다.

하영은 옷을 갈아입을 생각도 하지 않고 세나 옆에 누웠다. 저절로 눈이 감겼다. 얼핏 잠이 깬 세나는 하영의 곁으로 바짝 다가왔다.

"왜…… 이제…… 와요…… 종일 기다렸는데."

세나가 잠에 취한 목소리로 말했다. 하영은 대답하지 않았다. 세나가 자신이 덮고 있던 이불을 하영에게도 덮어주었다. 세나는 하영의 몸으로 손을 뻗었다.

"……차가워."

하영의 몸에 묻은 냉기 때문인지 세나의 목소리가 조금 또렷해졌다.

"이리 와요. 내가 따뜻하게 해줄게."

세나의 손이 하영의 팔을 지나 가슴으로 다가왔다. 따뜻한 손이 블라우스 안으로 파고들었다.

"힘들었어요? 언니 한숨 소리…… 무겁네."

"……"

"언니 기다리면서 텔레비전을 봤어요. 어릴 때 본 다큐멘터리인 것 같은데, 기억이 안 나서 다시 봤어요. 아프리카 초원에 사는 치타 이야기예요. 엄마 치타가 새끼들을 데리고 사냥을 나갔어요."

이제 세나의 목소리는 완전히 깨어 있었다. 눈을 뜬 세나는 하영의 어깨에 머리를 기댔다.

"엄마 혼자서 사냥도 하고 몇 마리나 되는 새끼를 돌보니까, 그걸 노리고 다가오는 짐승들이 있어요. 엄마가 새끼를 보호하면서 싸우다가 아기 치타 한 마리가 다리를 다쳤어요. 엄마는 놈들이 다시 오기 전에 이동하려고 하는데, 다리가 아픈 치타가 제대로 못 걸어서 자꾸 처져요. 몇 번 뒤를 돌아보던 엄마는 다친 새끼를 내버려두고 다른 새끼들을 데리고 떠나버려요."

세나는 몇 시간 전에 본 다큐 이야기를 하면서 마치 눈앞에

낙오된 새끼 치타를 보듯 안타까운 표정을 지었다.

"혼자 남은 새끼 치타를 잡아먹으려고 주위에 하이에나 같은 놈들이 모여들어요. 그래서…… 더 보고 싶지 않아서 껐어요. 어릴 때도 아마 거기서 껐던 것 같아요. 새끼 치타는 어떻게 되었을까?"

귀 기울여 듣던 하영은 뜻밖이라는 듯 세나를 쳐다보았다.

"궁금하면 끝까지 보지 그랬어?"

"엄마가 버리고 간 순간…… 새끼 치타를 더 볼 수가 없었어요."

"뒷이야기 해줄까? 나도 봤어, 그 이야기."

세나는 고개를 끄덕였다. 세나의 풍성한 머리가 하영의 목과 가슴을 스쳤다. 라벤더 향기가 풍겼다.

"다리를 다친 새끼 치타는 사람에게 구조되어 치료를 받았어. 사람들은 다리가 다 나은 치타를 살던 곳으로 다시 보내주었어. 새끼 치타는 아프리카의 넓은 평원을 돌아다니면서 끈질기게 엄마를 찾았지. 그리고 결국 엄마와 형제들을 발견해."

"정말요?"

"……엄마를 발견한 새끼 치타가 어떻게 했을 것 같아?"

세나가 고개를 저었다.

"달려가서 깨물었어요?"

"왜 그렇게 생각해?"

"……나를 버렸으니까."

하영은 잠시 세나의 얼굴을 쳐다보았다. '나를 버렸으니까'라고 말했다. 새끼 치타를 버린 게 아니라.

하영은 세나의 머리카락을 부드럽게 쓰다듬었다.

"새끼 치타는 엄마에게 달려가서 엄마의 얼굴에 몸을 비볐어. 살아야 하니까. 그래야 생존하니까."

세나는 하영의 블라우스에 집어넣었던 손을 빼고 손톱을 깨물었다. 뭔가 골똘히 생각하는 눈치였다. 하영은 세나의 머리카락을 계속 쓰다듬으며 들릴 듯 말 듯 낮은 목소리로 물었다.

"엄마는 왜 널 버렸어?"

세나는 고개를 들어 하영을 쳐다보았다.

"……언니 알고 있죠?"

"뭘?"

"초상화를 보고 알았어요. ……언니는 알고 있구나. 나를 알아챘구나."

하영은 대답하지 않았다.

세나는 다시 하영의 품으로 파고들었다. 다리를 다친 새끼 치타처럼. 나를 버리지 말아요.

내가 치유할 수 있을까? 나 자신조차 어쩌지 못하고 있는 내가, 널?

한동안 세나의 규칙적인 숨소리만 들렸다. 하영은 세나의
머리를 만지다 어깨로, 팔로 손을 내렸다. 세나의 팔을 지나
손목으로 자연스럽게 미끄러지듯 손을 내렸다. 손가락으로
세나의 손목을 더듬었다. 새로운 상처는 없었다.

베키는? 네가 죽인 게 아니니?

세나가 하영의 손을 밀어내고 하영의 몸 위로 가볍게 손을
올리며 안겼다.

"졸려요. 나, 언니 옆에서 자도 되죠?"

목소리에 졸음이 묻어 있었다.

"그래, 자. 나도 이제 자야겠어."

하영도 눈을 감고 잠을 청했다. 세나의 온기가 몸을 나른하
게 만들었다. 의식이 잠 속으로 미끄러지려고 할 때 나지막한
목소리가 들렸다.

"……내가 끔찍해요? 괴물 같아요?"

잠으로 빠져들어가던 하영은 대답하지 못했다. 이미 잠든
것도 같았다. 잠결이라 현실인지, 꿈인지 선명하지 않았다.
세나의 목소리가 점점 멀어지고 있었다.

"……괴물은 엄마예요. ……난 봤어요. 엄마가 무슨 짓을
했는지……"

"……무슨 짓……"

하영의 질문은 입안에서 맴돌다 사라졌다. 의식은 더 깊은 어둠 속으로 빨려 들어가고 있었다.

"……그래서 엄마가 날 가두고…… 지구 반대편으로 보내버린 거예요."

잠이 든 하영은 뉴욕에서 세나와 보내던 날들에 대한 꿈을 꾸었다.

햇살을 받으며 창가에서 초상화를 그려주던 일, 세나의 손목, 커터 칼에 베어 뚝뚝 떨어지는 피는 어느새 붉은 작약 꽃잎으로 활짝 피었다. 꽃잎은 불길이 되어 초상화를 태우고 하영의 작업실을 태웠다. 하영은 불타는 집을 바라보며 다행이라는 생각이 들었다. 이것들은 다 가짜야. 난 나유진도, 이가인도 아니야.

등뒤에서 세나가 하영의 허리를 강하게 끌어안으며 나직이 물었다.

언니, 언니도 사람 죽여본 적 있죠?

하영은 쓸쓸한 미소를 지었다. 그래, 죽여봤지. 그것도 여러 번.

나의 첫 살인은…… 엄마를 죽인 거야. 그것도 아빠가 건넨 독약으로.

엄마를 죽이는 건 어떤 기분이에요?

……너무 어릴 때라 기억나지 않아.

정말 기억나지 않아?

목소리가 꿈속까지 따라 들어온 모양이다. 목소리를 듣고 하영은 생각했다.

어떻게든 그날을 떠올려보려고 했지만 정말 떠오르는 건 없었다. 기억을 너무 오래 거부한 결과다. 머릿속이 텅 비어 버렸다. 어린 시절은 커다랗고 어두운 구멍으로 남았다. 그저 기억나는 것이라고는 테라스에서 떨어지던 엄마의 하늘거리던 실크 스카프뿐이다. 허공에 사르르 흘러내리는 스카프를 향해 손을 뻗으며 하영은 더 깊은 잠 속으로 떨어졌다.

16.

잠에서 깬 세나는 비어 있는 옆자리를 보고 지난밤 자신이 꿈을 꾼 게 아닐까 생각했다. 하영의 온기는 어디에도 없었다. 세나는 서둘러 주위를 둘러보았다. 하영의 짐이 그대로 있는 것을 본 세나는 그제야 안도의 한숨을 내쉬고 침대에 다시 드러누웠다.

지난밤에 무슨 이야기를 나누었더라? 그래, 다리를 다친 새끼 치타 이야기를 했지. 세나가 자연 다큐멘터리를 좋아하는 건 때때로 자신이 풀지 못한 숙제의 정답을 거기서 발견하기 때문이다.

세나는 텔레비전을 켜 어제 미처 보지 못했던 뒷부분을 찾아보았다. 하영이 말해준 부분을 직접 눈으로 확인하고 싶었다. 냉정하게 돌아서는 엄마 치타를 본 뒤 텔레비선을 꺼버려서 알지 못했던 치타 가족의 뒷이야기는 하영이 말한 대로였다.

다리를 치료한 새끼 치타는 다시 허허벌판으로 돌아갔고 가족을 찾아 헤맸다. 혼자 살아가기에는 아직 모든 게 부족하니 당연하다. 끈질기게 황야를 헤매고 다닌 새끼 치타는 결국 가족을 찾았다. 엄마 치타는 건강한 몸으로 돌아온 새끼 치타를 무심하게 쳐다보았다.

새끼 치타는 엄마에게 다가가 잠시 얼굴을 쳐다보다가 가슴에 머리를 기대고 비벼댔다. 살아 돌아왔으니 한번 안아주거나 핥아주기라도 하면 좋으련만, 엄마 치타는 그저 물끄러미 쳐다보기만 하다가 새끼 치타들을 몰고 다시 이동하기 시작했다.

반갑지 않은 거야? 그렇게 힘들게 가족을 찾아왔는데?

세나가 기대했던 모습은 보이지 않았다. 엄마 치타는 새끼를 버린 것에 대한 조금의 미안함도, 다시 만나게 되어 느끼는 안도감도 없었다. 돌아왔으니 받아주마, 그런 표정이었다. 세나가 뉴욕에서의 생활을 접고 돌아왔을 때 엄마 표정이 딱 저랬다. 아니, 좀더 살벌했던가?

'넌 하나도 변한 게 없구나. 도대체 언제쯤 생각이란 걸 할 거니?'

세나는 어느 순간 뉴욕이 끔찍해졌다. 유진이 사라지고 난 뒤 한동안 미친듯이 파티에 따라다니며 술을 마셔댔다. 버림받고 또 버림받은 기분은 정말 처참했다. 그것을 잊는 방법은 생각할 시간을 만들지 않는 것이다. 하지만 잠에서 깨어나 벽에 걸려 있는 초상화를 볼 때, 함께 걸었던 공원을 다시 걷게 되었을 때, 둘이 갔던 식당 앞을 지나칠 때 순간순간 유진을 떠올렸다.

유진을 찾아 헤매다가 순간 주저앉고 말았다. 세상의 모든 국경이 높아졌다. 팬데믹은 도시를 마비시켰다. 인간들은 살벌해졌다. 마스크를 쓰고 서로를 멀리했다. 지나가는 동양인에게 소리를 지르기도 하고 윽박지르기도 했다. 새벽마다 시체를 태운 트럭이 하트섬으로 향한다는 뉴스를 보면서 세나는 드디어 진짜 유배가 시작되었다는 생각이 들었다.

집에 갇혀 있는 동안 유진 언니처럼 그림을 그려볼까 했지만 바로 고개를 저었다. 재능도 없을뿐더러 흥미도 없었다. 단지 언니를 따라다니며 같은 시선으로 같은 그림을 보는 게 좋았을 뿐이다. 누군가 나와 함께 같은 것을 보고 느끼고 경험하는 시간이 행복했다. 겨우 나를 이해해주는, 나를 알아봐주는 사람을 만났는데…… 다시 혼자가 되었다.

어학원을 수료하고 엄마의 기부금을 두둑이 받은 대학에서 입학허가가 떨어져 대학생이 되었지만 학교에 갈 일은 없었다. 어쨌든 학기가 시작되었다. 줌으로 하는 수업은 첫날 듣고 접어버렸다. 그렇지 않아도 알아듣기 힘든 언어는 노트북 화면 속 작은 영상에서 제대로 들리지 않았다. 유학은 뉴욕에 있어야 하는 명분에 지나지 않았으니 학교 공부 따위는 신경 쓰이지 않았다.

하루종일 아무것도 하지 않고 침대나 소파에 누워 시간을 보냈다. 먹는 것도 귀찮아 제대로 챙겨 먹지도 않고 해가 지고 밤이 되는 것을 지켜보았다. 해가 뜨면 지쳐 잠들고 늦은 오후에 깨어났다. 깨어나도 멍하니 누워 있었다. 우울이 온몸을 짓눌렀다.

다행이야, 인간이란 종족은 조만간 이렇게 사라지게 될 것 같으니…… 하지만 인류는 세나의 생각보다 똑똑했다. 갑자기 백신을 맞은 사람들이 다시 거리로 나오기 시작했다. 그즈음 강 실장이 찾아왔다. 그는 엄마의 심부름 겸 말을 전하기 위해 찾아와놓고 빠르게 집안을 둘러보았다. 마약이라도 할까 싶어 검사하는 것 같았다.

강 실장은 세나에게 잠시 한국으로 돌아가 있는 게 어떻겠느냐고 이야기했지만, 세나는 고개를 저었다. 아무리 감옥 같은 곳이라고 해도 엄마가 있는 서울 집보다는 이곳이 나았다. 세나는 그날로 자리에서 일어나 다시 학교 수업을 듣고 식사를 챙겨 먹었다. 집에 돌아가지 않겠다는 의지를 확실히 보여줄 필요가 있다. 엄마가 강 실장을 보내 그런 말을 한 건 일종의 경고다. '똑바로 앉아. 밥 먹을 땐 입을 다물라고 했지' 같은, 뭐 그런 얘기다.

세나는 텔레비전을 끄고 욕실로 들어가 샤워를 하며 생각했다. 유진 언니는 어디로 간 걸까?

학교에 다니며 살아 있는 척했다. 어학원에서 어울리던 혜리를 우연히 만나 다빈이 소식을 들었다. 한국으로 돌아간 뒤 남자를 만나 결혼을 했고 어느새 아이도 있다고 했다. 웃음이 나왔다.

뭐야, 지하철에서 죽은 남자는 벌써 잊은 거야? 분명 세상다 끝난 것처럼 난리 치지 않았었나? 인간의 마음은 그렇게 변덕스럽고 야박하며 냉담하다.

몇 달간 잠잠하다가 갑자기 엄마의 호출을 받았다. 첼시에 있는 갤러리로 오라는 말에 망설였다. 가고 싶은 마음도 없었고 무엇보다 엄마의 얼굴을 마주하고 싶지도 않았다. 하지만 엄마의 명령을 따르지 않으면 무슨 일이 생길지도 모른다. 마지막 반항으로 아프다는 핑계를 멜까 하던 순간에 강 실장에게 이미지가 첨부된 메시지가 왔다. 갤러리 빌딩에 걸린 전시회 홍보물이었다.

유진 언니? 아니, 이름이 다르다. 하지만 사진 속 인물은 유진이 맞다. 어떻게 된 거야? 뉴욕에 있었던 건가? 전시회를 한다고?

엄마가 갤러리로 오라고 한 건 이유가 있었다. 한순간에 알았다. 또 엄마가 뒤에서 일을 꾸몄구나. 정말 십 년이 지나도 변하지 않아.

넌 엄마가 골라주는 대로 입어. 저런 친구는 곁에 두지 마. 이런 건 몸에 해로우니 먹으면 안 돼. 바이올린이 하고 싶어? 그럼 최고의 선생을 붙여주지. 네가 대상을 탈 거야.

그래, 이상하다 했어. 뉴욕에 혼자 내버려둘 리가 없지. 어딘가에서 날 지켜보고 있을 줄 알았어. 이따금 전화를 하고 필요한 게 있는지 묻는 강 실장이 엄마의 심부름꾼이자 감시카메라라고 생각했다. 그 정도의 거리라면 나도 참을 수 있다고 생각했는데…… 엄마는 언제부터 유진 언니와 아는 사이일까? 처음부터? 가만, 언니가 사라진 것도 엄마가 시킨 거야?

세나는 그 길로 갤러리로 달려갔다. 직접 눈으로 확인하고 싶었다. 엄마와 함께 있는 언니를 보자 그대로 얼어붙었다. 설마설마했지만 두 눈으로 확인하고 나니 말문이 막혔다.

망할, 그러니까 당신도 나를 이용해서 화가로 데뷔하고 싶었던 거야? 엄마가 아트센터 마라의 한지윤이란 건 어떻게 안 거야? 화가는 꿈도 꾸지 않는 것처럼 내숭을 떨더니 이렇게 이름까지 바꿔가며 전시회를 열어? 결국 언니는 돈 때문에 내 곁에 있었던 거야? 틀림없어, 그렇지 않다면 엄마 곁에 저렇게 있을 수는 없어.

엄마는 나를 왜 여기로 부른 거지? 왜 이제야.

모든 게 분명해졌다.

'나 없으면 아무것도 못하는 게, 어디서 반항이야?'

엄마는 늘 '너를 위해서'라는 꼬리표를 붙였다. 그 망할 바이올린부터 때려부쉈어야 했어. 하지만 아이에게 엄마는 세상의 전부다. 엄마가 독을 약이라고 입에 넣어줘도 받아먹는 게 아이다. 엄마니까 믿고, 엄마니까 의심하지 않는다. 게다가 말끝마다 다 나를 위해서라고 하는데, 어떻게 그 말을 의심하고 거역해?

엄마가 '갖고 싶어?'라고 말하면 세나는 자신이 그것을 원한다고 생각했다.

누구의 집 딸이 피아노를 전공하고 있다는 말을 한 지 한 달쯤 지난 어느 날, 엄마가 세나에게 물었다.

"세나는 어떤 악기가 좋아?"

뭐가 좋은지 생각해본 적 없는 일곱 살의 세나는 눈만 깜빡거렸다. 엄마는 그길로 세나를 데리고 악기점으로 갔다. 피아노를 쳐보게 하고, 플루트를 들고 자세를 잡아보게 했다. 세나는 관심이 없었다. 하지만 엄마는 세나의 손에 들린 인형을 빼앗아 던져버리고 단호하게 소리쳤다.

"넌 한지윤 딸이야. 이제 인형 같은 건 버려!"

뭐든 골라야 했다. 세나는 근처에 있는 악기를 손가락으로 가리켰다. 그날부터 세나의 손에는 인형 대신 작은 바이올린이 쥐어졌다.

'그래, 귀여운 우리 딸. 너도 이쁜 드레스 입고 무대에 올라가고 싶지?' 하고 엄마가 눈으로 물어보면 고개를 끄덕일 수밖에 없다. 세나는 그날부터 정말로 열심히 바이올린을 배우고 싶었다.

바이올린을 배운 지 한 달도 안 되어 슬슬 싫증이 나기 시작할 때 엄마는 두 벌의 드레스를 사주었다. 치마 끝에 레이스가 달린 드레스가 세나의 옷장에 걸렸다. 언제인지는 몰라도 무대에 오를 때 입을 옷이다. 살갗에 닿는 까슬거리는 촉감이 싫었지만, 엄마가 사준 드레스니까 '내 마음에도 쏙 들어'라고 얘기했다.

세나는 바이올린을 계속했다. 하지만 엄마의 당근은 그때뿐이었다. 그뒤부터는 재미도 놀이도 아니었다. 음을 하나 틀릴 때마다 손가락과 손목을 때렸다. 현악기는 자세를 잡고 좋

은 소리를 낼 때까지 시간이 걸린다는데, 엄마는 조바심을 냈
다. 〈반짝반짝 작은 별〉 따위로는 성에 차지 않았다. 그래도
선생님과의 레슨은 재미있어서 잠시 바이올린 소리를 좋아하
기도 했지만, 레슨이 끝난 뒤 엄마의 점검은 끔찍했고 나머지
공부는 참혹했다.

　엄마는 완벽을 요구했다. 완벽이란 단어는 딱딱하고 아프
고 무서운 말이다. 이제 겨우 활을 켜는 방법을 배운 세나에
게 이츠하크 펄먼과 힐러리 한, 사라 장의 영상을 보여주며
스킬을 요구했다.

　'우리 아이는 최고가 되어야 합니다.'

　레슨 선생도 자주 바뀌었다. 선생님에게 정이 들 만하면
엄마는 세나의 실력이 성에 차지 않는다는 이유로 새로운 레
슨 선생을 들였다. 가끔 엄마에게 레슨을 방해하지 말라고 항
의하는 선생도 있었지만, 그러면 그길로 레슨을 그만두어야
했다.

　'우리 아이는 내가 더 잘 알아요. 아직도 연주가 늘지 않는
건 당신의 능력 탓입니다.'

　완벽할 때까지 콩쿠르는 꿈도 꾸지 못했다. 어설픈 실력으
로 대회에 나가 들러리를 서는 건 엄마에게는 용납되지 않는
일이었다. 그러니 엄마가 사준 드레스는 옷장에 걸린 장식품
에 지나지 않았고 어느새 작아져서 입을 수도 없었다. 중학생

이 될 때쯤 겨우 대회에 나가도 되겠다는 허락이 떨어졌다.

엄마는 완벽한 계획을 세웠다. 완성형으로 등장해서 첫 무대부터 파란을 일으키며 사람들의 시선을 한눈에 사로잡는 것. 그러나 파란을 일으키며 신동 소리를 듣기에 얼세 살은 너무 많은 나이였고, 실력도 평범했다. 무엇보다 무대에 서야 하는 세나 자신이 콩쿠르를 앞두고 극한의 공포에 시달리고 있었다.

스트레스가 극에 달했을 때 그 아이를 만났다. 네 살 때 바이올린을 시작했다는 아이는 세나의 연주를 한심하다는 듯 쳐다봤다.

"너는 소리도 끔찍해. 네 엄마 아니면 여기 나오지도 못했을 거라던데, 그 실력에 무슨 콩쿠르야?"

꾸역꾸역 간신히 참고 무대에 섰지만 제대로 한 게 없었다. 연주를 끝내지도 못하고 무대에서 내려왔다. 대기실로 돌아오자마자 바이올린을 부수고 새로 맞춘 드레스의 리본을 뜯어냈다. 엄마에게 맞기도 전인데 이미 손가락과 손목이 시려 왔다.

'네가 뭘 원하든 그걸 이뤄줄 수 있는 사람은 나야. 그러니 엄마 말만 들어.'

대상을 받은 그애가 밉살맞게 놀리지만 않았어도 세나는 그냥 집으로 돌아왔을 것이다. 굳이 계단까지 따라와서 놀리는 그 아이를 보자 참을 수가 없었다.

자기가 밀어버린 아이를 계단 아래에서 발견한 엄마가 얼굴이 파래져서 아무 말도 하지 않았을 때, 세나는 이제 집에 돌아가 온몸이 시퍼레지도록 맞을 거라 생각했다. 하지만 병원에 다녀온 엄마는 생각보다 말이 없었다. 어쩌면 엄마보다 먼저 스스로에게 벌을 내리고 자신의 손목에 상처를 내고 있는 딸에게 질려버렸는지도 모른다.

세나는 피가 흐르는 손목을 움켜잡고 엄마의 처분만 기다리고 있었다. 엄마는 한동안 딸의 모습을 쳐다보다 수건을 던져주고 나가버렸다.

어쩌면 손목을 그어대는 버릇이 생긴 건 그 때문인지도 모른다. 혼나기 전에 자기가 먼저 징벌을 내리면 엄마가 더이상 질책하지 않는다는 것을 깨달았다. 사고를 크게 칠수록 엄마는 말이 없었다. 하지만 그뒤로 엄마의 감시와 간섭은 더 심해졌다. 악순환이었다. 압박이 심할수록 세나의 신경은 날카로워졌고 주위의 모든 것을 공격하고 물어뜯었다.

몇 번의 사고를 저지르면서 세나는 엄마의 반응을 보기 위해 자해하고 있다는 것을 깨달았다. 엄마가 사랑하는 딸을 망가뜨리고 어떤 반응을 보일지 궁금했다. 이래도 괜찮다고요? 그건 자신을 망가뜨리는 일이었지만 엄마를 괴롭히는 일이기도 했다. 그 끝이 둘 모두에게 좋을 리 없었다.

세나가 작은오빠라고 불러야 했던 놈의 허벅지를 칼로 찌른 것이 가장 치열한 전투이자 마지막 싸움이었다. 이미 패배는 세나의 몫이었지만 엄마의 반응은 예상 밖이었다. 세나는 정신병원에 갇혔다. 세나가 저지른 일들을 수습하던 엄마는 한계를 느낀 듯했다. 병원에 입원해 있는 동안 엄마는 한 번도 찾아오지 않았다. 그래도 괜찮았다. 아니, 그래서 좋았다.

자해하지 못하도록 온몸이 묶인 채 약에 취해 자다 깨기를 반복했다. 자는 동안은 평화로웠다. 그런 것도 사는 거라면 병원에 있는 동안은 살 만했다. 몇 달이 지난 뒤 병원으로 찾아온 엄마가 내민 카드는 하나였다. 뉴욕행. 세나에게 다른 선택지는 없었다.

욕실에서 나온 세나는 머리를 말리며 핸드폰을 확인했다. 하영 언니에게 전화를 걸었지만, 전원이 꺼져 있었다. 세나는 하영의 짐가방을 뒤져 화장을 하기 시작했다.

뉴욕에 도착해서 언니를 보게 된 건 기적이었다. 어젯밤 언니가 한 말을 전부 믿는 건 아니다. 아직도 엄마와 하영 언니와의 관계는 명확히 정리되지 않았다. 언니와 좀더 이야기를 해볼 생각이다. 그때까지는 언니에게 아무런 짓도 하지 않을 것이다.

전시회장에 갔던 날 밤 언니에게 따지고 싶었지만 그럴 수가 없었다. 현장에 엄마가 있으니 더 조심해야 했다. 갤러리에서 일을 벌이면 엄마가 어떤 결정을 내릴지 알고 있다. 나는 엄마의 인내를 모두 긁어 썼다.

"한 번만 더 일을 벌이면 그땐…… 끝인 줄 알아. 마지막 경고야."

그 말이 진심이란 걸 안다. 엄마는 그러고도 남을 사람이다. 인내심의 샘물이 말라버린 엄마는 더이상 자비를 베풀지 않을 것이다. 그러니 정세나, 더이상 문제를 일으키면 안 돼.

한편으론 몇 년 만에 보게 된 언니와 이렇게 끝내고 싶지 않았다. 화가 나는 것과 별개로 다시 언니를 만나게 된 게 너무 행복해 눈물이 나올 지경이었다. 자신의 행동을 주체하지 못할 것 같아 간신히 감정을 억누르고 갤러리를 나왔다. 이제 언니가 뉴욕에 머무는 걸 알았으니 기회는 있다. 그래도 화풀이할 대상은 필요했다. 온몸을 자극하는 이 긴장과 압박감을 풀 상대가 필요했다.

세나는 갤러리를 나와 10번가 쪽으로 향하다 코너에서 택시를 잡으려는 금발머리를 발견했다. 갤러리에서 유진 언니에게 포옹하며 전시장을 요란하게 만들던 여자였다. 한눈에 봐도 '관종'인 금발머리가 세나의 신경을 건드렸다.

둘이 너무 다정해 보였지. 집 열쇠도 주고 택시비까지 주는 것 같았다. 그대로 도로로 밀어버릴까? 세나는 충동적으로 금발머리에게 다가갔다.

손에 닿을 듯 가까이 다가간 세나는 순간 좋은 생각이 떠올라 걸음을 멈추었다.

노란 택시가 금발머리 앞에 섰다. 세나도 얼른 주위를 확인하고 손을 들어 택시를 불렀다.

저 여자를 따라가면 언니의 집을 알 수 있겠군.

화장을 끝낸 세나는 하영의 소지품을 제자리에 놓다가 탁자 위에 놓인 메모를 발견했다. 혹시 자신에게 남긴 메시지인가 싶어 얼른 읽어보았다. 하지만 딱히 세나에게 남긴 메모 같지는 않았다.

'탈피하지 못하는 뱀은 죽는다.'

무슨 뜻일까? 생각에 잠기는 순간 핸드폰이 울렸다. 강 실장이었다. 전화를 받은 세나는 강 실장이 전하는 몇 마디를 듣고 답했다.

"……지금 막 집에 들어가려던 참이에요."

이래서 한국에 있는 게 싫었어. 어디에서 자든 무슨 상관이람. 언제부터 그렇게 내 잠자리까지 챙겼다고. 게다가 이런 것까지 강 실장을 통해 전하다니. 그래요, 나도 엄마 못지않게 대화하고 싶지 않다고요.

세나는 호텔을 나서기 전에 하영에게 메모를 남겼다.

'크리스마스에 파티 해요. 우리 둘만. 어제 못한 이야기는 그때 마저 해요.'

즉흥적으로 메모를 남겼지만 쓰는 순간 세나의 머릿속은 바쁘게 움직였다. 앞으로 보름 정도의 시간이 있다. 그 정도 면 충분하다. 장소는…… 그래, 평창에 있는 별장이 좋겠지.

집을 향해 운전하면서도 세나는 파티에 대한 계획을 계속 했다.

그러고 보니 그곳에 가본 지도 사 년, 아니 오 년이 넘었 다. 할아버지가 지었다는 그 별장은 아버지와 가족들의 추억 이 있는 곳이다. 이제는 낡아서 가족 그 누구도 이용하는 것 같지 않다. 그곳은 세나에게 치유의 장소였다.

엄마는 세나를 정신병원에서 퇴원시킨 뒤 집이 아닌 별장 에 머물게 했다. 뉴욕으로 가는 서류가 준비되는 동안 강원도 의 숲과 계곡에서 여름의 몇 주를 보냈다. 덕분에 세나의 머 리는 다시 맑아졌다.

그곳에서 우리 둘만의 파티를 해요. 그때는 언니에게 이 손목에 그어진 사연을 하나하나 이야기해줄게요. 파티가 끝 나면 알게 되겠죠. 내 손목에 새로운 상처가 생길지. 아니 면……

별장에서 어떤 시간을 보낼지 생각하던 세나는 갑자기 웃

음을 터트렸다. 너무 웃어서 핸들을 잡은 자동차가 휘청거릴
정도였다.

별장과 어울리지 않는 뭔가가 생각났기 때문이다. 그 별장
의 손님 방에는 생뚱맞은 그림 한 장이 걸려 있다. 딱 봐도 가
품이 분명한, 빈센트 반 고흐의 화풍을 흉내낸 고흐의 초상화
였다. 한쪽 귀를 잘라 붕대를 두르고 그린 그 초상화.

도대체 왜 그 그림이 거기 걸려 있는 걸까? 한 번도 깊이
생각해본 적 없었지만 그 그림을 보면 언니가 어떤 반응을 보
일지 궁금했다.

그러고 보니 언니와 고흐의 그림을 함께 본 적이 있구나.
메트로폴리탄 미술관에서 열린 고흐 특별전에 갔었다. 몇 장
의 고흐 초상화를 보며 언니가 이런 이야기를 해주었다.

'고흐는 자신의 초상화를 많이 그렸어. 하지만 단 한 번도
웃는 얼굴은 그리지 않았지.'

문득 세나는 자신의 초상화를 그리며 언니가 무슨 생각을
했는지 궁금해졌다.

4
장

잃어버린 시간은 절대로
돌이키지 못한다.
이미 행해진 악은 절대로
바로잡을 수 없다.

존 러스킨

17.

하영은 종업원의 안내에 따라 검고 반짝이는 벽을 지나 조용한 방으로 들어섰다. 네 명이 들어갈 정도의 작은 방에는 이미 예약된 두 사람분의 상차림이 준비되어 있었다. 하영은 외투를 벗어 옷걸이에 걸어두고 자리에 앉았다. 창밖으로 광화문과 그 너머 경복궁의 야경이 보였다. 한눈에도 고급스러워 보이는 식당은 전망도 훌륭했다.

약속 장소는 강 실장이 정했다. 그는 하영의 전화에도, 만나고 싶다는 말에도 놀라지 않았다. 마치 기다렸다는 듯 약속 장소와 시간을 문자로 보내겠다고 말한 뒤 전화를 끊었다.

강 실장을 만나봐야겠다고 생각한 것은 뉴욕에서 일을 그만두겠다고 했을 때 그가 했던 말 때문이다.

'나는 유진씨가 이 일을 좀더 했으면 좋겠어요. 아니, 이 상황을 이용하라고 말하고 싶어요. 처음과 같은 이유로. 돈이 필요하죠? 지금 모은 돈으로는 충분하지 않아요. 두 눈 딱 감고 이 기회를 이용해요.'

그는 이 상황을 이용하라고 말했다. 지금 모은 돈으로는 충분하지 않다고, 두 눈 딱 감고 이 기회를 이용하라고. 그의 말은 많은 것을 내포하고 있었다. 강 실장이 어떤 사람인지 드러내는 말이었다.

그는 상황을 이용하는 사람이다. 돈을 벌 기회를 놓치지 않는 사람이다. 그가 한 관장의 충실한 비서로 있는 건 돈 벌 기회를 엿보기 때문인지도 모른다. 한 관장의 곁에 오래 있었다면 그만큼 돈이 되는 비밀을 많이 알 확률이 높다. 문제는 그 광맥을 하영이 정확하게 짚어낼 수 있을지다.

하영이 재스민차를 두번째로 따를 때 문이 열리고 강 실장이 들어왔다. 방으로 들어온 강 실장은 문을 닫고 외투를 벗어 옷걸이에 걸었다. 맞은편에 앉는 순간까지 그의 시선은 계속 하영에게 머물러 있었다. 그의 입가에 미묘한 미소가 번졌다.

밀폐된 공간은 그 자체로 은밀하고 위험한 상상을 하게 만든다. 하영은 그가 섣부른 생각을 하지 않도록 분명한 선을 그어야겠다고 생각했다.

"강 실장님과 나의 약속······ 한 관장도 알고 있나요?"

"보고해야 하는 만남입니까?"

"강 실장님이 판단할 문제죠."

"그럼 들어보고 판단하죠."

이로써 그와의 만남은 사적인 것 혹은 감정적인 것이 아니라는 것을 분명히 했다. 그의 입가에 머물던 미소도 희미해졌다.

"한 관장과 일한 지는 얼마나 됐어요?"

"충성도 시험인가?"

"아니, 강 실장님이 한 관장이나 세나에 대해 어디부터 알고 있는지 확인할 필요가 있어서."

"대단히 많은 것을 알아냈다는 얘기처럼 들리는군."

하영은 부정도 긍정도 하지 않은 채 찻잔을 가볍게 그의 눈높이에 들어 보이고 차를 마셨다. 그는 가만히 하영의 눈을 바라보다가 종업원 호출 벨을 눌렀다.

"얘기가 길어질 것 같으니 뭐 좀 먹고 시작하지."

역시 조직생활을 오래한 사람은 눈치가 빠르다.

요리가 나오고 식사를 하는 동안 강 실장은 하영의 변신에 대해 질문했다. 특히 어떻게 하이디 위너의 눈에 띄게 되었는지 궁금해했다.

"당신 같은 신인이 첼시의 갤러리에, 더구나 위너의 갤러리에 입성한다는 건 쉬운 일이 아니지. 지난번 신인 그룹전도 그렇고 지금 열리는 전시도 그렇고, 당신을 위한 기획이라는 말이 돌더군. 신데렐라의 탄생이라고 하던가."

바뀐 그의 말투는 단정하고 담백하던 그의 인상을 흐려지게 했다. 잘 손질된 양복을 입고 바른 자세로 있던 사람이 목이 늘어난 티셔츠를 입으면 달라 보이듯. 살짝 신경을 건드리기는 했으나 개의치 않기로 했다. 상대에 대한 태도는 결국 스스로에게 되돌아오게 되어 있다.

"상대의 가장 약한 부분이 무엇인지 알면 어려운 일은 아니지."

가장 약한 부분이라, 당신은 한 관장의 어떤 부분을 알고 있는 거지?

"윤하영 당신, 처음 봤을 때부터 인상적이었어."

"……"

"머리가 잘 돌아간다고 할까, 상황 파악이 빠르다고 할까? 뭐, 그런 이야기는 굳이 할 필요 없고, 이제 제대로 이야기를 좀 해볼까?"

강 실장은 식사를 다 끝냈는지 젓가락을 내려놓으며 말했다.

"당신의 제안이 내 흥미를 끄는 것이었으면 좋겠군."

"첫 질문. 한 관장과 함께 일한 지는 얼마나 됐죠?"

강 실장은 잠시 속으로 셈을 하는 듯하더니 입을 열었다.

"거의 십이 년이 다 되어가는군."

십이 년이면 세나가 열세 살 때다. 바이올린을 그만두었던 때.

"그 콩쿠르 때 당신도 있었나?"

차를 마시던 강 실장은 멈칫, 동작을 멈추었다. 하영은 그 순간을 놓치지 않았다. 세나가 콩쿠르에 참가하고 나서 바이올린을 그만두었다고 했을 때 무언가 있다는 것을 직감했다. 강 실장의 반응은 그 예감을 확인시켜주었다.

"세나가 그런 이야기까지 당신에게 했나?"

"그 손목. ……거기에 생긴 상처들 하나하나. 모두."

블러핑이 얼마나 통할지 모르지만, 하영은 자신이 모은 퍼즐 조각들을 하나씩 던져보기로 했다. 강 실장이 자신의 패를 간파하지 않기만을 바랐다.

"대단한 신뢰군. 당신의 작업실을 태워버렸다고 했을 때는 곧 당신도 죽게 될 거라고 생각했는데."

죽게 될 거라고?

강 실장의 그 말은 하영의 심장을 찔렀다. 순식간에 온몸에 냉기가 흘렀다.

작업실의 화재가 세나의 짓이라는 건 짐작하고 있었다. 그런데 당연히 세나가 나를 죽일 거라고 생각하다니, 짐작도 못한 일이었다. 세나와 한 관장은 늘 이런 식인가?

'그 여자가 처음 만났을 때 네게 뭐라고 했는지 기억나? 자기 딸이 너를 원한다고 했지. 원한다는 건 그런 의미였어. 재미있네.'

목소리가 낄낄거리며 하영의 머릿속으로 기어들어왔다. 좀 닥쳐, 지금은 너를 상대할 여유가 없어.

하영은 애써 평정심을 유지했다.

세나가 원하는 사람이 있으면 그 곁에 있게 하다가 결국 세나가 살인을 저지르면 그 뒤처리는 한 관장, 아니 강 실장의 몫이겠군. 굳이 돈을 지불하며 세나의 곁에 머물게 한 것도 그런 이유였다. 넌 세나의 장난감이야. 아주 비싼 장난감.

하영은 강 실장의 눈을 빤히 쳐다보았다. 당신은 십이 년 동안 한 관장의 곁에서 어떤 일을 하고 산 거야? 처음에는 말끔하던 그의 인상이 어느새 잔인하고 교활해 보였다. 그는 처음부터 하영이 세나의 먹잇감으로 선택된 걸 알고 있었다. 그런데도 곁에 남아 있으라고 했다. 아니, 그래서 곁에 남아 있으라고 했다. 그동안 몇 명이나 이런 식으로 뒤처리를 해온 걸까?

하영은 강 실장의 얼굴을 빤히 쳐다보며 나지막이 말했다.

"당신 말대로 세나의 가장 약한 부분을 알고 있다면요?"

"세나의 가장 약한 부분이 무엇인지 알고 있다고?"

하영은 여유로운 미소를 지으며 강 실장의 질문에 답하지 않았다. 침묵은 상대를 교란하기 좋은 방법이다. 가능한 적은 패를 보여주고 많은 정보를 얻어야 한다.

"그래 한번 들어보지. 세나의 약점이 뭔지."

"난 한 관장 얘기를 하고 싶은데요?"

강 실장은 하영을 쳐다보다 말을 이었다.

"한 관장의 약점이라…… 뭐라고 생각하지?"

"너무 당연한 것 아닌가요?"

"말해보시지?"

"세나."

강 실장은 피식 웃으며 아주 살짝 고개를 끄덕였다. 부정도 긍정도 하지 않았지만 그건 강 실장의 패착이었다. 뻔한 질문을 하게 만든 건 이유가 있었다.

모든 엄마의 가장 큰 약점은 자식이다. 아이의 행방을 한두 시간만 몰라도 이성을 잃는 게 엄마라는 존재다. 한 관장은 세나를 뉴욕으로 보내놓고 한순간도 시야 밖으로 나가지 못하게 감시했다. 어떤 짓을 하든 자식은 자식이다.

하영은 강 실장을 쳐다보며 생각했다. 이제 제대로 판을 키워야 할 순간이다.

"그리고…… 정 회장의 둘째 아들."

강 실장의 눈이 커졌다. 그는 이제 표정을 숨기지도 않은 채 하영을 쳐다보았다. 하영의 입에서 무슨 이야기가 나올지 궁금해하는 건지 두려워하는 건지 분명하지 않았다. 하지만 적어도 한 관장의 진짜 약점이 무엇인지는 분명해졌다. 가장 가까운 심복이었을 강 실장 역시 한 관장의 약점이었다. 이렇게 쉽게 비밀을 드러내는 타입은 가까이 두면 안 된다.

도박은 성공했다.

이제 하영은 강 실장을 위한 미끼를 준비했다. 그의 가장 약한 부분, 아니 그가 가장 사랑하는 돈에 대해 이야기할 시간이었다.

18.

저녁식사를 마치고 세나가 설거지를 하는 동안 하영은 잠시 밖으로 나와 차가운 공기를 마셨다. 주위는 온통 나무로 둘러싸여 있었다. 별장에 도착했을 때만 해도 어둑하던 하늘은 어느새 캄캄해지고 별은 쏟아질 것처럼 반짝거렸다. 서울에서 불과 두 시간 떨어져 있는 곳인데도 산으로 둘러싸여 불빛이 전혀 보이지 않는다.

둔내IC에서 빠져나와 산과 산 사이에 있는 골짜기를 따라 계속 들어왔다. 대부분의 자동차는 근처에 있는 스키장으로 빠져나가고, 용마봉 계곡에 들어서며 띄엄띄엄 있는 펜션을 지나고 나니 도로에는 오로지 세나와 함께 탄 이 자동차뿐이었다. 운전하는 세나는 둘만의 시간을 보낸다는 생각에 들떴는지 계속 재잘거렸다.

별장에 도착한 세나는 자동차 뒷좌석에서 저녁거리를 내렸다. 하영이 근처 식당에서 먹자고 했지만 세나는 자신이 직접 저녁을 해주고 싶다며 몇 년 동안 요리가 얼마나 늘었는지 봐달라고 했다. 하영은 맨해튼에 있는 세나의 집에 처음 방문했을 때를 떠올렸다.

"내가 오늘을 위해서 얼마나 준비를 했다고요."

하영이 집 구경을 하는 동안 세나는 주방에 음식 재료들을 꺼내놓고 저녁 준비를 했다. 하영이 이층에서 내려와보니 세나는 접시들을 꺼내고 있었다.

"언니, 그거 봤어요? 고흐의 자화상."

"응. 고흐의 작품은 아니던데?"

"그러니까요. 어릴 땐 그 그림이 진짜 고흐의 작품인 줄 알았어요. 그런데 고흐의 붓 터치와 색감을 흉내낸 가짜더라고요. 마라의 관장님 안목이라면 진품을 걸어야 어울릴 텐데. 도대체 그게 왜 거기 걸려 있는지."

하영은 세나가 있는 주방 쪽으로 다가왔다.

"내가 뭐 도와줄 건 없어?"

"없어요, 오늘은 그냥 손님으로 가만히 받기만 하시면 됩니다. 아, 벽난로에 불을 피워줄래요?"

하영은 벽난로로 다가가 안을 살폈다. 사용한 지 오래되었는지 안은 말끔히 치워져 있었고 냉기가 돌았다.

"전에 쓰던 장작이랑 필요한 것들은 저쪽 창고에 있을 거예요."

하영은 세나가 알려준 대로 건물 밖에 딸린 창고에서 장작을 꺼내왔다. 벽난로 안에 몇 개의 장작을 쌓고 밑에 종이를 넣어 불쏘시개를 만들었다. 장작이 바짝 말라 있었는지 불은 쉽게 붙었다. 하영은 장작 위로 차츰 커지는 불꽃을 바라보았다.

불꽃은 사람을 홀린다. 어느 책에서 읽었던 글귀가 생각났다. 우리는 왜 불에 이끌리는가? 불은 살아 있기 때문이라고 했다. 끊임없이 움직이는 불꽃을 보면 어느새 넋을 놓고 보는 자신을 발견한다.

하영에게 불꽃은 죽음이었다. 눈앞에 불꽃이 피어오를 때마다 사람들이 죽었다.

'첫 불꽃 기억나? 집을 완전히 태워버리고 하늘까지 불똥이 튀었지.'

목소리가 들려오자 하영은 고개를 저었다. 오늘은 아니다. 목소리에 귀를 기울일 때가 아니다. 오늘은 세나에게 집중해야 한다. 마침 세나가 저녁을 먹자며 하영을 불렀다.

저녁을 먹는 동안 세나는 가죽공예를 배우기 시작했다고 얘기했다.

"마음에 드는 가방이 하나도 없더라고요. 검색하니까 집에서 가까운 곳에 공방이 있길래 바로 시작했어요. 벌써 명함지갑이랑 필통, 키링도 만들었어요."

하영은 세나가 하는 이야기를 들으며 맞장구를 쳐주었다. 둘은 마치 오래전부터 함께 여행을 다닌 사람처럼 각자 할일을 찾아내고 서로를 도왔다. 뉴욕에서의 생활이 떠올랐다. 그때 함께했던 시간이 있었기에 서로에게 익숙해졌다는 생각이 들었다.

전날 하이디의 연락을 받았다. 전시회는 성황리에 잘 끝났고 자신과 인사를 나누었던 평론가가 인스타그램에 멋진 평을 써주었다며 링크도 보내주었지만, 하영은 별다른 감흥이 없었다. 하이디는 자신이 필요한 일이 있으면 언제든 연락을 하라고 했다. 하영은 엉뚱하게도 '과연 다시 뉴욕으로 돌아갈 수 있을까?'라는 생각을 했다. 뉴욕에서의 일이 전생처럼 아득하게 느껴졌다.

하영은 깊게 숨을 들이쉬었다. 맑고 차가운 공기가 가슴속으로 가득 들어왔다. 불빛 하나 없는 산속의 고요가 좋았다.

하늘을 올려다보니 초승달이 구름 사이에서 나오고 있었다.

"언니, 안 추워요?"

세나가 마당으로 나오며 하영을 불렀다.

"달 보고 있었어."

하영의 말에 세나도 하늘을 올려다보았다.

"초승달이네. 어디선가 초승달이 뜨는 날에는 늑대인간이 나온다는 얘기를 읽었는데."

"그래?"

"왜, 그런 거 있잖아요. 달의 기운이 사람을 미치게 한다고……"

"그건 보름달 아니야?"

세나가 고개를 까웃하더니 어깨를 으쓱해 보였다. 아무렴 어때요, 하는 표정이었다. 세나는 추운지 잔뜩 웅크린 채 다가와 하영의 팔을 안았다.

"들어가요. 춥다."

얼음처럼 쨍한 날씨는 머리를 개운하게 만들었다. 하영은 세나가 이끄는 대로 집안으로 들어갔다.

세나는 설거지만 끝낸 게 아니라 와인까지 준비해두었다. 벽난로 앞에 나란히 의자가 놓였고 그 옆에는 와인과 안주가 있었다. 벽난로의 불은 적당히 타오르며 따뜻했다.

세나는 와인이 담긴 잔을 하영에게 건네주었다. 둘은 잔을 부딪치고 가볍게 와인을 마셨다. 달콤한 와인이 식도를 타고 넘어가자 속이 찌릿했다.

하영은 뭔가 생각난 듯 자리에서 일어나 소파에 놓아두었던 가방을 찾았다. 그러곤 그 안에서 선물을 꺼내 벽난로 앞으로 돌아와 세나에게 건네주었다.

세나는 생각도 못했다는 듯 당황한 표정을 지으며 맞은편에 앉는 하영을 쳐다보았다.

"이거 뭐예요?"

"크리스마스 선물."

"난…… 생각도 못했어요."

"풀어봐."

세나는 조심스럽게 선물의 포장을 풀었다. 작은 상자가 나오자 뚜껑을 열었다.

안에는 큐빅이 박힌 팔찌가 들어 있었다. 하영은 팔찌를 꺼내 세나의 손목에 채워주고 손목에 있는 상처를 만졌다.

"이제 얘기해줄래? 이 상처들."

세나는 말없이 하영의 눈을 들여다보았다. 하고 싶은 말이 많은 눈빛이었으나 쉽게 입을 열지 않았다.

"내가 너를…… 어떻게 알아챘는지 알아?"

세나는 하영에게 손을 내맡긴 채 묵묵히 하영의 다음 말을 기다렸다.

"너는 거울 건너편에 서 있는 나야."

하영은 세나의 손목에 있는 상처를 하나씩 세어보기라도 하려는 듯 찬찬히 조심스럽게 살폈다.

"여기 있는 상처들, 살인의 흔적이 맞지? 베키도 네가 죽인 거야?"

하영의 말을 들은 세나는 하영의 손에서 벗어나려고 했다. 하지만 하영은 세나의 손목을 단단히 움켜쥐고 놔주지 않았다.

"걱정하지 마. 그걸로 널 추궁할 생각은 없어. 이미 벌어진 일이고 되돌릴 수 있는 것도 아니잖아."

세나는 생각도 못한 상황이 당혹스러운지 아무 말도 하지 못하고 하영을 쳐다보기만 했다.

"그냥 궁금했어…… 누가 널 이렇게 만들었는지. 어떻게 시작되었는지."

"언니는 아무것도 몰라요."

세나의 표정이 차가워졌다. 하영은 피식 웃었다.

"네 엄마와 같은 말을 하는구나."

엄마라는 말에 세나의 표정이 굳어졌다.

"……엄마가 뭐라고 했는데요? 나에 대해서 뭐라고 했어요?"

하영은 잠시 세나의 얼굴을 쳐다보며 말을 멈추었다. 세나는 조바심이 나는지 입술을 달싹거렸다. 세나는 엄마 이야기만 나오면 예민해진다.

"솔직히 말해줘?"

"······그래요, 처음부터 다."

"처음부터라······ 그래, 뉴욕의 한 호텔에서 처음 만났지. 네 사진을 보여줬어."

"왜요?"

"너를 지켜봐달라고, 그런데 네가 절대 모르게 해달라고."

세나의 속눈썹이 파르르 떨렸다. 놀라지는 않았다. 이미 알고 있던 사실을 확인하는 것이었지만, 그래도 충격은 받은 눈치였다.

"왜 그랬을 것 같아?"

"엄만······ 늘 나를 감시해요. 그렇게 멀리 보내놓고도 사람을 붙이고."

"엄마가 왜 그랬을까? 왜 널 감시한다고 생각해?"

"내가 사고 치는지 확인하려는 거겠죠."

"그러면 넌 사고를 치고, 강 실장이 수습하고?"

세나가 매서운 눈빛으로 하영을 노려보았다. 하영은 아랑곳하지 않고 세나의 숨결이 느껴질 정도로 바짝 다가앉았다. 하영은 세나의 얼굴을 찬찬히 바라보았다. 눈썹과 반짝이는 눈, 광대뼈, 움찔거리는 입술까지.

"이제 나를 죽일 거니? 그래서 날 여기 데려온 거야?"

세나는 당황한 얼굴로 강하게 고개를 젓고는 하영에게 잡혀 있던 손을 빼며 화를 냈다.

"무슨 말이에요, 내가 언니를 다시 찾아서 얼마나 반가웠는데."

하영은 안타까운 얼굴로 세나를 쳐다보았다.

"죽이고 싶으면 죽여."

하영의 말에 세나의 눈이 커졌다.

"내가 말했지, 너는 거울 너머에 있는 나라고. 너는 나야. 우리는 같은 사람들이야. 그래서 널 떠난 거야."

하영의 말에 세나의 눈이 흔들렸다. 하영이 하는 말을 제대로 이해하지 못하는 것 같았다.

"내 첫 살인은…… 엄마였어. 그것도 아빠가 건네준 독약으로 죽였지."

세나의 눈이 커졌다. 하영은 그 누구에게도 말하지 않았던 이야기를 하기 시작했다.

"나는 엄마를 죽였어. 고작 아홉 살에, 살인이 뭔지도 모르고 그냥 저지른 거지. 내 잘못은 아니지만 내 영혼은 그때 망가졌어. 크고 깊은 상처가 여기에 있어."

하영은 손가락으로 자신의 심장이 있는 곳을 가리켰다.

"남들 눈에는 보이지 않겠지만…… 나는 매일 그 상처를 보고 느끼며 살아. 마치 네 손목의 상처처럼."

세나는 믿기지 않는 표정으로 쳐다보다가 가라앉은 목소리로 물었다.

"……정말, 엄마를 죽였어요? 근데 그 얘기를 왜 나한테 하는 거예요?"

충격이 지나자 세나의 눈에는 의혹이 서렸다. 하영은 그런 세나의 눈을 들여다보며 더 깊숙한 곳을 찌르기로 했다. 지금 필요한 건 세나와 한 관장, 둘 사이에 여전히 이어져 있는 탯줄을 자르는 일이다. 세나 스스로 그것을 깨닫고 실행하게 해야 한다.

"네가 더 망가지지 않았으면 해. 꼭두각시, 줄 달린 마리오네트 인형."

세나는 고개를 저었다. 눈가에 눈물이 고이기 시작했다. 세나가 울먹이며 말했다.

"언니는 몰라요. 너무 늦었어요. 이제는 되돌릴 수 없어."

하영이 확신에 찬 표정으로 고개를 저었다.

"너에게 달렸어. 네가 줄을 끊겠다고 결심하면, 그렇게 될 수 있어."

"엄마는 나를 놔주지 않을 거예요. 절대."

하영은 세나를 끌어안고 머리를 쓰다듬었다. 따스한 손길로 세나를 어루만질 필요가 있었다. 하영은 맨 처음 보았던 세나의 눈물을 떠올렸다. 초상화를 그려주기 위해 세나의 아파트에 찾아갔던 날, 손목의 상처를 어루만졌을 때 세나는 속에 있는 모든 것을 토해내듯 울었다. 한 관장 당신은 절대 이해하지 못해. 당신 딸의 가슴속에 어떤 지옥이 있는지.

"어떤 엄마들은 아이를 망가뜨려. 더 부서지기 전에 엄마를 버려."

이제 세나도 그림자를 잘라내야 한다. 평생 자식의 등뒤에 붙어서 세나의 인생을 주무르고 조종하는 엄마라는 그림자. 아무것도 모르던 아이를 괴물로 만든 엄마.

하영은 세나를 끌어안고 머리를 쓰다듬으며 마지막 주문을 외우듯 말했다.

"엄마 생각은 하지 마. 너에게 달렸어. 내가 도와줄게. 날 믿어."

"정말…… 내가 할 수 있을까요?"

세나는 하영의 품에 안겨 떨고 있었다. 세나는 확신이 안 드는 듯 고개를 저었다. 입을 벌리고 뭐라고 말을 하려다 멈추었다. 혼란과 머뭇거림과 상처가 뒤섞인 눈빛이었다. 엄마에게 길들여져 있던 아이는 이제 하영의 목소리에 귀를 기울이고 있다. 하영은 다시 다짐하듯 세나의 귀에 속삭였다.

"하나만 생각해. 우리가 같이 있던 시간들, 뉴욕에서의 날들을 생각해봐. 자유롭게, 그냥 정세나로 사는 거야."

하영은 세나의 고개를 들게 하고 세나의 눈 깊은 곳, 아니 그 너머를 들여다보며 나지막이 말했다.

"아무 걱정하지 마, 넌 할 수 있어."

하영의 말에 흔들리던 세나의 눈빛이 조금씩 안정을 찾기 시작했다.

하영은 두 손으로 세나의 얼굴을 감쌌다. 가만히 세나의 눈을 들여다보던 하영은 세나의 얼굴을 천천히 끌어당겨 입을 맞추었다. 세나의 입술은 촉촉하고 향기로웠다. 그러곤 세나의 뺨에 남아 있던 눈물을 닦아주었다.

하영은 이제 세나가 자신의 말을 따르리라는 것을 알았다.

하영은 우선 내일 아침 해야 할 일을 생각했다. 날이 밝으면 별장 주변을 돌아봐야지. 무엇을 발견하게 될지 떠올리자 가슴이 두근거렸다.

19.

늦은 밤이라 모두가 잠들었을 거라 생각했다.

집안 현관으로 들어선 지윤은 복도를 지나다 서재에서 새어나오는 불빛을 보았다. 이 시간에 서재에 있을 사람이라곤 정 회장과 세나뿐이다. 일하는 사람들조차 이미 잠자리에 들었을 것이다.

지윤은 손가락으로 서재의 문을 슬그머니 밀어보았다. 남편 정 회장이 이 시간까지 깨어 있는 거라면 좋은 징조가 아니다. 서로 각자의 생활을 건드리지 않고 각방을 쓴 지도 오래되었다. 그가 이 시각에 깨어 서재에 있다면 중요하게 할 얘기가 있다는 뜻이다. 그러다 문득 남편이 출장중이라는 사실을 깨달았다. 어제 아침에 떠난다고 했던가? 그렇다면 서재에 누가 있는 거지?

서재 소파에는 아무도 없었다. 문을 더 밀고 안으로 들어가보니 안락의자 옆에 방석을 놓고 그 위에 앉아 있는 세나가 보였다. 책을 읽고 있었다. 책이라니, 몇 년 동안 본 적 없는 그림이다.

"뭐하니, 이 시간까지 안 자고?"

세나가 책을 들어 보였다.

"이게, 아직도 있네요."

손에 들린 건 세나가 어릴 때 보던 전래동화책이었다. 얼마나 낡았는지 표지가 너덜너덜했다. 저게 아직도 이 집에 있다고? 지윤도 처음 안 사실이다.

"어릴 때 봤던 건데…… 다시 보니 아주 끔찍해요. 하늘에서 내려온 선녀를 훔쳐보는 것도 모자라 옷도 훔쳐서 감추고, 거기에 납치 감금한 남자…… 자식을 셋 낳고서야 선녀는 겨우 도망치잖아요."

어이없다는 듯 고개를 흔들던 세나는 얼른 다른 동화책을 들어 엄마에게 표지를 보여주었다. 아이들이 밧줄을 타고 있는 그림에 '해와 달이 된 오누이'라는 제목이 적혀 있었다.

"이 동화책은 기억나요?"

지윤은 동화책을 읽어준 기억이 없다. 세나가 한글을 배운 것도 어린이집에서였고, 동화책을 읽었다면 그것 역시 어린이집이었을 것이다.

"어릴 때 엄마가 사준 책이잖아요."

"늦었어. 그만 네 방으로 가서 자."

"나하고 얘기하기 싫어요? 왜 늘 자라고 해요?"

세나가 도발적인 눈으로 엄마를 쳐다보았다. 지윤은 피곤했다. 세나를 상대해줄 만큼 여유가 없었다. 목소리가 날카로워졌다.

"뭐하자는 거야?"

"어릴 때도 그랬어요. 늦은 밤까지 엄마가 오기만 기다렸어. 엄만 날 보기만 하면 자라고 했고."

자리에서 일어난 세나가 엄마 곁으로 다가갔다. 스탠드 조명 때문인지 세나의 눈빛이 반짝거렸다. 지윤은 위험을 감지했다. 저렇게 안광이 반짝거릴 때는 머리가 확 돌았다는 얘기다. 무슨 일이 있었던 거니? 또 무슨 일을 저지른 거야? 그러고 보니 이 작가와 별장에 갔었다고 했지. 지윤은 어깨를 짓누르는 무지근한 통증을 느끼며 세나에게 다가갔다.

"피곤해, 말 돌리지 말고. 무슨 이야기가 하고 싶어?"

"생각해보니까 너무 말이 안 되잖아요, 어떻게 저런 끔찍한 걸 아이들에게 읽혀?"

"……진짜 하고 싶은 얘기가 뭐냐고."

"나유진, 아니 하영 언니와 별장에 다녀왔어요. 우리 둘이 파티를 했거든요."

강 실장에게 들었지만 모른 체했다. 처음 만났을 때는 나유진, 화가로 나타난 이가인, 그런데 이제는 하영이다? 도대체 무슨 사연이 있길래 만날 때마다 이름이 바뀌는 거지? 처음 봤을 때부터 당돌하다고 생각했지. 이제 그만 둘을 떼어놓아야겠다는 생각이 들었다.

"그래서, 뒤늦게 보고라도 하는 거야?"

"그 별장에 있는, 귀가 잘린 고흐의 그림 기억나요?"

세나는 일부러 '귀가 잘린'이란 말을 할 때 손가락으로 귀를 자르는 시늉을 했다. 입가에 생글생글 미소까지 띠고 있었다.

"늘 이상했거든요. 이 그림이 왜 손님방에 걸려 있지? 너무 생뚱맞지 않아? 분명 엄마가 걸었을 텐데, 아트센터 마라의 관장님 안목이 그게 뭐예요?"

지윤은 비로소 세나의 입에서 풍기는 술 냄새를 맡았다. 술

주정이라니, 도대체 뭔 짓을 하고 다니는 거야?

"근데 이번에 알았어. 그 액자 버리려고 떼어내다 뒤를 봤거든. 그건 엄마가 그린 모작이었어."

세나는 엄마를 향해 갑자기 웃음을 터뜨렸다. 과장되고 억지스러운 웃음이었다.

"너무 웃기지 않아요? 누가 봐도 가짜인데, 진짜처럼 보이려고 애를 쓴 졸작인데 그걸 버젓이 걸어놓고, 설마 자신이 꽤 괜찮게 그렸다고 생각하는 거예요?"

"너 같은 자식도 봐주며 사는데, 그 그림이 어때서?"

한 관장은 더이상 딸을 상대하고 싶지 않았다. 이렇게 작정하고 시비를 거는 세나를 상대해주기에는 지금 너무 피곤하다.

"당장 올라가서 한 알 먹고 자. 얘기는 내일 해."

"아니요. 내가 여덟 살 초등학생인 줄 알아요? 나 이제 스물이 넘었어요. 그런 건 내가 알아서 한다고!"

갑작스러운 세나의 고함에 간신히 지탱하던 지윤의 인내심이 끊어졌다. 지윤은 세나의 몸을 밀치며 턱을 세게 잡고 진열장까지 밀어붙였다. 세나의 얼굴이 파르르 떨렸다. 지윤은 나지막한 목소리로 말했다.

"그럼 여덟 살짜리처럼 굴지 말아야지. 뭐가 필요해서 이렇게 징징거려. 진짜 하고 싶은 얘기가 뭐야?"

"……엄마는 뭐하는 거예요? 왜 이렇게 살아요?"

"뭐?"

"너무 끔찍해. 사람들이 엄마를 마녀라고 불러요. 엄마가 어떤 사람인지 알면 마녀가 아니라 괴물이라고 할걸."

지윤은 세나의 턱에서 손을 떼고 이번에는 목을 움켜쥐었다. 손에 얼마나 힘을 주었는지 손목이 후들거렸다.

"감히, 어디서."

세나는 눈 한번 깜박이지 않고 엄마를 노려보았다. 지윤은 내심 놀라고 있었다. 한 번도 이렇게까지 반항한 적이 없었다. 도대체 무엇이 딸아이를 이렇게 바꾸어놓았는지 의아했다. 혈관이 터질 듯 얼굴이 빨개질 때까지 세나는 조금의 저항도 하지 않았다. 더이상 숨을 쉬지 못하면 기절할 것처럼 보였다. 결국 지윤은 힘을 빼고 세나의 목에서 손을 떼었다.

"그만둬. 더이상은 안 봐줘."

세나가 바닥에 쓰러지듯 주저앉으며 켁켁거렸다.

지윤은 숨을 고르고 있는 세나를 낯설게 바라보았다. 어디서부터 잘못된 걸까? 차라리 눈앞에 보이지 않을 때가 마음 편했다. '다시 한국에 들어온다고 할 때 어떻게든 그곳에 있게 할걸' 하는 뒤늦은 후회도 들었다. 세상 모든 일을 마음대로 주무르는 것 같지만 자식 일은 뜻대로 되는 게 아무것도 없다.

너는 한순간도 나의 자랑이었던 적이 없어. 기대보다 실망이 더 컸고 자부심보다 수치였어. 망할 년. 내가 너 때문에 얼마나 위태롭게 살아왔는지 알아?

지윤은 딸과 더이상 실랑이를 하고 싶지 않았다. 방을 나가기 위해 몸을 돌려 걸음을 옮겼다. 그때 등뒤에서 세나의 말소리가 들렸다.

"……엄마."

문 쪽으로 걸어가던 지윤은 걸음을 멈추었다.

"이 동화 말이에요. 호랑이가 '떡 하나 주면 안 잡아먹지' 하는."

도대체 무슨 이야기를 하려고 이러나 싶어 고개를 돌렸다.

세나는 바닥에 흩어진 낡은 동화책을 가리키더니 엄마를 쳐다보며 말했다.

"그 호랑이가 집에 들어올 때 뭐라고 말했는지 기억나요?"

"그게 무슨 소리야?"

"나 엄만데 이 문 좀 열어봐. ……호랑이는 엄마였어. 호랑이는 없었어. 처음부터 엄마였어. 엄마가 두 아이를 죽이는 얘기인 거지."

"미친, 무슨 말이 하고 싶은 거야?"

"작은오빠, 그 새끼가 하나도 궁금하지 않았거든요? 그런데 이 집에 돌아오니까 궁금해졌어요. 왜 갑자기 사라졌는지."

지윤은 결국 이층으로 올라가는 것을 포기하고 세나에게서 몸을 돌렸다.

"나, 굉장히 궁금했어요. 엄마는 왜 안 물어보는 걸까? 내가 왜 그 새끼의 허벅지를 찔렀는지."

지윤은 세나를 바라보다 서재 진열장에 있는 서랍을 열었다. 네가 오늘 기필코 내 인내력이 어디까지인지 시험하는구나. 필기구, 테이프, 스테이플러, 커터 칼, 가위⋯⋯

지윤은 손잡이가 검은 커다란 가위를 꺼냈다. 손잡이에 손가락을 넣고 가위 입을 벌렸다. 그 입을 찢어놓기 전에 닥쳐. 그래도 성에 안 찬 지윤은 이번엔 손잡이를 꽉 움켜잡았다.

"그래, 엄만 이런 사람이에요. 이제야 엄마 같네."

세나는 손가락을 쫙 펴서 엄마 앞에 내밀었다.

"이봐요, 벌써 이렇게 떨고 있잖아요. 손은 아직도 기억하고 있나봐. 하긴 어떻게 잊겠어, 손가락의 뼈가 몇 개나 부러졌는데."

"돌았구나, 네가 오늘 작정을 했나보네?"

"누구한테 물려받은 피인데, 미친 걸로 치면 나보다 한 수 위잖아요. 엄마가."

세나도 지지 않고 소리를 질렀다. 지윤은 가위를 집어던지고 세나에게 달려들어 따귀를 갈겼다. 뺨을 맞은 세나는 휘청이며 몸을 가누지 못하고 책장 앞으로 쓰러졌다.

"감히 누구한테 소리를 질러. 내가 널 어떻게 키웠는데! 망할 년, 뭐 하나 맘에 드는 구석이 없어. 내가 널 위해서……"

세나는 소름이 돋는지 부르르 몸을 떨었다. 귓불과 뺨이 금방 붉게 물들었다. 세나는 물기 젖은 눈으로 엄마를 올려다보았다.

"나를 위해서라고 하지 마요, 그건 엄마의 욕망이었어요. 난 이런 집 끔찍하게 싫다고!"

"그렇게 끔찍하면 나가. 안 잡아. 나가봐야 네가 뭘 누리고 살았는지 알겠지."

싸늘한 표정으로 세나를 쳐다보던 지윤은 찬바람을 일으키며 몸을 돌리고는 문 쪽으로 걸어갔다. 그러나 세나는 작정이라도 한 듯 끈질겼다.

"그 별장, 거기서 내가 뭘 봤는지 알아요?"

등뒤로 들려오는 세나의 낮은 목소리에 지윤은 얼른 고개를 돌렸다.

"엄마, 내가 모를 줄 알아요?"

"뭐…… 뭘?"

"이 집에 들어오기 위해서, 아버지의 옆자리를 차지하기 위해서 엄마가 한 짓."

지윤의 눈이 커졌다. 딸이 무슨 이야기를 하는지 그제야 깨닫는 눈치였다. 지윤은 세나의 말에 부정도, 긍정도 하지 않았다.

세나는 엄마의 반응에 실망한 표정을 지었다.

"작은오빠, 아니 그놈이 그랬어요. 엄마가 약을 탔다고. 자기 엄마를 죽이기 위해 매일 조금씩 독약을 먹였다고."

"아니야, 거짓말이야. 그런 일은 없었어."

"자기 엄마가 죽던 날 그놈이 남은 약봉지를 챙겼다고 했어. 그걸 나한테 흔들어 보였다고!"

지윤은 다시 발걸음을 돌려 천천히 세나에게 다가갔다.

"그놈이 뭐라고 지껄였든, 아니야. 암으로 죽을 날만 기다리던 사람이었어. 내가 죽일 이유가 없다고."

"그럼 왜 그놈의 시체가 별장에 묻혀 있는 거야?"

지윤은 놀란 기색을 간신히 감추며 세나의 얼굴을 쳐다보았다. 정말로 알고 하는 말인지 표정을 보고 확인하고 싶었다. 조금 전 눈가에 젖어 있던 물기는 가시고 어느새 차가워진 검은 눈동자가 엄마의 답을 기다리고 있었다.

지윤의 손이 부들부들 떨렸다. 네가 기어코 끝장을 내는구나.

지윤은 뭐라도 손에 잡으려고 방안을 둘러보았다. 그런 엄마를 본 세나가 재빨리 바닥에 떨어진 검은 가위를 집어들었다.

"뭐야, 그걸로 뭘 할 건데? 지금 나를 찌르기라도 하겠다는

312

거야?"

지윤은 머리가 띵할 정도로 분노가 차올랐다. 감히 나에게 뭘 내밀어? 바닥에 흩어진 동화책들 때문에 세나에게 다가가는 발걸음이 비틀거렸다.

지윤은 자신을 향해 검은 가위를 겨누는 세나의 모습을 바라보며 코웃음을 쳤다.

"당장 그거 이리 내."

지윤의 말에 세나가 고개를 저었다. 지윤이 다가갈수록 세나는 주춤주춤 뒤로 물러섰다. 책장까지 물러서자 더이상 갈 곳이 없었다.

지윤은 손을 내밀며 차가운 목소리를 말했다.

"더이상 나를 화나게 하……"

말이 끝나기도 전에 세나가 가위를 휘둘렀다. 가윗날이 지윤의 손을 치고 갔다.

미친년, 네가 오늘 단단히 미쳤구나. 분노로 머리가 하얗게 비어버린 지윤은 그대로 세나에게 달려들었다.

가위 따위 무섭지 않아. 나를 화나게 하면 어떤 결과를 보게 되는지 분명하게 알려주겠어.

세나의 팔을 잡기 위해 손을 뻗었지만 세나가 한발 빨랐다. 세나는 오른손에 들린 가위로 자신의 왼쪽 손목을 찍기 시작했다. 가위는 상처를 찢고 새로운 상처를 만들었다.

지윤은 비명을 지르며 세나의 손에 들린 가위를 빼앗아 집
어던지고는 피가 뿜어져 나오는 세나의 손목을 감싸 쥐었다.
도대체 어디서 너 같은 애가 나왔니? 넌 누굴 닮아서 이런 끔
찍한 짓을 저지르는 거니?

"엄마…… 그만해요."

"뭐?"

"……날 위해서라는 말, 그만해요."

조금 전까지 성난 짐승처럼 굴던 세나는 어느새 차분해졌
다. 세나는 자신의 손목을 잡고 있는 엄마의 팔을 거칠게 뿌
리쳤다. 그러곤 얼른 피가 흐르는 손목을 자기 손으로 꽉 움
켜잡았다.

"제발 나를 놔줘요. 내버려둬. 나…… 이제 엄마 버릴 거
야."

세나는 잠시 지윤을 쳐다보다가 서재를 나갔다.

지윤은 아무 말도 할 수가 없었다. 무슨 일이 벌어진 건지
받아들이기 어려웠다. 불쾌하게 끈적이는 감촉에 손을 들어
보니 세나의 피가 손바닥에 흥건했다.

오늘밤의 세나는 그동안 지윤이 알던 딸이 아니다. 도대체
무엇이 세나를 이렇게 만들었는지 이해되지 않았다. 그러다
곧 얼굴 하나가 떠올랐다.

감히 내 딸을 이용해서 나를 건드려? 가만, 둘이 별장에 있

었다고 했지? 작은놈 시체는 어떻게 알게 된 거야? 이 겨울에 여자 둘이 아무 이유 없이 땅을 팠을 리 없다. 이 일을 알고 있는 건 강 실장과 자신뿐이다. 설마, 강 실장이? 아니, 지금은 그게 중요한 게 아니다.

별장에 다녀온 세나가 돌아버린 건 확실히 그놈의 시체 때문인 것 같다. 세나만 그 시체를 본 게 아니다. 그 여자도 봤을 것이다. 이 일을 아는 사람이 하나씩 늘어가는 건 별로 기분 좋은 일이 아니다.

지윤은 마음을 가라앉히기 위해 폐 깊숙한 곳까지 숨을 들이마시고 천천히 내쉬었다. 팽팽하던 뒷골의 혈관에 돌던 긴장이 풀어졌다. 지윤은 욕실로 걸음을 옮기며 그들을 처리할 방법에 대해 생각하기 시작했다.

20.

호텔 밖으로 나오자 근처에 정차해 있던 자동차가 하영의 앞으로 다가왔다. 강 실장이 창문을 내리고 가볍게 눈인사를 했다. 하영은 고개를 끄덕이고 조수석 문을 열었다. 강 실장은 얼른 조수석에 놓인 가방을 들어 뒷좌석으로 던졌다. 하영이 조수석에 탈 것은 예상하지 못한 것 같았다. 강 실장은 강

변북로로 나와 양평 쪽으로 차를 몰았다.

한강이 보이자 하영은 아예 몸을 틀어 창밖을 바라보았다.

한강에 석양이 지고 있었다. 개와 늑대의 시간이라고 하는 때. 낮과 밤이 섞이기 시작하고, 적인지 내 편인지 알 수 없는 혼돈의 시간. 하영은 차츰 어둠에 물들어가는 강변을 바라보며 강 실장은 과연 누구 편일지 생각했다. 어느 쪽이든 상관없다. 십이 년 동안 모시던 상사의 비밀을 말하는 사람이라면 오래 함께할 이유가 없다. 그의 효용가치는 길지 않다.

시선이 느껴져 고개를 돌리니 강 실장이 얼른 눈길을 거두며 정면을 보았다. 잠시 운전에 집중하던 그가 하영에게 말을 걸었다.

"작업실은 구했어요?"

어느새 그는 다시 예의 바른 직장인 모드로 돌아와 있었다. 식당에서 적당히 반말을 섞으며 하영의 신경을 건드리던 교활한 남자는 왜 다시 표정을 바꾼 것일까? 어쨌거나 이 거리감도 나쁘지는 않았다.

"불법체류였으니 다시 미국으로 돌아가는 건 어려울 테고, 하이디가 뭐래요?"

어느 질문 하나 그에게 답할 이유가 없었다. 하영은 질문으로 그의 질문을 막았다.

"지금 어디로 가고 있는 거죠?"

한 관장이 만나고 싶어한다는 연락을 받고 내려왔다. 아트센터로 가는 길이 아니라는 것을 확인하자 어디에서 만나는 것인지 궁금해졌다.

"여주 쪽에 새로운 미술관을 짓고 있어요. 그 건설 현장에 계시죠. 한 삼십 분이면 도착하겠네요."

그는 내비게이션을 보고 시간을 알려주었다. 굳이 거기까지 내려갔는데 지금 자신을 보려는 이유가 무엇일까? 역시 세나 문제일 것이다.

세나의 연락을 받고 응급실에 갔을 때, 세나는 붕대로 감싼 손목을 흔들어 보였다. 피가 배어나온 것을 보면 또다시 상처를 만든 것 같았다. 가위에 찔린 곳은 다행히 신경이나 혈관이 지나는 곳은 아니어서 상처만 잘 아물면 된다고 했다.

세나는 무용담을 이야기하듯 두 눈을 반짝이며 완전히 집을 나왔다는 이야기를 했다. 당장 어디에서 지낼 건지 걱정스러웠지만 세나는 이미 자신이 지낼 오피스텔이 있다고 했다. 새 전화번호도 알려주었다.

"나도 언니처럼 이름까지 바꿀 거예요."

그래 봐야 며칠 만에 강 실장이 찾아낼 테지만 하영은 그저 웃어 보였다.

그래, 이 정도 용기를 내는 것도 쉬운 일은 아니었겠지.

한 관장에게 연락이 올 거라고 생각했지만 의외로 잠잠했다. 하영도 슬슬 호텔 생활을 끝내고 그림을 그릴 작업실을 찾아보던 참이었는데, 그때 강 실장의 연락을 받았다. 세나가 집을 나온 지 보름이 지난 즈음이었다.

그사이 해가 바뀌었고 하영은 스물아홉 살이 되었다.

자동차는 어느새 전용도로를 빠져나와 완전히 어두워진 산길을 지나고 있었다. 아무리 봐도 이 길 어디에 새로운 미술관 부지가 있을 것 같지 않았다. 하영은 힐끗 강 실장의 얼굴을 쳐다보고는 세나에게 전화를 걸었다.

"응, 어디야? 저녁은 먹었고? 나? 글쎄, 강 실장이 이상한 곳으로 끌고 가네. 여기가 어딘지……"

하영은 고개를 빼고 도로안내표지판이라도 보려고 했지만 이미 도로가 아니라 표지판 같은 것은 없었다. 가지를 늘어뜨린 나무들 사이에 붉은 글씨로 위험이라고 크게 써붙인 현수막이 얼핏 보였다. 이곳은 수심이 깊고 위험하오니……

"뭐가 걸려 있는데, 수심이 깊고 위험하오니."

갑자기 끼익 소리를 내며 자동차가 멈추었다. 하영은 강 실장을 쳐다보았다.

"전화 그만 끊지?"

강 실장이 무표정한 얼굴로 말했다. 하영은 가만히 강 실장의 얼굴을 쳐다보다 핸드폰 든 손을 내렸다. 차 밖은 온통 어둠이었다. 빛이라고는 자동차 라이트 불빛밖에 없었다. 차창밖의 어둠을 보며 하영은 강 실장에게 물었다.

"지금 뭐하는 거예요? 왜 여기서 차를 세워요?"

핸드폰에서는 세나의 다급한 목소리가 새어나오고 있었다.

"언니, 어디예요? 언니……"

세나의 목소리를 들은 강 실장이 하영의 손에 들린 핸드폰을 빼앗더니 통화 종료 버튼을 눌렀다.

21.

"이럴 줄 알았어, 망할."

전화가 끊어지자 세나의 입에서는 저절로 욕이 튀어나왔다. 엄마가 어떤 인간인지는 이미 알고 있었다. 그래서 하영 언니에게도 조심하라고 말했다.

짐을 싸서 집을 나올 때까지만 해도 과연 엄마가 가만히 있을까 싶었지만, 새 오피스텔로 이사하고 난 뒤에도 조용하기에 자신의 협박이 통했다고 생각했다.

작은오빠의 일은 엄마가 가진 모든 것을 무너뜨릴 트리거였다.

실종된 줄 알았던 작은오빠가 별장 뒤편 나무 아래에 묻혀 있다는 걸 알게 되었을 때, 놀라기도 했지만 한편으로 이미 그것을 알고 있었다는 생각도 들었다. 말하지 않아도 느끼고 있었다고 해야 할까. 살아 있다면 그렇게 오래 연락을 하지 않거나 돌아오지 않을 리 없다. 부모님의 능력이라면 아마존 어느 오지에서 실종되었다고 해도 찾아냈을 것이다. 이렇게 땅속에 묻혀 있으니 찾을 수 없었겠지.

작은오빠의 시체가 발견되면 누가 작은오빠를 죽였느냐에서 끝나지 않는다. 왜 죽였는지를 거슬러 캐다 보면 결국 엄마의 살인이 더 오래전부터 행해졌다는 것이 밝혀질 것이다. 그러니 엄마에게 작은오빠는 살아 있든, 죽었든, 절대 세상에 드러나면 안 되는 지뢰다.

나를 건드리면 이 지뢰의 안전핀을 뽑아버릴 거야.

엄마를 버리던 그날 밤, 세나는 분명하게 경고했다. 그러니 나를 건드리지 말아요.

바보 같아. 마녀에게 협박 같은 게 통할 줄 알았다니, 순진하게.

세나는 전화를 받느라 세워둔 자동차의 시동을 켰다.

강 실장의 자동차를 놓치면 안 됐다. 전용도로를 빠져나와 국도로 들어선 순간 미행이 들킬까봐 조금 거리를 둔다는 게 완전히 놓쳐버렸다.

엄마와 만나기로 했다는 하영 언니의 전화를 받고 세나는 바로 위험을 감지했다.

"만나지 말아요. 가지 말아요."

"약속을 했는데 만나야지."

"위험하다고요, 엄마가 어떤 사람인지 알잖아요."

"그래도 한번은 만나야지. 널 위해서."

세나는 '널 위해서'라는 말을 듣자 울컥했다. 엄마가 어떤 생각으로 언니를 만나자고 했을지 알기에 소름이 끼쳤다. 이대로 둘이 만나게 놔두면 안 된다. 어떻게 해야 할지를 생각했다. 그러다 결국 한가지 방법을 떠올렸다.

"내가 언니를 뒤따라갈게요. 무슨 일 있으면 전화해요."

약속 시간이 되기 전에 호텔 입구 근처에서 기다리고 있었다. 강 실장의 차가 도착하고 하영 언니가 타는 모습을 지켜보았다. 세나는 조심스럽게 강 실장의 자동차를 따라갔다. 자동차가 많을 때는 괜찮았다. 하지만 국도로 들어서고 한적한 시골길이 나오자 뒤에 바짝 붙는 것은 어려웠다. 라이트를 끌까 싶기도 했지만 좁고 낯선 길이라 약간 거리를 두는 게 차라리 나을 것 같았다.

강 실장의 자동차를 놓치고 초조해할 때 다행히 언니에게 전화가 왔다. 하지만 몇 마디 말도 못했는데 전화를 끊으라는 강 실장의 목소리가 들리더니 이내 전화가 끊겼다.

무슨 일이 있으면 전화하라고 했으니, 분명 상황이 심상치 않았을 것이다. 세나는 강 실장에게 전화했다. 예상대로 받지 않았다. 죽어버릴 거야, 나쁜 자식.

세나는 손톱을 깨물며 생각했다.

뒤쫓아오는 줄 알았던 자동차가 보이지 않아 전화를 했을 것이다. 언니가 뭐라고 했더라?

'수심이 깊고 위험하오니⋯⋯'

뭔가 떠오른 세나는 얼른 스마트폰에서 지도 어플을 켰다. 이 근처에서 수심이 깊은 곳이라고 말할 수 있는 곳을 찾으면 된다. 강이거나⋯⋯ 저수지다! 지도에 저수지가 보였다. 세나가 있는 곳에서 멀지 않은 곳이었다.

세나는 자동차 가속페달을 세게 밟았다. 늦으면 안 된다. 늦으면, 그래서 만약 언니에게 무슨 일이 생긴다면⋯⋯ 그것은 생각도 하기 싫다. 세나는 고개를 세게 흔들었다.

그런 일은 없을 거야. 나는 언니와 함께 있을 거야.

제발. 엄마, 제발 언니를 내버려둬요. 우리를 건드리지 말아요.

손끝 하나라도 잘못되면, 나, 엄마 용서 안 해요. 이번엔 진짜예요.

22

한 관장은 시멘트와 차가운 철근의 냄새가 그대로 남아 있
는 실내를 둘러보았다.

일 년 전만 해도 아무것도 없던 야산이었다. 몇 달 사이 건
물 세 채와 별관 두 개가 지어졌다. 며칠 전 골조가 완성되어
단열재를 시공한 건물은 이제 외부 마감과 창호 작업을 시작
했다. 앞으로 남은 것은 내부 인테리어와 이곳에 어울리는 조
경을 조성하는 것뿐이다. 부지를 고르는 것부터 자그마치 사
년이 걸린 일이다.

한 관장은 아무것도 없는 야산을 보면서도 이곳에 들어설
건물을 그려왔었다. 자신의 오랜 꿈이 현실이 되고 있었다.

삼청동에 있는 아트센터는 아무리 뜯어고치고 바꿔보아도
온전히 자신의 것이라는 생각이 들지 않았다. 그곳은 정 회장
의 전 부인이 남겨놓은 유산이었다. 옛 물건을 좋아하는 사모
님은 오래된 유물을 모으는 취미가 있었다. 도자기나 서화뿐
아니라 돌절구나 맷돌, 다듬이판 같은 소소한 것들을 보관하
기 위해 박물관을 지었다.

그곳은 한 관장의 취향이 아니었다. 사모님이 죽고 이 집에
들어와 아트센터를 맡게 된 뒤, 한 관장은 가장 먼저 그곳을
바꾸고 싶었다. 도시적이고 세련된 감각의 건물을 새로 지어

현대미술관에 버금가는 곳으로 만들고 싶었다. 그러나 정 회장의 반대로 결국 박물관 옆 부지를 확장해 전시관을 지었고, 그러다보니 쾌적한 느낌도 줄어들었으며 무엇보다 창밖으로 보이는 박물관이 계속 한 관장의 신경을 건드렸다.

한 관장은 이곳을 개관하고 조금 더 시간이 흐른 뒤 삼청동의 아트센터를 매각할 생각이었다.

죽은 사람은 세월이 지나면 사라지는 게 순리야.

작은놈도 땅속에 있으니 사람들의 기억 속에서 사라질 것이다.

정 회장은 사라진 아들을 찾지 않았다. 나중에 들으니 세나와의 일이 있기 직전 정 회장에게 찾아가 난동을 부린 모양이었다. 정 회장은 그 일 때문에 아들이 가출한 것이라 생각하고 있었다. 그러니 고집 센 양반은 아들이 제 발로 돌아와 빌기 전까지는 절대 먼저 찾아 나서지 않을 것이다. 한 관장으로서는 너무 다행한 일이었다.

어디선가 짐승 우는 소리가 들렸다. 그제야 이곳이 외진 곳이라는 걸 다시 실감했다. 한 관장은 스마트폰을 꺼내 시간을 확인했다. 강 실장의 연락이 올 시간이 지나 있었다. 공사가 덜 끝난 건물이라 바람이 그대로 벽을 타고 들어왔다. 여기에 더 있다가는 감기라도 들 것 같았다.

복도로 걸음을 옮기려는 순간, 누군가 다가오는 발소리가 들렸다.

"강 실장? 왜 이렇게 늦었어?"

그러나 아무 답이 없었다. 들어보니 남자의 발소리가 아니다. 한 관장은 숨을 죽이고 천천히 다가오는 발소리에 귀를 기울였다.

어둠 속에서 모습을 드러낸 건 세나였다. 세나는 온몸을 부들부들 떨고 있었다. 머리부터 발끝까지 젖은 채 자신에게 다가오는 세나의 눈에서는 불꽃이 튀고 있었다.

"네, 네가 왜 여기 있어?"

"왜요? 누가 와야 하는 건데요?"

세나의 목소리는 한없이 차가웠다.

"⋯⋯강 실장은? 너 왜 이렇게 젖었어?"

"⋯⋯우리 좀 내버려두라고 했죠? 그냥 그거 하나면 됐는데, 왜 끝까지, 왜!"

코앞까지 다가온 세나가 소리를 지르자 한 관장은 자신도 모르게 세나의 뺨을 때렸다.

"정신 차려. 그년이 뭐라고 이렇게 대들어?"

"언니 때문이 아니야. 내가 얘기했지. 나, 엄마 버린다고. 그런데 이제 깨달았어. 그건 불가능하다는 걸."

세나의 눈빛이 반짝거리는 것을 본 한 관장이 자신도 모르게 세나의 팔을 잡다가 놀랐다. 옷에 물기가 흥건했다. 몸을 떠는 게 느껴졌다. 사정은 나중에 듣고 우선 몸을 녹일 필요가 있었다.

"가자, 차에 뭐라도 있을 거야."

세나는 순순히 한 관장의 손에 이끌려 복도로 나왔다. 어두웠다. 스위치를 찾았으나 그게 어디에 있는지 확인이 어려웠다. 복도는 전선만 빼놓았을 뿐 아직 스위치도, 전등도 설치가 안 된 모양이었다. 한 관장은 스마트폰으로 불을 밝혔다.

도착했을 때와 달리 앞이 잘 보이지 않을 정도로 어둠이 깊었다. 한 관장은 왼손으로 세나의 등을 밀며 계단으로 향했다. 아직 창호가 설치되지 않아 밖에서 불어오는 찬 바람이 그대로 느껴졌다. 그곳은 숲의 풍경을 볼 수 있도록 벽면을 유리로 마감할 예정이었다.

세나가 걸음을 멈추었다. 걸음을 옮기던 한 관장이 세나 쪽으로 고개를 돌렸다.

"⋯⋯엄마."

"뭐해, 어서 내려가자니까."

다시 세나의 팔을 잡으려 할 때, 세나의 두 손이 한 관장의 가슴을 밀쳤다. 그 바람에 한 관장은 뒤로 밀려 넘어졌다. 무엇이라도 잡으려 버둥거리다 세나의 손끝을 잡았다. 그러나 세나는 그 손을 거칠게 뿌리쳤다. 건물 밖으로 떨어지겠구나, 위험을 감지한 순간 한 관장은 모든 것을 한없이 느리고 세세하게 느낄 수 있었다.

자신의 손을 뿌리친 세나의 얼굴이 보였다. 고작 달빛에 아이의 얼굴이 이렇게 자세히 보일 수 있을까 싶을 만큼, 세나의 표정이 온전히 보였다. 안타깝게도 세나가 어떤 생각을 하는지는 전혀 읽을 수 없었다. 나는 저 아이에 대해 무엇을 알고 있나.

몸이 아래로 기울수록 속도가 점점 더 빨라지는 게 느껴졌다. 세나의 마지막 말이 바람 소리와 함께 희미하게 들리는 듯했다.

"안녕, 엄마."

안녕이라고? 엄마를 건물 밖으로 밀어버린 아이 입에서 나오는 말이 고작 '안녕'이라고? 너는 끝끝내 내 맘에 안 드는구나.

그래 봐야 여긴 삼층 정도야, 한지윤의 인생은 이렇게 허무하게 끝나지 않아. 그렇게 생각한 순간 엄청난 충격이 온몸을 흔들었다. 뜨거운 감각이 등뒤에서 퍼져나가기 시작했다. 한 관장은 한순간 허공에 떠 있던 자신의 몸이 떨어진 것을 깨달았다. 날카로운 철근이 등을 관통했다. 하필이면 미처 치우지 못한 이동식 비계 위로 떨어진 것이다.

등뒤에서 시작된 통증이 온몸으로 번지기 시작했다. 몸속을 흐르던 피가 상처에서 흘러나오는 것을 느끼며 한 관장의 의식은 서서히 희미해졌다.

23.

'아이는 당신을 통해서 세상에 나온 것이지, 당신에게 속한
존재가 아니다. -칼릴 지브란'

하영은 희주의 사무실 한쪽 벽에 걸린 액자 앞에 서서 칼릴
지브란의 글귀를 몇 번이나 반복해서 읽었다. 여기는 청소년
상담실이었지만 글은 오히려 상담자의 부모들을 향한 말이었
다. 희주답다는 생각이 들었다.

하영은 씁쓸한 미소를 지었다. 과연 청소년 상담실에 오는
부모들이 이 글을 읽고 가슴에 새길까? 태어나는 순간 탯줄
을 끊었음에도 여전히 아이가 자기 품에 있어야 한다고, 자기
가 원하는 대로 자라야 한다고 믿는 부모들이 너무 많다. 그
런 부모 밑에서 자란 아이가 결국 여기 오게 되는 것이다.

"여긴 변함이 없네요."

희주가 건네준 따끈한 보리차를 마시며 하영이 말했다.

"그래? 섭섭하네. 건물도 크게 새로 지었는데."

희주의 말에 하영은 피식 웃음이 새어나왔다. 희주의 말이

맞다. 삼층짜리 벽돌집이던 청소년 상담센터는 백색 타일이 붙은 육층짜리 '최희주 청소년 상담 클리닉'으로 바뀌어 있었다. 희주 입장에서는 서운할 수도 있는 말이었다. 그래도 다른 곳으로 이사가지 않고 같은 자리에 있어줘서 다행이라는 생각이 들었다. 덕분에 선경과 사랑의 연락처를 알 수 있었으니.

"동생 보니까 어때? 많이 컸지?"

"사진 안 보여주셨으면 몰라볼 뻔했어요."

"하영이 너는 그렇다 쳐도 사랑이는 용케 언니를 알아봤네."

하영은 셔츠를 헤치고 목걸이를 꺼내 거기 매달린 체리 구슬을 보여주었다.

"이거 덕분에. 보여주니까 금방 알아보던걸요?"

"응? 그게 뭔데?"

"사랑이가 준 작별 선물이에요. 자기가 가장 아끼는 머리끈 두 개를 줬어요. 세 살짜리가. 딸기 모양은 잃어버렸고 이것만 가지고 있어요."

"뭐야, 세 살이 그걸 줬다면 다 준 거네. 게다가 넌 팔 년이나 그걸 지니고 있고. 대단한 자매들이다."

희주가 웃으며 말했다.

하영은 사실 희주에게 좀더 많은 말을 하고 싶었다. 팔 년

만에 만난 사랑이와 어떻게 단 오 분도 안 되어 그런 감정을 느낄 수 있었는지, 지금 얼마나 자주 동생을 떠올리는지. 그때마다 조금씩 자라고 어른이 되어가는 사랑을 상상하는 게 얼마나 즐거운지. 정말로 피를 나눈 형제에게는 남다른 무엇이 있다는 걸 실감했다.

하영은 너무나 많은 말을 삼키고 살았다. 하지 못할 말들이, 하면 안 되는 말들이 너무 많았다. 그나마 희주에게 이야기를 털어놓을 기회가 있었지만 그럴 수 없었다. 그때의 하영은 폭탄을 안고 사는 고슴도치 같았다.

"오랜만에 가족이 상봉했는데 이야기는 많이 나눴어?"

희주의 말에 하영은 고개를 저었다.

"아직도? ……뭐가 그렇게 어렵니?"

"그냥…… 서로 다른 곳에 서 있다고 생각해요."

"이제 엄마야. 사랑일 생각해봐. 가족으로 받아들여."

"아뇨. 그것보단…… 제 문제예요."

하영은 이미 오래전에, 선경이 자신의 엄마였으면 했다. 그건 지금도 마찬가지다. 하지만 다른 생각을 하고 다른 방법으로 살고 있다. 우리는 다른 세상에 사는 사람들이다.

희주는 답답한 듯 한숨을 내쉬며 하영을 바라보았다.

하영은 희주가 건네준 보리차를 다시 한 모금 마시고 말했다.

"시간이…… 시간이 모든 것을 잊게 해주고 상처를 치료한다고 말하지만 어떤 상처들은 계속 덧나고, 흉지고, 아파요. 아무렇지 않은 듯 살지만 가끔은 밤잠을 깨우며 쿡쿡 쑤시죠."

희주는 늘 그렇듯 가만히 하영의 말을 들어주었다. 어쩌면 그래서 서울에 돌아왔을 때 가장 먼저 희주를 찾았는지 모른다. 어떤 비난도, 힐책도 없이 있는 그대로 하영의 이야기를 들어주는 사람.

"인간은 참 별로예요. 그릇은 깨끗하게 씻으면 되는데, 옷은 잘 빨아서 말리면 다시 새것처럼 되는데, 사람은…… 그게 안 돼요. 한번 부서지고 망가지면 되돌릴 수 없어요."

"하영아, 살아가면서 어느 한구석 망가지고 부서지지 않은 사람은 없어. 구멍난 곳은 꿰매고 금이 간 곳은 테이프로 붙이고, 그렇게 살아. 그런 게 사는 거야."

희주가 하는 말의 의미를 모르는 바는 아니지만 하영은 이럴 때 거리감을 느낀다.

희주가 말하는 사람들은 평범한 사람들이다. 일상의 자잘한 흠집 정도만 가지고 사는 사람들.

그들은 아빠가 건넨 독약으로 엄마를 죽여본 경험이 없는 사람들이다. 그들은 그런 아빠라도 함께 살고 싶어서 외조부모를 죽이고, 집에 불을 지르고, 지붕까지 활활 타오르는 불길을 본 적이 없는 사람들이다. 그들은 누군가 짜증나게 해도 상대의 목이 꺾이도록 계단으로 밀어버리는 짓도 하지 않는다.

그들은…… 당신들은 누군가를 죽이는 게 얼마나 짜릿한 경험이었는지 말하는 목소리를 머리에 집어넣고 살지 않는다.

자신이 준 독약을 먹고 간신히 살아난 선경과 그런 선경이 낳은 동생 사랑과는 보이지 않는 경계가 있다. 다른 종족의 사람들이 어떻게 한집에 살 수가 있을까?

어른이 되어 무서운 건 과거에 자신이 저지른 일이 어떤 의미였는지를 하나씩 깨닫게 되기 때문이다. 할 수 있다면 다시 태어나고 싶다. 평범한 집에서 사소한 일들이 사건이 되는 일상을 살며 가끔은 '아, 행복하다' 하는 감정을 느끼며.

"뭐, 내 얘기는 그쯤하고 요즘 우리나라 청소년의 정신세계는 어떤가요? 최희주 샘의 도움이 절실히 필요한가요?"

하영은 일부러 장난기 섞인 말투로 질문하며 화제를 피했다.

희주는 한숨을 내쉬었다. 하영은 번번이 자신의 어두움을 살짝 내보이다가도 조금만 들어온다 싶으면 길을 막고 문을 닫아건다. 그나마 오늘 정도로 속을 내보인 것도 드문 일이다.

하영은 벽에 걸린 시계를 보고 자리에서 일어났다.

"이제 가봐야겠어요. 약속 시간이 다 됐어요."

하영은 선경과 저녁 약속이 있다. 두 사람이 식사를 하는 동안 사랑인 희주의 집에서 같이 저녁을 먹는 평범하고 평화로운 일상을 보낼 것이다.

하영이 자리에서 일어나자 희주는 아쉬운 마음을 털어내지 못하고 하영을 쳐다보았다.

"하고 싶은 이야기가 있으면 언제든 와."

"이젠 커버려서. 청소년 상담은 졸업할게요."

"……선경이랑 저녁 잘 보내. 사랑인 우리랑 잘 놀고 있을 테니까 걱정하지 말고."

하영은 상담실 문을 열기 위해 손잡이를 잡고는 잠시 생각에 잠겼다. 그러곤 고개를 돌려 희주를 돌아보았다.

"저, 내가 왜 그림을 그리게 되었는지 생각해보니까, 여기서 보낸 시간 때문인 것 같아요."

하영은 열한 살 때부터 몇 년 동안 이곳에서 상담을 했었다. 고등학교에 들어가서는 시간이 날 때마다 이곳에 와서 아르바이트를 자처했다. 미술심리치료를 하는 아이들과 함께 그림을 그렸다. 말로 할 수 없는 것들을 그림으로 그렸다. 마음속 켜켜이 쌓여 있는 기억들, 꿈, 그날의 불길들. 자신의 감정까지 밖으로 끄집어냈다.

아는 사람 하나 없는 크고 공허한 도시에서 하영은 그림을 통해 자신과 마주했다. 하영의 그림에 담긴 무언가와 마음이 닿았다면 그들도 같은 지옥을 경험했을지도 모른다. 하이디가 한눈에 하영을 알아본 것처럼.

"드디어 하는구나. 그렇지 않아도 사랑이 계속 기다렸어. 언니 전시회 언제 하느냐고."

선경은 하영이 건네준 전시회 초대장을 반갑게 받으며 말했다.

"미술관 개관에 맞추느라 좀 늦었어요."

한 관장의 죽음은 사고사로 처리되었다. 평소 새로 짓는 미술관 건설 현장을 자주 찾았다는 한 관장은 그렇게 자신의 미술관이 완성되는 것을 보지 못하고 죽었다. 재벌가의 일이다 보니 사고는 꽤 오래 뉴스에 오르내렸다. 건설 현장의 안전사고에 대한 경각심을 강조하는 뉴스와 한 관장의 장례식 등이 뉴스로 나왔다. 얼마 뒤 아트센터 마라의 새 관장을 소개하는 뉴스에 세나가 얼굴을 비췄다. 세나는 새로 개관하는 미술관에 전념할 예정이며 아트센터 마라는 부관장이 운영하게 될 것이라고 말했다.

세나는 엄마가 남긴 미술관의 디자인을 전면 재수정했다. 건물은 그대로지만 실내 디자인은 완전히 바뀌었다. 그로 인해 개관이 두 달이나 늦어졌다.

"사랑이가 기대를 많이 하고 있어. 언니 그림 보고 싶다고."

"같이 오실 거죠?"

"그럼, 당연히 나도 가야지. ……난 아직도 놀랍고 신기해. 네가 화가가 될 거라곤 생각도 못했거든. 이제야 하는 얘기지만 그렇게 떠날 땐 좀 섭섭하고 서운하기도 했어."

"그랬어요?"

하영은 처음 듣는 얘기였다. 오늘은 선경도 작정하고 나온 듯했다. 오래 마음에 담아둔 이야기를 이제는 털어내고 싶은지도 모른다.

"혼자 사랑이를 키우는 게 막막했어. 근데 그때 네가 옆에 있어서 의지가 많이 됐으니까."

하영은 손에 들고 있던 포크를 내려놓고 선경의 얼굴을 쳐다보았다. 내가 의지가 되었다고? 짐이 아니었다니 다행이다. 그때는 떠나는 게 모두를 위한 좋은 선택이라고 생각했다.

"나는…… 나 스스로 납득할 수 있는 인생을 살고 싶었어요. 방황이라고 할까. 내가 뿌리내릴 곳을 찾고 있었어요."

선경은 고개를 끄덕였다. 더 자세히 이야기하지 않아도 느낄 수 있을 것이다. 같이 살기보다 떨어져 사는 게 더 나은 가족도 있는 법이다. 이렇게 이따금 만나 저녁을 먹고 가벼운 대화를 나누고 헤어지는 관계 정도가 좋다.

"의지가 되었다고…… 말해줘서 고마워요."

선경이 살짝 미소를 지었다. 진짜 가족 같은 감정이 드는 순간이었다.

"이제 완전히 여기서 사는 거야? 뉴욕은 안 가?"

불법체류의 이력이 있으니 꽤 오랫동안 그곳으로 돌아가지 못할 것이다. 별로 아쉬울 건 없다. 지금 당장은 이곳에 머물겠지만 언제든 또 떠날 수 있다. 하이디는 어디든 원하는 곳에 자리를 잡게 해주겠다고 했다. 예술가의 방황은 마케팅에도 좋은 소재라며, 자신은 노인의 몸이니 뉴욕에서 비행시간이 오래 걸리는 곳만 피하라고 농담을 했었다.

"네, 언제 한번 작업실로 오세요. 양평이에요."

"사랑이 좋아하겠다."

"사랑이…… 엄마 성을 따른 건 잘하셨어요."

하영의 말을 들은 선경이 놀란 눈으로 하영을 쳐다보았다. 하영이 그것을 신경쓸 거란 생각은 해보지 못한 눈치였다.

"아마 그래서 나도 계속 이름을 바꿔가며 살았나봐요. 내 몸에 그 사람의 피가 있다는 걸 인정하고 싶지 않아서."

선경 앞에서 아빠에 대해 언급한 건 처음이었다.

"……만나봤어?"

하영이 고개를 저었다.

"안 만나는 게 좋아요."

선경은 하영이 얼마나 단호한 성격인지 다시 한번 깨달았다. 하영의 말대로 그를 다시 보는 일은 없을 것이다. 선경은 전시회 초대장에 왜 '이가인'이라는 이름이 새겨져 있는지 그제야 이해가 되었다.

선경과 눈이 마주친 하영은 웃으며 말을 돌렸다.

"일은 어때요?"

하영은 지금 선경이 어떤 일을 하는지 희주에게 들었을 때 선경과 잘 맞을 거라는 생각이 들었다. 범죄자들의 머릿속을 헤집는 일보단 피해자들의 이야기에 귀를 기울이고 마음을 다독여주는 일이 선경이라는 사람에게 어울렸다.

하영은 웃으며 선경의 이야기에 귀를 기울였다.

이제는 좀 평범한 사람이 된 것 같았다.

에필로그

개관식에는 생각보다 형식적인 행사가 많았다. 지역 국회의원과 공공기관장들, 미술계 주요 인사 등이 개관식에 참석했다. 초청 인사 목록은 강 실장이 담당했다. 강 실장은 아트센터 마라의 부관장이 되었다.

그는 세나에게 필요한 모든 것을 그때그때 알려주었다. 알지도 못하는 사람들을 초대해야 하느냐고 질문하는 세나에게 앞으로의 미술관 운영에 필요한 많은 것이 인맥으로 움직인다고 전했다. 그나마 세나의 뜻이 반영된 것은 미술관을 디자인한 건축가와 공사를 담당했던 건설사, 초대 전시를 하는 하영이 커팅식에 참석하는 것이었다.

개관식이 끝나고 하영은 미술관 로비 한편에서 세나가 지역 방송과 인터뷰하는 모습을 지켜봤다. 그런 하영의 곁으로 강 실장이 다가왔다. 꽤 오랜만이었다.

"부관장 일은 할 만해요?"

강 실장이 고개를 끄덕였다.

"어디까지 그림을 그린 겁니까?"

하영은 슬쩍 강 실장에게 시선을 주었다. 그날 밤 강 실장은 물에 빠진 하영에게 물었다.

"이렇게까지 할 필요는 없잖아요?"

"아뇨, 눈으로 봐야 해요. 정말로 죽을 수도 있구나, 실감을 해야 제대로 엄마에게 반격을 하죠."

도박이긴 했다. 하지만 하영은 그걸로 한가지 더 확인하고 싶은 것이 있었다. 과연 세나는 나를 위해 어디까지 할 수 있는지. 세나가 자신을 구하기 위해 저수지 물에 뛰어드는 순간 확신할 수 있었다. 이 싸움에서 자신이 이겼다는 것을.

한 관장이 죽었다는 연락을 받자 강 실장은 빠르게 자신이 살아남을 방법을 찾았다. 떨고 있는 세나를 현장에서 떠나게 하고 경찰에 연락해 뒷수습을 했다. 그의 증언이 사건을 사고사로 만드는 데 결정적인 역할을 했다.

처음엔 강 실장을 탐탁지 않게 생각하던 세나도 시간이 지날수록 생각을 바꿨다. 아트센터와 미술관 운영에 대해 강 실장만큼 의지할 사람이 없다는 것도 있었지만 무엇보다 한 관장의 죽음에 대해 그의 입을 다물게 할 대가가 필요하다는 하영의 말이 세나의 마음을 움직였다.

세나는 끝끝내 하영과 강 실장 사이의 거래에 대해 모를 것이다.

하영은 강 실장과 헤어져 전시관으로 걸음을 옮겼다. 건물 뒤편, 한 관장이 떨어졌던 장소에는 조경수가 심겨 있었다. 그녀와 처음 만났던 날이 떠올랐다. 당신은 번번이 내게 무례했지. 내 안에 몇 겹의 어둠이 있는지도 모르면서, 나를 너무 얕봤어.

전시장에는 이미 그림을 보러 온 관람객이 여럿 있었다. 본격적인 전시는 내일부터라 오늘은 초대된 손님만 있었다. 안으로 들어선 하영의 눈에 선경과 사랑의 모습이 보였다.

하영을 발견한 사랑은 한달음에 하영에게 달려왔다. 사랑은 두 팔 벌려 하영을 끌어안았다. 얼떨결에 사랑에게 안긴 하영은 눈높이를 낮추기 위해 몸을 숙이다 사랑의 눈에 맺힌 눈물을 발견하고 의아했다.

"왜, 왜 울어, 사랑아?"

"언니 그림이 슬펐어. 혼자 많이 외로웠어?"

사랑의 말에 가슴 한편이 아릿해졌다.

나는 외롭지 않은 줄 알았는데, 외로웠구나, 혼자여서 가엽고 서러웠구나. 너는 나를 단숨에 알아보는구나.

사랑의 작은 손이 하영의 목을 단단히 감싸안았다.

"이제 외롭지 마. 내가 있잖아."

갑자기 불쑥, 사랑은 하영이 쳐놓은 벽을 부수고 들어왔다.

하영도 아직 여물지 않은 사랑의 몸을 꼭 껴안았다. 가슴에
온기가 퍼졌다.

작가의 말

『잘 자요, 엄마』가 처음 세상에 나온 건 2010년 초겨울이 었다.

그때는 내가 이렇게 오래 하영의 이야기를 쓰고 있을 거라 고 생각하지 못했다. 어떤 책은 세상에 나온 지 몇 년 되지 않 아 매대에서 사라지고 사람들의 기억에서도 잊히지만, 어떤 책은 저 혼자 세상을 돌아다니며 성장하고 또다른 일을 벌이 기도 한다.

하영의 어린 시절을 그린 『잘 자요, 엄마』는 한 권의 책으로 끝나지 않았다.

하영이 어떤 어른으로 성장하는지 뒷이야기를 보고 싶다는 독자들이 많아지면서 내 머릿속에서도 완결이라고 생각했던 이야기가 다시 넝쿨을 뻗기 시작했다. 처음엔 '절대'라고 고개를 젓던 나도 조금씩 하영이 어떻게 성장할지 궁금했다. 열한 살의 경험이 하영을 어떤 어른으로 만들지 알고 싶었다. 그렇게 청소년기를 거치고 어른이 된 하영의 이야기를 구상하고 있을 때 『잘 자요, 엄마』가 다른 나라에서도 출간되기 시작했다.

당시 엘릭시르의 수장이던 임지호 국장님을 만나면서 하영의 다음 이야기가 구체화되었고, 몇 년 뒤 2부인 『모든 비밀에는 이름이 있다』가 출간되었다. 그리고 3년이 지난 지금 어른이 된 하영의 마지막 이야기를 완성했다. 1부가 나오고 15년이 흘렀으니 소설 속 하영이 자라는 시간은 현실만큼 오래 걸린 셈이다.

3부작을 쓰겠다고 마음먹은 뒤로 하영은 늘 내 머릿속에 있었다. 어떨 때는 자식을 키우는 것 같은 기분이었다. 잘 안다고 생각했지만 내 뜻대로 되지 않고, 내가 낳았지만 나의 의지와 상관없이 하영은 생각하고 성장했다.

하영의 이야기를 쓰면서 엄마라는 존재, 부모와 자식이라는 관계에 대해 많은 생각을 하게 되었다. 『잘 자요, 엄마』에서는 선경과 하영의 관계만 나오지만, 2부와 완결편인 『나에게 없는 것』에는 더 많은 '엄마와 딸'이 등장한다. 하영과 선경, 사랑과 선경, 세나와 한 관장, 선경이 상담했던 여러 케이스 속 모녀들.

소설을 위해 자료를 찾아보다가 유튜브에 있는 상담 사례를 보기 시작했다. 처음엔 전문가의 생각이 궁금해서 영상을 찾았지만, 어느 순간 영상보다 댓글을 더 많이 읽게 되었다.

어릴 때 받은 폭력과 학대로 어른이 된 지금도 여전히 마음에 생채기를 지닌 사람들이 저마다 글을 남겼다. 수백, 수천 개의 댓글을 읽으며 가장 안전하고 편안해야 할 '가족'이라는 울타리가 얼마나 끔찍한 곳인지, 함께 사는 부모가 아이들에게 어떤 잔인한 짓을 저질렀는지 생생하게 알게 되었다.

평범하고 다정한 부모를 만나지 못했던 하영의 삶 못지않게, 세상에는 많은 하영이 있었다. 그들은 어떻게 자신이 끔찍한 부모로부터 정신적으로 육체적으로 탈출했는지 알려주었다. 어쩌면 우리 모두는 태어나는 그 순간부터 부딪치고 상처받고 부서지며 어른이 되는구나 싶었다.

하영의 마지막 이야기를 쓰는 일은 쉽지 않았다. 가슴속에 날카로운 비수 하나를 꽂고 사는 하영이 어떤 어른이 될지 도무지 감이 잡히지 않았다. 누구는 냉혹한 사이코패스가 되어 있을 거라고 했고, 누구는 전혀 다른 삶을 사는 하영을 보고 싶다고도 했다. 어느 순간 귀를 닫고 내 안에 살고 있는 하영에게 집중했다.

어린 시절의 상처에 짓눌려 사는 사람이 있다면, 그것을 극복하고 자기가 원하는 인생을 찾아가는 사람도 있다. 하영이라면 어떤 선택을 할까 생각했다.

우리의 삶은 예상대로 되지 않는다. 누구를 만나느냐에 따라 전혀 생각지 못한 방향으로 인생이 꺾이기도 하고 절망적인 순간에 햇빛을 보기도 한다. 가족과 가정이 전부던 어린 시절과 학교가 세상의 전부인 청소년 시절과는 완전히 다른 인연과 경험을 하면서 하영은 자신을 어떻게 정의할지 궁금했다.

수없이 많은 이야기를 만들고 허물었다. 몇 번이나 다른 인생을 그리다 지웠다. 이대로 도망가고 싶은 순간도 있었다. 하지만 하영은 내게 큰 도전이라는 생각이 들었다. 이 이야기를 끝맺지 못하면 다음 소설로 넘어갈 수 없다는 것을 깨달았다. 한 캐릭터를 이렇게 오래 들여다보고 긴 시간을 함께했던 적은 없었다.

이야기를 마무리할 때쯤 하영이 안타깝고 가엽게 느껴졌다. 끊임없이 자신의 심연을 들여다보며 살아가는 하영에게 그래도 무작정 다정한 존재 하나는 곁에 있게 해주고 싶었다.

이제 이 이야기를 끝으로 하영은 나의 곁을 떠난다. 한편으로 홀가분하기도 하고, 한편으로 오래 하영을 기억하게 될 거란 생각도 든다.

마지막 이야기를 쓰는 데 도움을 주신 분들에게 감사를 드린다.

서울서부스마일센터의 최가영 심리지원팀장님과 최유진 사회복지사님, 많은 이야기 들려주셔서 감사합니다.

『잘 자요, 엄마』가 출간될 때 심리학도였던 나의 조카 혜선이. 아동심리상담사에서 이제는 법무부 소속의 소년원에서 소년분류심사관으로 근무하면서 필요할 때마다 도움을 줘서 고마워.

무엇보다 오래 고민할 시간을 준 엘릭시르 편집부 여러분들, 또 하영의 마지막 이야기를 기다려주신 독자님들께 감사드립니다.
덕분에 이렇게 끝을 낼 수 있었습니다.

2025년 5월
서미애

추천의 글

전세계에는 '하영'의 마지막 이야기를 기다리고 있는 사람들이 있습니다. 불안해하기도, 걱정하기도 했지만 인내심을 가지고 기다리는 중이지요. 저는 2018년부터 이 모임의 일원이었습니다. 아마 눈에 띄지는 않을 겁니다. 하지만 이 이야기를 기다리는 우리는 모두 같은 운명으로 묶인 채, 같은 곳을 바라보고 있습니다. 모두가 바라는 건 하납니다. 하영에게 끝내 무슨 일이 일어날지를 지켜보는 것이죠.

열한 살, 하영이 불길에서 무사히 나온 그날부터, 우리는 그녀와 함께하고 있습니다. 하영을 두려워하는 동시에 그녀를 위해 떨고, 또 돕고 싶은 마음을 품고서요. 『잘 자요, 엄마』에서의 하영은 어린아이였습니다. 『모든 비밀에는 이름이 있다』

의 하영이는 청소년이었죠.

이제 우리는 성인이 된 하영을 기다리고 있습니다. 숨을 죽인 채로, 두려움과 희망을 품고, '하영 연대기'를 완성할 마지막 작품을 말이죠. 선과 악 사이에서 갈등하는 하영의 이야기가, 한국 스릴러의 거장 서미애 작가의 손길 아래 멋지게 마무리 지어지길 고대합니다.

_피에르 비지우(프랑스 출판인 · 번역가)

서미애가 한 땀 한 땀 떠온 '하영'이라는 옷이 긴 시간을 관통하며 드디어 완성됐다. 그녀가 떠온 이 옷은 촘촘하면서도 누구나 내쉬고 들이마실 사유의 숨결, 그 틈새들을 품고 있다. 한국은 물론 전세계 수십여 나라의 독자들과도 소통해오고 있는 그녀의 이 '옷'은 사시사철 누가 입어도 어울릴 것이 분명하다.

_이구용(KL매니지먼트 대표)

서미애 작가의 이야기는 읽는 이에게 자꾸 물음표를 던진다. 그리고 그 물음표는 결말에 이르러 태풍처럼 몰아친다. 등장인물의 시선은 계속 다른 곳으로 이어지고, 이 시선들이 얽혀

이야기는 마침내 뒤집힌다. 오랫동안 마지막 작품을 기다려 온 독자들에게 『나에게 없는 것』은 기대만큼 큰 선물이 될 것이다.

_한만택(필마픽쳐스 대표)

나에게 없는 것

초판 발행 2025년 7월 4일

지은이 서미애
책임편집 한나래 ǀ **편집** 김유진 박을진 ǀ **외주교정** 유혜림
디자인 이보람 ǀ **표지일러스트** 진수지
저작권 박지영 형소진 오서영 조경은
마케팅 정민호 서지화 한민아 이민경 왕지경 정유진
　　　　　정경주 김수인 김혜원 김예진 나현후 이서진
홍보 함유지 박민재 이송이 김희숙 박다솔 조다현 김하연 이준희
제작 강신은 김동욱 이순호 ǀ **제작처** 영신사

펴낸곳 (주)문학동네 ǀ **펴낸이** 김소영
출판등록 1993년 10월 22일 제406-2003-000045호

주소 10881 경기도 파주시 회동길 210
대표전화 031-955-8888 ǀ **팩스** 031-955-8855 ǀ **전자우편** elixir@munhak.com
인스타그램 @elixir_mystery ǀ **X(트위터)** @elixir_mystery

ISBN 979-11-416-0961-0 04810
　　　　978-89-546-5305-3 (세트)